CASA DE SEGREDOS

Outras obras dos autores publicadas pela Galera Record

Série Casa de segredos

Casa de segredos
A batalha das bestas

CHRIS COLUMBUS
&NED VIZZINI

CASA
—❊❰ DE ❱❊—
SEGREDOS

A BATALHA DAS BESTAS

Tradução
Glenda D'Oliveira

1ª edição

GALERA
— **junior** —
RIO DE JANEIRO
2014

CIP-BRASIL. CATALOGAÇÃO NA PUBLICAÇÃO
SINDICATO NACIONAL DOS EDITORES DE LIVROS, RJ

Columbus, Chris

C715   A batalha das bestas / Chris Columbus, Ned Vizzini; tradução Glenda D'Oliveira. – 1ª ed. – Rio de Janeiro: Galera Record, 2014.

(Casa de segredos; 2)

Tradução de: Battle of the beasts
Sequência de: Casa de segredos
ISBN 978-85-01-06531-5

1. Ficção americana. I. Vizzini, Ned. II. D'Oliveira, Glenda. III. Título. IV. Série.

14-14953

CDD: 813
CDU: 821.111(73)-3

Título original em inglês:
House of Secrets: Battle of the Beasts

Copyright © 2014 Novel Approach, LLC

Todos os direitos reservados. Proibida a reprodução, no todo ou em parte, através de quaisquer meios. Os direitos morais do autor foram assegurados.

Composição de miolo: Abreu's System
Adaptação de capa: Renata Vidal

Texto revisado segundo o novo Acordo Ortográfico da Língua Portuguesa.

Direitos exclusivos de publicação em língua portuguesa somente para o Brasil adquiridos pela
EDITORA RECORD LTDA.
Rua Argentina, 171 – Rio de Janeiro, RJ – 20921-380 – Tel.: 2585-2000, que se reserva a propriedade literária desta tradução.

Impresso no Brasil

ISBN 978-85-01-06531-5

Seja um leitor preferencial Record.
Cadastre-se e receba informações sobre nossos lançamentos e nossas promoções.

Atendimento e venda direta ao leitor:
mdireto@record.com.br ou (21) 2585-2002.

Para Eleanor, Brendan, Violet e Bella.
— C.C.

Para minha avó.
— N. V.

Brendan Walker sabia que o pacote estaria em casa às oito da manhã. Tinha escolhido o frete expresso no site, que era entregue de manhã bem cedinho; tinha confirmado que, para o seu endereço e CEP (na Sea Cliff, São Francisco), o "de manhã bem cedinho" queria dizer às oito da manhã. Tinha até acordado várias vezes durante a noite para atualizar a página de rastreio de objetos do site dos Correios. Se o pacote não chegasse na hora prevista, como iria à escola?

— Brendan! Desce aqui!

Ele deixou o laptop e se encaminhou para o alçapão, a única saída do quarto. Às vezes achava estranho que seu quarto fosse, na verdade, o sótão de uma casa vitoriana de três andares, mas, na maior parte do tempo, achava aquilo um detalhe legal. Além do mais, era uma das coisas *menos* esquisitas na vida dele.

Brendan abriu o ferrolho. A porta também se abriu, revelando degraus que conduziam até o corredor abaixo. O garoto desceu aos pulos e fechou a escada outra vez, guardando a corda que fica pendurada na portinhola para que não aparecesse tanto quanto de hábito. Assim, se alguém entrasse no quarto enquanto estivesse na escola, ele saberia.

— Brendan! O café da manhã está esfriando!

Ele correu em direção à voz da mãe.

No corredor, passou por três fotografias dos antigos donos da casa: os Kristoff. Eles tinham construído a casa em 1907. Suas imagens estavam desbotadas, e cores em tom pastel que pareciam ter sido adicionadas anos mais tarde se sobrepunham a elas. Denver Kristoff, o pai, tinha rosto austero e barba quadrada. A esposa, Eliza May, era bela e reservada. A filha, Dahlia, era um bebê lindinho, de aparência inocente nos retratos, mas Brendan a conhecia por um nome diferente, com habilidades diferentes.

Era a Bruxa do Vento. E quase o matara meia dúzia de vezes.

Felizmente, ela não tinha sido um problema nas últimas seis semanas. Estava... *Como é mesmo que os policiais falam? "Desaparecida e dada como morta"*, pensou ele. A irmãzinha de Brendan, Eleanor, usara um livro mágico pra bani-la para o "pior lugar de todos", e eles não tiveram notícias desde então. Isso provavelmente queria dizer que já era hora de tirar sua fotografia da parede. Sempre que os pais tocavam no assunto, porém, o garoto protestava, junto a Eleanor e a irmã mais velha, Cordelia.

— Mãe, nossa casa se *chama* a Mansão Kristoff. Você não pode tirar as fotos dos *Kristoff* — dissera Eleanor na outra semana, quando a Sra. Walker apareceu no corredor com alicates e massa. Eleanor tinha 9 anos e opiniões fortes.

— Mas nós somos os donos da casa agora, Eleanor. Não foi você quem sugeriu que começássemos a usar o nome "Mansão Walker"?

— É, mas agora acho que a gente devia respeitar os primeiros donos — retrucou a menina.

— Dá integridade histórica ao lugar — concordou Cordelia. Ela era três anos mais velha do que Brendan, faltava pouco para completar 16 anos, embora falasse como se tivesse 30. — É o mesmo caso de quando mudam o nome de um estádio de beisebol para Billionaire Corporation Field. Fica totalmente falso.

— Está bem. — suspirou a Sra. Walker. — A casa é de vocês. Eu só moro aqui mesmo.

Ela saiu, deixando os irmãos conversarem mais livremente. Bastava olhar para os retratos que eles se transportavam de volta às aventuras fantásticas que viveram na Mansão Kristoff — aquele tipo de aventura nunca-fale-sobre-elas-porque-vão-colocá-los-em-um-hospício e que são o próprio atestado de loucura. Aquelas sobre as quais Brendan pensou: *Se algum de nós se casar um dia e disser para as pessoas: "o melhor dia da minha vida foi o do meu casamento", vai ser mentira. Porque o melhor dia de todos foi quando voltamos seguros para casa, há seis semanas.*

— Faz mesmo sentido deixar os Kristoff aí — arrematou Cordelia. — Eles são os responsáveis por toda essa... situação.

— Que situação? A gente ser rico? — indagou Eleanor.

Era estranho dizer isso. Mas essa era a verdade. Ao fim das aventuras malucas dos Walker, quando Eleanor fizera o desejo no livro mágico (ou amaldiçoado, a bem da verdade) para banir a Bruxa do Vento, também tinha desejado que sua família fosse rica. Os pais terminaram com *10 milhões de dólares* na poupança como um "acordo" feito em um processo em troca do silêncio do Dr. Walker. Agora a família vivia muito tranquila por conta disso.

— Tem essa questão — disse Cordelia — e o fato de que a gente vive com um medo mortal porque a Bruxa do Vento pode voltar. — Ela olha para a fotografia de Denver Kristoff. — Ou o Rei da Tempestade.

Brendan estremeceu. Não gostava de pensar naquela figura que Denver Kristoff assumiu depois de ter se tornado um feiticeiro todo deformado por causa de *O livro da perdição e do desejo*. O livro — o mesmo que dera aos Walker a recém-adquirida fortuna — tinha as páginas todas em branco, mas, se alguém escrevesse um desejo em um pedacinho de papel e o colocasse dentro dele, o desejo se realizaria. Como era de se imaginar, o uso prolongado de tal artefato mágico tinha efeitos terríveis na mente e no corpo e, no caso do patriarca dos Kristoff, ele o transformara no monstruoso Rei da Tempestade. Tudo isso já era assustador o bastante, mas o problema verdadeiro era que o Rei tinha dado no pé — as crianças não faziam ideia de onde estava.

Podia muito bem estar morando em Berkeley.

— Vou dizer o que acho — declarou Brendan. — Durante esse mês, ou seja lá quanto tempo faz desde que a gente voltou, as fotos continuaram na parede, e a gente não teve que enfrentar os Kristoff de carne e osso. Será que é coincidência? Provavelmente. Mas, na nossa casa, nunca se sabe. Então é mais seguro deixar todas aí mesmo.

Eleanor agarrou a mão do irmão. Ele, a de Cordelia. Por um breve momento, fizeram um desejo mudo de que tudo tivesse acabado de verdade.

Agora Brendan passava apressado pelos retratos para descer as escadas em espiral até a cozinha. O cômodo já era bonito quando os Walker compraram a mansão, mas depois dos 10 milhões de dólares, a Sra. Walker enlouqueceu um pouquinho e escolheu um fogão francês chique que custara mais do que um carro de luxo japonês.

— Aqui — falou a mãe, quando o menino se sentou entre as irmãs para tomar café no balcão de mármore ao mesmo tempo que estendia um prato de panquecas de mirtilo mornas. Brendan olhou para a esquerda e para a direita: Cordelia folheava uma cópia da *Teen Vogue;* Eleanor jogava alguma coisa no iPhone da mãe.

— Olha só quem decidiu acordar — comentou Cordelia.

— É, o que você estava fazendo lá em cima? — perguntou Eleanor.

Brendan atacou as panquecas. Estavam boas. Mas eram tão boas quanto as que comia no antigo apartamento.

— Eshpeando uhm paote impotante — respondeu, de boca cheia.

— Eca! Será que você não sabe que não é para mastigar e falar *ao mesmo tempo?* — repreendeu Eleanor.

— Por quê? Quem está me vigiando? — Brendan engoliu tudo com um gole do leite de amêndoa. — A gente não está no refeitório da escola, está? Alguma das suas novas amiguinhas que tem todas as bonecas da linha American Doll vai me ver fazendo isso?

— Não tem nada a ver — retruca a menina. — É só que você devia ter educação e boas maneiras, e você *não tem.*

— Você nunca se importou — provocou Brendan.

— Famílias ricas devem ser *refinadas!*

— Ok, espera aí — interrompeu a Sra. Walker, olhando para os três filhos. De muitas maneiras, pareciam os mesmos de antes de se mudarem para a mansão: Brendan, de cabelos espetados; Cordelia, com a franja que caía sobre os olhos como se fosse um escudo; Eleanor com o nariz franzido, pronta para aceitar um desafio... Mas todos pareciam diferentes.

— Não quero ouvir você usando a palavra com *r,* Eleanor. Sei que as coisas mudaram desde que o seu pai aceitou o acordo...

— Onde *está* o papai, aliás? — indagou Cordelia.

— Saiu para dar uma corrida — respondeu a mãe — e...

— A manhã toda? Ele está treinando para uma maratona?

— Não muda de assunto! Mesmo que a gente esteja numa situação financeira melhor, *continuamos sendo a mesma família de sempre.*

Os Walker se entreolharam e depois fitaram a mãe. Era difícil acreditar com ela parada ali em meio a tantos equipamentos de cozinha de luxo.

— Isso quer dizer que nós nos respeitamos, então não comemos e falamos ao mesmo tempo. Mas também significa que somos *gentis* uns com os outros. Se alguma coisa nos ofende, pedimos com *gentileza* para a outra pessoa parar de fazer o que está incomodando. Fui clara?

As duas meninas assentiram, embora Cordelia já estivesse ouvindo música outra vez — ela havia encontrado uma banda islandesa da qual gostava; sua música era... *"Fria" é a melhor maneira de descrever*, pensou ela. *Eles têm a música mais fria que já ouvi.*

E Cordelia estava gostando de se sentir fria ultimamente. Anestesiada. Era uma das poucas formas que tinha para lidar com a loucura do que acontecera a ela. Jamais poderia contar a alguém o que passara — nem escrever ou falar a respeito. Seria melhor esquecer que aconteceu. Não era fácil; por isso, tentava se distrair. Por exemplo, se existia uma TV no seu quarto. Primeiro, foi para acompanhar Brendan, que tinha tanto uma televisão quanto uma máquina automática de salgadinhos instaladas no sótão (ou, como Cordelia gostava de chamar, sua "caverna de quase homem"). Mas a TV acabara tornando-se uma espécie de conforto para ela, com a música, pois lhe permitia anestesiar o turbilhão de emoções que sentia a respeito de onde estivera e do que fizera. A leitura costumava lhe oferecer esse refúgio, mas os livros tornaram-se mais difíceis de apreciar — afinal, tinham sido eles que a meteram naquela encrenca pra começo de conversa! *Estou mudando*, pensou ela. *E não tenho certeza se isso é uma coisa boa.* No entanto, ela não podia ficar pensando nisso agora, pois Brendan avistara o caminhão dos Correios lá fora.

— Brendan! Aonde você vai?

O garoto disparou para fora da cozinha, passando pela armadura no corredor, debaixo do lustre, e saindo pelas grandes portas de entrada direto para o ar gelado de São Francisco, descendo o caminho em zigue-zague que contornava os gigantescos carvalhos no gramado intacto, e passando pelo local onde o pai estacionava a nova Ferrari... até chegar à avenida Sea Cliff, na qual um homem com o uniforme azul e laranja parara o caminhão.

— Brendan Walker?

— Eu mesmo! — respondeu o menino, assinando o formulário e abrindo o pacote na calçada. Ele retirou o que estava dentro dele... e inspirou fundo.

Cordelia e Eleanor já tinham feito todo o caminho até a rua e estavam praticamente em cima do irmão antes de ele poder admirar a encomenda. Brendan a ergueu no ar...

— Uma mochila? — indagou Cordelia.

— Não é só *uma* mochila — respondeu o menino. — É uma mochila *Mastermind*, do Japão. Está vendo esse logo de caveira aqui atrás? São diamantes de verdade.

— Que nem a caveira de cristal do Indiana Jones? — perguntou Eleanor.

— Não! Muito mais legal do que isso! Essa aqui é uma das mochilas mais raras do *mundo!* Só fizeram cinquenta!

— E onde você comprou isso? — Cordelia quis saber.

— Num site...

A mãe estava descendo para encontrá-los. Ele engoliu em seco. Vinha ensaiando para aquele momento.

— Brendan! O que é *isso*?

— Bom, mãe, é uma...

— Mochila de caveira de diamante do Japão, que provavelmente custou uns mil dólares — interrompeu Eleanor.

— Nell!

Brendan começou a colocar a mochila nas costas. Talvez se a mãe visse como caía bem nele, deixaria que ficasse com ela.

— Olha, mãe... A Bay Academy é um lugar muito legal... Quero dizer, é a melhor escola em São Francisco. Todo mundo sabe disso.

Os olhos da mulher se estreitaram com desconfiança, mas ela prestava atenção. Cordelia e Eleanor trocaram olhares de irritação. Brendan prosseguiu:

— É um lugar muito competitivo também. E não estou falando dos estudos. Quero dizer, a gente tem aulas com garotos de famílias poderosas. Que têm pais que são banqueiros e CEOs e jogadores de beisebol. E o meu guarda-roupa só... precisa de uma peça de destaque.

— Uma peça de destaque — repetiu a mãe.

— Você já me ouviu reclamar das roupas que você compra? Não. Mas são roupas comuns, que todo mundo usa. Preciso de alguma coisa que eu use e, quando estiver andando pelos corredores das escolas, as pessoas digam: "uau, quem é aquele cara?". Porque, se não for assim, vou ser invisível. Ou visível de uma maneira ruim. Que nem uma mancha.

— Mãe! — disse Cordelia. — Você não vai acreditar nisso, vai? Ele está tentando fazer a senhora cair numa história pra boi dormir por causa de uma mochila de mil dólares.

— Querem parar com a coisa dos mil dólares? Não foi tudo isso — rebateu Brendan.

— Bom, *quanto* foi? — perguntou a mãe.

— Setecentos.

A testa dela vincou em várias rugas que lembravam setas apontando para baixo.

— Você gastou 700 dólares em uma mochila?

— Frete incluso.

— Como você pagou?

— Com o seu cartão de crédito.

— Você ficou louco?

— Está tudo bem — garantiu o menino. — Fiz um cheque prometendo que vou te pagar de volta.

Brendan tirou o cheque do bolso. Era da Sra. Walker, no valor exato da encomenda, mas o garoto riscara o nome da mãe e o substituíra com o próprio.

— Você fez um cheque para mim da *minha* conta — observou a Sra. Walker. O rosto já estava vermelho àquela altura.

— É. Quero dizer... Imaginei que parte do seu dinheiro tecnicamente é *meu* dinheiro também — argumentou. — Sei que você e o papai pegaram uma parte para pagar a nossa faculdade. Então pensei em usar esse dinheiro da faculdade para comprar a mochila.

— Você não faz a menor ideia de quanto dinheiro a gente guardou para a faculdade de vocês! — vociferou a Sra. Walker. — Você vai devolver essa mochila imediatamente!

— Mas ela vai me ajudar a ficar popular e, sendo popular, eu vou ser convidado para mais atividades extracurriculares e, fazendo mais atividades, vou conseguir entrar em uma faculdade melhor. Pensa nisso como um investimento!

— Sabe o que vai ajudar você a entrar em uma faculdade melhor? Se livrar daqueles *S*'s no seu boletim — discordou a mãe (a Bay Academy não usava o sistema numérico para dar notas; usava *E* para excelente, *S* para satisfatório, *R* para regular e *I* para insatisfatório; ou, como os alunos chamavam, *ihhh*).

— Meu boletim só vai ter *E*'s esse semestre — prometeu Brendan. — Vou ser igual a Cordelia. Juro.

— Não acredita nele — disse Cordelia. — A última coisa que ele quer é ser como eu.

Brendan encarou a irmã. *Não é verdade,* pensou. *Délia ainda é a pessoa mais inteligente que conheço. Só está um pouco esquisita ultimamente.*

— Estou *muito* zangada com você, Brendan.

— Qual vai ser o castigo dele? — perguntou Eleanor.

— Fica quieta, Nell! — disse Brendan.

— Obriga ele a fazer o trabalho pesado da casa! — incentivou Cordelia.

— Trabalho pesado? — repetiu ele. — E o que as três faxineiras vão fazer, então? Você quer mesmo tirar o emprego das pessoas com essa economia do jeito que está? Só para me punir?

— Não — disse a mãe. — O que você vai fazer é considerar essa mochila o seu presente de aniversário.

— Não é justo — disse Brendan. — O meu aniversário é só daqui a seis meses.

— Ou — ameaçou a Sra. Walker — você pode arrumar um emprego na In-N-Out Burger.

— A senhora está brincando? — perguntou o menino. — Se um garoto da escola me encontrar fazendo batata frita com molho extra, minha vida vai estar acabada!

— A decisão é sua — disse a mãe. — E, se você usar o meu cartão de novo, eu *vou* pegar essa mochila e levá-la para a igreja Glide Memorial para doar ao primeiro sem-teto que aparecer. Não fique achando que estou blefando.

Brendan estremeceu e suspirou; sabia que a luta chegara ao fim — e ele tinha conseguido ficar com a mochila. Apenas não ganharia uma motoneta de aniversário como planejado.

— É, certo, OK, mãe — balbuciou. — Valeu.

— Não acredito que você vai deixar ele se safar assim tão fácil — protestou Cordelia.

— Olha, eu levei você e Eleanor para um dia de compras quando fizemos o acordo.

— É, mas... mas...

— Mas vocês são garotas? — arriscou Brendan. — Desculpa, direitos iguais.

— Brendan! Para de confrontar a sua irmã e vai se arrumar para a escola!

Minutos depois, os Walker se apressavam na direção da avenida Sea Cliff com mochilas cheias de deveres de casa e livros para pegar o Lincoln preto que os aguardava. O motorista, Angel, um homem corpulento e alegre de 57 anos, chegava sempre antes do horário. E abaixava o volume do grande acordeonista Flaco Jiménez quando as crianças se aproximavam.

— Bom dia, senhoritas e cavalheiro Walker! — cumprimentou. Era sempre da mesma forma. — Estamos prontos para a escola? Sr. Brendan! Quanta elegância! O que é isso? Uma mochila de diamante Mastermind? Não são só cem dessas que existem?

— Cinquenta.

— Cinquenta?! — exclamou Angel. — As garotas vão te cercar que nem enxame de abelha, cara!

Brendan ergueu uma sobrancelha no estilo *não disse?* para as irmãs enquanto entravam no carro de luxo, onde havia à disposição revistas, o jornal

San Francisco Chronicle e garrafas de água. Brendan e Eleanor abriram uma garrafa cada; Cordelia ignorou-os, ouvindo música, e aumentou o aquecimento no banco de trás.

— O que você está pensando? — perguntou Eleanor. — Vai fazer uns 26 graus hoje!

Cordelia tirou os fones de ouvido.

— Estou congelando — disse.

— Não está frio!

— É — concordou o irmão. — Vai ver você está precisando comer mais, Délia.

— Vocês dois têm é que me deixar em paz — rebateu a adolescente.

Brendan e Eleanor se entreolharam, mas a última disse:

— Tudo bem. Coloca na temperatura que quiser. Vou ler meu livro novo.

A garota pegou o livro da série *Encyclopedia Brown* que a mãe lhe dera. Estava muito orgulhosa de como já era capaz de lê-lo agora. Conseguia solucionar os casos também, na maior parte das vezes. *Provavelmente por causa de todos os mistérios que precisei resolver durante nossas aventuras*, pensava. Ela mostrou o exemplar à irmã para ver se o humor dela melhorava.

— Olha só como já estou quase no final! Hoje mesmo termino!

Cordelia fitou o volume, deu de ombros e voltou os olhos para a janela, ignorando a menina. A expressão de Eleanor ficou anuviada.

Brendan notou.

— Ei, Délia, qual é o problema? — indagou. — Angel? Será que nós três podemos conversar em particular, por favor?

Angel fez o painel de vidro escuro subir entre os bancos da frente e de trás. Era como se os Walker estivessem em uma sala particular móvel.

— Délia — começou o irmão. — O que você tem? Não tem sido você mesma. Não está mais lendo, nem sobre o Will nos livros do Kristoff. É por isso? Por causa do Will? Sei que você sente falta dele.

Isso atraiu a atenção de Cordelia. Will Draper foi um piloto de caça da Primeira Guerra Mundial, um personagem do romance de Denver Kristoff chamado *O ás do combate*. Tinha topado com os Walker quando a casa deles foi mandada para outro mundo durante o primeiro ataque da Bruxa do Vento... E, a bem da verdade, ele tivera uma queda por Cordelia. E vice-versa.

— Por que eu ia ler sobre o Will? — perguntou. — É óbvio que ele não está pensando na gente, ou teria entrado em contato. Vai ver a gente imaginou o cara. Vai ver a gente imaginou a coisa toda.

Brendan suspirou. Perder Will foi a coisa mais difícil que os Walker enfrentaram depois das aventuras. Ao voltarem a São Francisco, Will os acompanhou, e o piloto prometera encontrar Cordelia na escola no dia seguinte — mas nunca apareceu.

Já haviam se passado seis semanas.

Os irmãos fizeram tudo o que podiam para encontrá-lo — procuraram na internet reportagens a respeito de um homem confuso que pensava ser um piloto inglês, distribuíram pôsteres com um retrato falado dele —, mas não deu em nada. Cordelia ficou cada vez mais triste com o passar dos dias e não teve notícia alguma, então o pesar se transformou em raiva. Ela não gostava da ideia de que alguém tivesse o poder de fazê-la sentir-se tão mal.

— Quem sabe ele não voltou magicamente a *O ás do combate* — arriscou Brendan — e está lá agora? Sabemos que os livros do Kristoff são coisas esquisitas e amaldiçoadas. Vai ver podem absorver um personagem de volta quando ele sai.

— Só espero que ele esteja bem, não importa onde — disse Eleanor.

— É — concordou o menino. — Ele era tipo o irmão mais velho que nunca vou ter.

— Sinto falta das piadas toscas dele — continuou Eleanor.

— E da forma como ele segurou a minha mão quando a gente... — começou Cordelia, que rapidamente parou de falar ao se dar conta de que os irmãos a encaravam.

— Pensei que você tivesse dito que ele não era real — argumentou Brendan.

— Não devia ter dito isso — admitiu ela. — Sei que ele é real.

Ficaram pensando em Will por um instante, em como seria incrível se tivessem mais uma pessoa com quem falar a respeito de tudo que não podiam compartilhar com mais ninguém, quando o carro *derrrrrrapooou* até conseguir frear totalmente.

— Ei! — gritou Angel do assento do motorista, tão alto que puderam ouvi-lo mesmo com o vidro fechado. — Você está maluco? Atravessando assim no meio da rua?!

Brendan abaixou o vidro. Cordelia foi a primeira a falar:

— Pai?

— Sr. Walker? — chamou Angel, repentinamente preocupado com seu emprego. — Desculpe. Não reconheci o senhor!

Seria difícil para qualquer um reconhecê-lo. Estava vestindo um casaco de esquiar, jeans rasgados, sapatos sociais sem meias, um boné do San Francisco Giants bem surrado e óculos estilo aviador, com um cachecol xadrez em volta do pescoço. Atravessava a rua com pressa, em direção a uma delicatéssen, enquanto um táxi esperava do outro lado, parado em fila dupla. O Sr. Walker viu Angel e esboçou um sorriso.

— Meninos! Oi! Angel, não se preocupe.

Ele caminhou até a janela do banco de trás. Os carros buzinaram. Parecia ter ficado a noite inteira acordado.

— A mamãe disse que você saiu para correr — observou Brendan.

— Estava no trabalho. Sua mãe tenta esconder de vocês o tanto que tenho que trabalhar. Mas estou me esforçando para conseguir o meu antigo cargo de volta, e isso significa pesquisa exaustiva.

— A gente entende — garantiu Eleanor. — A gente ama o senhor, papai.

— Que tipo de pesquisa? — perguntou Brendan, preocupado com o pai (e querendo acreditar nele).

— Pesquisa médica. Circulação sanguínea e centros de recompensa no cérebro. Olha, vou pegar um sanduíche e ir para casa. Crianças, tenham um ótimo dia na escola. Amo vocês.

Ele beijou a mão, enfiou-a pela janela e a encostou na cabeça de cada um dos filhos.

Depois seguiu para a lojinha. Os irmãos se entreolharam.

— Vai ver está ficando louco. Talvez o livro tenha colocado uma maldição nele — disse Cordelia.

— Ou vai ver ele só está com dinheiro demais sobrando — rebateu Brendan.

— Quem sabe eu não devia ter pedido por, tipo, só metade daquilo tudo — concluiu Eleanor, com uma pontada de culpa.

Fizeram o resto do caminho para a escola em silêncio.

4

A escola Bay Academy se situava em um campus extenso, com um lago cheio de patos. Era necessário cruzar um portão e uma colina depois de passar pelo lago — o lar de alguns patinhos fofos e algumas poucas gaivotas grandes e sujas — até chegar ao prédio principal, cuja aparência lembrava a de uma catedral de arenito vermelha. A princípio foi uma visão muito impressionante para os Walker, mas agora era apenas a escola.

Os irmãos se despediram batendo os punhos e seguiram seu caminho separadamente.

Eleanor foi para a esquerda; outras crianças da sua idade se juntaram a ela. Os meninos do terceiro ano do ensino fundamental tinham duas forças agindo em seus corpos enquanto caminhavam para a sala de aula: o peso das mochilas, que os puxava para trás, e o desejo de mexer nos celulares, que os inclinava para a frente. Eleanor mandou uma mensagem de texto para a mãe enquanto andava. O celular simples não permitia fazer muito mais do que isso sem internet. A menina não se importava; estava satisfeita em poder se comunicar com a mãe quando precisasse dela.

> Estou com saudades mãe

> Está tudo bem?

Antes que pudesse responder, Eleanor percebeu que havia duas garotas andando com ela, uma de cada lado: Zoe e Ruby. Não muito simpáticas. Ambas eram mais altas do que Eleanor e (tinha que admitir) mais bonitas. *Mas as duas têm mães modelos — elas iam ser o quê? Baixinhas e feias?*

— Ei, Ruby, você viu o que postei ontem à noite? — indagou Zoe, falando como se Eleanor não estivesse ali.

— Ah, vi! — respondeu a outra. — Irado! E você, viu? Coloquei no Instragram a foto mais engraçada do meu buldogue francês.

Ruby estendeu o celular bem na frente do rosto de Eleanor para que a outra amiga pudesse ver a foto. Eleanor percebeu que queriam exibir os celulares.

— Já entendi o que vocês estão fazendo — disse, revirando os olhos. — Não precisam ser tão óbvias assim. Sei que o meu celular não é bom como o de vocês.

Ruby olhou para a garota como se fosse uma surpresa vê-la ali.

— A gente não está fazendo nada. Só estamos conversando.

— Vocês acham que podem me deixar mal, mas não podem. Já fiz um monte de coisas incríveis que vocês nunca vão entender. Já derrotei uma bruxa de verdade.

— Uma *bruxa de verdade?* — perguntou Zoe.

— Do que você está falando? — complementou a outra. — Você se meteu numa briga com a Srta. Carter? — Houve boatos correndo a escola de que a Srta. Carter, que tinha *dreadlocks* nos cabelos e uma tatuagem de caveira, era, de fato, uma feiticeira.

— Não, eu... — Eleanor começou a explicar, mas percebeu que se contasse àquelas duas mais sobre a história, pareceria completamente maluca. Apenas balbuciou entre dentes: — Esquece.

Ruby colocou a mão no ombro dela.

— Você precisa relaxar. Não é como se fosse, tipo, tão importante para a gente se juntar contra você para te zoar.

— Jura?

— Aham — garantiu a outra. — Mas você provavelmente devia arranjar alguma coisa melhor do que esse telefone de vovô.

Ruby riu, só um pouco, e as duas se adiantaram na frente em direção à escola. A cabeça da menina girava. Ela olhou de volta para o celular, para a pergunta *"Está tudo bem?"*.

Queria falar que Cordelia tinha sido má no carro, que eles tinham encontrado o pai por acaso e que ele estava com uma aparência horrível, e como essas duas garotas riram dela a ponto de Ruby quase dar com a língua nos dentes e contar tudo sobre a Bruxa do Vento, e como ela queria que tudo voltasse ao normal, exatamente como era antes... Mas, em vez disso, escreveu à mãe:

Tudo bem

Tinha a sensação de que era assim que os adultos lidavam com seus problemas

Enquanto isso, Brendan estava no prédio onde aconteciam as aulas para os alunos dos sexto, sétimo e oitavo anos, e *arrasava* com a mochila. Não era um mero acessório; era uma espécie de campo de força que lhe permitia andar de uma maneira distinta, com o peito estufado, olhando para todos. *Porque qual o problema se eles olharem de volta? O que eles vão ver? Uma das melhores mochilas do mundo, é isso aí.*

O sinal tocou; Brendan estava atrasado. *Mas e daí? Posso andar depressa usando isto. Esta é uma mochila digna de desfile.* Foi para o escaninho e ficou brincando sem propósito com a tranca de senha sem nem notar os garotos atrás dele: Scott Calurio e sua gangue.

— O que você acha que está usando? — indagou o líder.

Scott era o bully pessoal de Brendan, que fazia parte do time infantil de luta greco-romana da escola, tinha olhos maliciosos e era musculoso, com mãos grandes e gordas, e um pescoço maior do que a cabeça. Tinha cabelos cacheados e louros, um dos grandes motivos pelos quais Brendan suspeitava que ele conseguia se safar de tudo o que fazia. Ninguém suspeita que um bully vá ter cabelos tão fofos e de menininha. As vítimas de Scott eram as crianças que ele considerava diferentes, estúpidas e pobres, e ele tinha um bando de amigos no time para ajudá-lo na missão.

— É uma mochila de caveira do Japão. Com diamantes de verdade.

— Onde você conseguiu? No eBay?

— Não é da sua conta... Por que você está aqui me enchendo? O que eu fiz?

— Está andando por aí como se tivesse acabado de fazer um touchdown no fim do jogo, o que a gente sabe que nunca ia acontecer nesse universo — disse Scott, rindo com o grupo. — E, ei... Eu estava querendo saber... O que aconteceu com a sua orelha?

— Atiraram em mim — respondeu o menino, tocando o lóbulo esquerdo. Scott e os colegas riram, mas era verdade. A pontinha perdida da orelha de Brendan era uma pequena lembrança de suas aventuras nos livros de Kristoff; o pirata Gilliam a tinha arrancado. Não que Brendan sentisse muito a sua falta, mas, nas últimas seis semanas, sequer seus pais tinham notado, pois estavam às voltas com os próprios problemas, e agora ali estava Scott Calurio apontando o fato.

— Aham, está certo — zombou. — Foi o seu gato que comeu, provavelmente! — Os capangas riram e depois agarraram Brendan e o empurraram contra o chão. Ele resistiu, chutando e arranhando, mas não conseguiu vantagem alguma: eram muitos contra um.

— Ei! Para! Socorro...

— Shh — repreendeu Scott. — A gente não vai te machucar. Só vai dar uma olhada melhor nisso aqui.

O valentão arrancou a mochila de Brendan e estreitou os olhos enquanto a examinava. Os diamantes brilhavam sob as luzes fluorescentes. O menino se debateu, mas em vão; tentou gritar, mas sua boca foi tapada. *Eu podia morder,* pensou, *mas aí seria zoado como a criança que morde os outros.*

Scott tateou o forro interno da mochila até encontrar uma etiqueta. Rasgou-a e colocou na frente de Brendan.

— O que diz aqui, hein? Eu leio, no caso de você ser disléxico que nem a sua irmãzinha. "Old Navy". *Old. Navy.* Agora me diz, por que uma mochila japonesa ia ter uma etiqueta de uma loja de departamento americana? Aposto que isso aqui também não é de diamante. Aposto que é feito de vidro!

E, com isso, o garoto arrancou seis ou sete "diamantes" do tecido, colocou-os na boca e... os *mastigou*! Quando estavam totalmente pulverizados, Scott cuspiu-os no rosto de Brendan.

— Não disse?! — rosnou. — Não dá pra quebrar diamante de verdade com os dentes. A mochila é falsa. Como você. Como sua família idiota que veio de lugar nenhum.

Scott jogou a mochila em cima do menino. As pessoas passavam por ele no corredor enquanto tudo acontecia, apontando e tirando fotos com o celular. Os professores não ajudariam; estavam em suas salas bebendo café, o que provavelmente era melhor mesmo, pois, se um deles o salvasse de um garoto como Scott, seria ainda mais humilhante do que ter apanhado, para começo de conversa. Mas qual era a pior parte? *O Scott está certo*, pensou Brendan. *Eu sou falso.*

— Tomara que você não tenha gastado mais do que dez mangos nisso aí — concluiu o lutador antes de sair caminhando pelo corredor com o bando. O som ambiente voltou a imperar. Brendan se levantou e enfiou a cabeça o mais fundo que podia dentro do escaninho. Não queria que o vissem chorar.

Cordelia estava se sentindo bem melhor do que Brendan. Na verdade, desde que começaram a estudar naquela escola, descobrira que ficava mais alegre ali do que em casa, o que era um pouco triste, mas ela não se importava. Via o local como uma oportunidade de se reinventar; na escola antiga, todos a conheciam como a menina que lia o tempo inteiro, ou a garota quietinha, ou "a irmã mais velha do Brendan", pois ele tinha uma personalidade e tanto — mas não na Bay Academy. Aqui Cordelia era a pessoa que iniciara o Programa de Monitoria.

Não tinha sido tão difícil, e ele tomou forma rápido. Nas primeiras duas semanas no novo colégio, Cordelia notou que muitos alunos do nono ano do fundamental e do primeiro ano do ensino médio estavam contratando professores particulares, o que lhe parecia uma besteira, pois havia vários estudantes muito inteligentes dos segundo e terceiro anos que poderiam dar aulas aos colegas. E eles queriam atividades extracurriculares para aumentar as chances de entrar na faculdade, então Cordelia pensou: *Por que não começar um programa que faz dos alunos mais velhos os professores dos mais novos?*

A menina foi ao Grêmio Estudantil a fim de discutir a ideia. Lá conheceu Priya, a tesoureira do corpo discente, que gostou dela e da proposta. Foi assim que Cordelia acabou participando das causas e governo estudantis

— ou da "política escolar", como as pessoas chamam, mas para ela não se tratava de política; tratava-se de ajudar. Ela criou o Programa de Monitoria em duas semanas, e foi um grande sucesso, com vinte duplas de tutores e alunos inscritos.

Talvez ajudar os outros seja a minha vocação, pensou ela ao passar pelo quadro de inscrição para Monitoria no Douglas-Kroft, o prédio onde eram dadas as aulas do ensino médio. *Ajudar as pessoas. Isso faz com que eu me sinta bem e pare de pensar em mim mesma, ou no Will, ou no que passei.* Priya tinha dito a Cordelia que talvez ela pudesse se candidatar ao cargo de representante de turma no ano seguinte. Era uma ideia assustadora para a menina e a empolgava — ou talvez a empolgasse porque assustava.

Cordelia chegou para a primeira aula, de história com a Sra. Mortimer, e se sentou no meio da sala. Afastou aqueles pensamentos e mergulhou nas tarefas escolares, o que sempre foi uma habilidade sua... até sentir o olhar de alguém sobre ela.

Era uma sensação desagradável, como uma picada. Ela a sentira algumas vezes nas últimas semanas, na escola e em casa, e sempre parava o que estava fazendo para tentar pegar o observador. Não foi diferente desta vez. Ela ficou totalmente imóvel e moveu apenas os olhos. Será que algum dos colegas a fitava? Délia deixou a caneta cair para ter uma desculpa e olhar para trás. Não, não era nenhum deles — mas tinha alguém!

Repentinamente, vislumbrou uma pessoa — do lado de fora da janela, se distanciando. Não conseguiu ver o rosto, apenas o corpo negro esguio que desapareceu rapidamente.

Ela se levantou, perplexa, mas parou e se sentou outra vez.

Havia algo acontecendo com as mãos dela.

Começou com as veias. Sob a pele, que era clara, as veias não eram algo a que desse muita atenção. Mas sabia que não eram aparentes nos dedos. Quem tem veias nos dedos? Gente velha.

Mas agora as veias dela estavam assim. Escuras, grossas e próximas à superfície da pele.

Era como se ela as visse de fora do próprio corpo; as veias se esticavam, *engordavam*, e a pele ao redor encolhia, ficava cada vez mais pálida, mais ressecada, como se fosse descamar e ela tivesse uma doença ou...

Como se eu estivesse envelhecendo, pensou Cordelia.

É um pesadelo. Tem que ser. Nem no colégio eu devo estar. Minha mente está me sabotando. Não estou aqui. Ela virou as mãos — as palmas tinham linhas profundas. As unhas estavam crescendo, tornando-se alaranjadas, ficando sujas por baixo. Enquanto olhava para elas, um frio cortante atingiu a lateral de seu corpo, como se ela tivesse sido atingida por uma bala congelada. Cordelia debruçou-se de dor, mordendo o lábio para não gritar.

As mãos se contraíam, como se fossem raízes tortas e cinzentas, da cor da morte. Délia se lembrou de algo que aprendera sobre a prática de atar os pés em estudos sociais, quando os chineses encorajavam as mulheres a enfaixá-los e mutilá-los com o objetivo de fazer seus dedos se curvarem sob a sola e impedir o crescimento, simulando a forma de uma "flor de lótus dourada", o formato mais belo de pé que havia, com o qual nem se podia andar direito, e era nisso que suas mãos estavam se transformando — uma lótus morta e fria por dentro...

Ela deu um grito.

Todos na sala de aula se viraram para ela. Cordelia rapidamente escondeu as mãos debaixo da carteira.

— Cordelia? Está tudo bem? — perguntou a Sra. Mortimer.

— Posso, por favor, sair um minuto?

Não era bem um pedido. Ela enfiou as mãos de velha dentro da mochila, se levantou e foi embora correndo, usando o cotovelo para abrir a porta. A Sra. Mortimer protestou enquanto os alunos se entreolhavam e começavam a rir.

Cordelia, entretanto, sentiu um olhar diferente. O da pessoa que a estivera observando — que voltara para assistir ao que tinha acontecido e que ficara satisfeita. Ela girou nos calcanhares para olhar a janela, mas não havia ninguém lá. *Estou surtando!*

Délia só conseguia pensar em um lugar aonde ir.

Cordelia disparou pelo corredor com as mãos escondidas dentro da mochila. Por que não vestira algo com bolsos hoje? *Porque*, pensou, *queria usar leggings com esse suéter vintage.*

Tim Bradley, da aula de química, apareceu de repente no fim do corredor. Era alto, do time de basquete, com cabelos ruivos bagunçados, olhos azuis e sorriso meigo. Lançava olhares furtivos a Cordelia na aula quando pensava que ela não estava olhando — mas a adolescente sempre sabia quando tinha alguém a observando. Especialmente um cara bonitinho.

Ainda assim, Tim jamais falara com ela. Talvez não tivesse coragem. Só que agora estava acenando, segurando uma permissão para estar fora de sala.

— Oi, Cordelia... Tudo bem?

— Não posso falar! — disse ela, passando por ele. Não dava para acreditar. *Garotos nunca sabem escolher o momento certo.*

— Mas... espera! Você vai entrar no...

Eu sei, pensou enquanto mergulhava para dentro do banheiro das professoras.

Ela fechou a porta. Aqueles banheiros eram como templos secretos da escola; ninguém jamais esteve ali dentro, eles podiam esconder qualquer coisa em seu interior. Felizmente, aquele estava vazio. Cordelia tirou as mãos da bolsa para examiná-las.

Estavam piores. Como gravetos velhos e retorcidos com uma pele cinza jogada por cima. Como peles de cobra fossilizadas. Com grande dificuldade, ela conseguiu trancar a porta e notou que as mãos *continuavam a envelhecer*, murchando e craquelando continuamente, como se fossem cair e deixá-la com tocos...

Como as da Bruxa do Vento, ela se deu conta. *Quem tinha a mão assim? Dahlia Kristoff tinha.*

As mãos de Cordelia estavam frias. Geladas. De súbito, ela teve uma ideia. Usou o cotovelo para ligar a água quente da pia.

Quando estávamos no navio pirata, o que foi que a Bruxa do Vento fez comigo? Me transformou em gelo. Qual é o oposto de gelo?

Cordelia colocou as mãos debaixo da torneira. A água queimava; ela deu um pulo, mas se manteve firme. O vapor subiu para o rosto. Lágrimas escorreram dos olhos.

Isso é bom; vai ajudar. Quebrar o gelo. Quebrar com calor.

Ela limpou as lágrimas no ombro. Ao olhar para baixo, as mãos estavam de volta ao normal. Inchadas, vermelhas e latejando, mas já não lembravam as de Dahlia Kristoff. Cordelia caiu no chão do banheiro.

Ela retornou à sala de aula. Ninguém disse uma única palavra. Ela supunha que a Sra. Mortimer devia ter advertido os alunos de que era aconselhável respeitar a privacidade dos outros. Mas agora todos deviam estar falando sobre ela. Precisava encontrar Brendan e Eleanor o mais rápido possível para discutir o que diabos estava acontecendo. Primeiro, porém, tinham que chegar em casa. Falar sobre a Bruxa do Vento em público era perigoso.

No almoço, Cordelia não estava com muita vontade de comer nem de conversar. Felizmente, a escola tinha um sushi bar, então ela pegou uma porção pequena de sushi de salmão para viagem e foi se sentar perto da janela.

— Oi, Cordelia.

Era Tim, do corredor. A menina sentiu uma pequena explosão de empolgação antes de se lembrar da situação maluca em que estivera envolvida aquela manhã — então sentiu uma sensação de entorpecimento silencioso ao perceber que teria que mentir para ele.

— E aí?

— Eu só... quando te vi antes... Você está *mesmo* bem? Quero dizer, você parecia meio mal...

— Ah, eu estou legal. Pensei que estivesse com alguma virose e mal do estômago, mas agora estou bem. — Ela forçou um sorriso e mordeu um sushi.

— Olha — disse Tim, um pouco nervoso. — Eu estava pensando...

— O quê? — perguntou Cordelia, dando outra pequena mordida.

— Se você não estiver muito ocupada no fim de semana, quer ir ao cinema comigo?

Ela piscou. *Alguém faz desse dia um feriado! A primeira vez que um garoto me pede oficialmente para sair! Com sorte a coisa esquisita com as minhas mãos não volta a acontecer. Vai ver foi tudo coisa da minha imaginação. Talvez esteja tudo bem.*

Mas havia algo que não estava bem. A última vez que o coração de Cordelia acelerara assim tinha sido por causa de Will, e ela ainda sentia sua falta...

Mas sabe do que mais? O Will sumiu. Ele teve a chance dele e nunca apareceu. E Tim está bem aqui.

Cordelia não queria parecer ansiosa demais. Deu a última mordida no sushi para um efeito dramático, pronta para dizer *sim*, quando ouviu um *crack* e sentiu uma repuxo na gengiva. *E agora o que foi isso?*

Tirou o pedaço de peixe e arroz da boca. O salmão estava coberto com sangue. Projetando-se dele, como se fosse uma lápide, estava um de seus dentes.

Tim Bradley olhou para o dente com horror. Fitou Cordelia, depois o dente, e voltou a olhar para Cordelia...

— Hum... — balbuciou. — Acabei de me lembrar. Tenho que cortar o cabelo no fim de semana. Quem sabe outro dia.

Tim recuou, bateu em uma mesa e evaporou no ar. Cordelia segurou o sushi de dente na mão e saiu correndo da cafeteria. Outros garotos a encaravam, espantados, mas não havia nada a fazer — ela precisava de ajuda. Cambaleou pelo corredor e empurrou a porta da enfermaria, gritando:

— O senhor precisa colocar de volta! Dá pra colocar de volta?

— Colocar o que de volta *onde*? — perguntou o enfermeiro Pete.

Ele pesava quase 136 quilos, e sua camisa tinha grandes manchas de suor sob as axilas. Era calvo, tinha um pequeno cavanhaque grisalho, óculos de armação preta e botas Ugg azuis de pelúcia. As paredes da sala tinham vários pôsteres a respeito de depressão e de piolhos.

— Meu dente caiu!

O enfermeiro apontou para um banco. Cordelia se sentou, e ele pegou o sushi e entregou uma toalha para parar o sangramento. Quando o sangue estancou, o homem colocou sushi e dente em ziplocs separados.

— Você consegue me explicar o que foi que aconteceu?

— Ele simplesmente saiu como se fosse um dente de leite. — A menina passou a língua pelo espaço vazio. Podia sentir a gengiva exposta, irregular.

— Os dentes de leite ficam moles antes de cair — observou o enfermeiro. — Esse dente já estava mole?

— Não...

— Mas sushi é uma comida bem macia... É quase impossível um alimento macio assim extrair um dente. Isso é bem preocupante, pode ser sério.

— Sério como?

— Uma doença da gengiva, úlcera na boca, câncer de boca...

— *Câncer?*

— Não tire conclusões precipitadas.

— Foi o senhor quem disse câncer!

— Aqui. — O homem entregou a Cordelia dois analgésicos e um copo plástico cheio de água. — Toma isso. E mais importante ainda... Você precisa ir ao dentista. Um *especialista*. Ligue para a sua mãe e peça para ela marcar uma consulta.

Ah, tá, pensou Cordelia enquanto tomava os remédios. O enfermeiro tinha boas intenções, mas era óbvio que não podia discutir nada disso com os pais. Eles a mandariam a um bando de especialistas, mas não encontrariam nada, porque não era uma questão de cárie normal. Era uma maldição. E estava relacionada à Mansão Kristoff.

Pensando bem, refletiu, *será que eu devia contar a Bren e a Nell?* Se dissesse aos irmãos que as mãos dela tinham envelhecido e que os dentes estavam caindo, o que conseguiria com isso? Seria uma coisa se se tratasse da irmã mais nova e fosse esperado que tomassem conta dela. Mas ela era a mais velha — e devia ser a mais forte. *Como é que vou ser bem-sucedida em qualquer coisa se não consigo dar conta dos meus próprios problemas?*

Cordelia saiu da enfermaria e começou a coçar o braço enquanto caminhava pelo corredor. O enfermeiro Pete tinha dito para ela voltar para casa, mas não queria dar motivo para as pessoas começarem a falar dela, então planejava apenas ficar na sala de aula, sentadinha e de boca calada, e tomar caldos e vitaminas batidas três vezes a fim de proteger os dentes restantes. Mas agora o *braço* estava coçando loucamente. *O que está acontecendo?*

A menina começou a puxar a manga. Quando chegou ao local da coceira, várias escaminhas cor de pêssego caíram no chão. Ela pegou uma e a examinou. *Pele!* Havia uma camada destruída em seu braço, como se a carne tivesse sido arrancada e raspada como tinta barata em um desses cartões de raspadinha. Como se ela estivesse se coçando durante horas, escavando *sob* a pele...

E embaixo dela havia gelo.

Nada de veias. Nem músculo ou sangue. Apenas gelo translúcido e azulado.

Aterrorizada, Cordelia bateu nele com a unha. Fez um pequeno ruído seco. Ela puxou a manga para cobrir o braço outra vez. O corpo estava gelado sob as roupas. Délia não olharia. Não falaria nada. Não tinha certeza de como, mas ia resolver tudo sozinha.

9

A caminho de casa, assim que Angel terminou de levantar o vidro (ele estava gritando para o programa de esportes no rádio: "De jeito nenhum aquele imbecil deveria entrar para o Hall da Fama! Ele usa anabolizante que nem criança come M&Ms!"), Brendan pergunta a Cordelia:

— Um Snickers congelado?

— Isso aí.

— Não sei o que é pior: você mentir para mim ou querer que eu acredite numa mentira ridícula dessas.

— *Não* é mentira.

— Você tem ideia de quantos processos eles iam ter que enfrentar se as pessoas mordessem chocolate e perdessem os dentes?

— Desculpa por não acompanhar o blog dos processos contra a empresa que produz os Snickers. Mas sei que aconteceu comigo. De qualquer forma, o que houve com a sua mochila?

Cordelia apontou para o saco plástico sob o assento de Brendan, no qual agora ele carregava os livros após ter se livrado da imitação barata de mochila Mastermind no lixo do vestiário. Eleanor olhou também. Brendan tinha muitas explicações a dar.

— Eu, hum... — Ele se remexeu. — Encontrei um colecionador.

— Colecionador?

— É, um cara que tem o hobby de colecionar coisas da Mastermind.

— E esse "colecionador" estava passeando lá pela escola por acaso? — perguntou Cordelia, desconfiada.

— A mamãe disse que não é para conversar com nenhum estranho passeando pela escola — observou Eleanor.

— Não era um estranho — defendeu-se o menino. — Era uma pessoa conhecida.

— Quem?

— Norm, o zelador.

— Norm, o zelador, é um cara estranho — disse Cordelia.

— É mesmo — acrescentou Eleanor. — Ele sempre me pergunta se eu uso sapatos Louboutin.

— De qualquer forma, ele ofereceu me pagar 100 dólares a mais pela mochila do que o que eu tinha pagado antes.

— O zelador da escola vai te dar 800 dólares por uma mochila? — indagou Cordelia.

— É — confirmou Brendan. — Aí vou poder pagar a mamãe de volta e...

Eleanor interrompeu.

— Isso é ainda mais idiota do que a história da Délia. Vocês *dois* precisam parar de mentir.

Os irmãos mais velhos olharam para o chão. Doía ser chamado à atenção.

— Certo, agora é a minha vez de contar o que aconteceu hoje — disse Eleanor. — Mas *eu* estou falando a verdade. Duas garotas vieram me dizer que preciso de um telefone novo. — A menina tirou da mochila o celular de criança. — É mesmo tão ruim assim?

— É, sim, Nell — confirmou o irmão. — Você devia pedir outro melhor para a mamãe.

— Mas eu gosto dele! Está bom para mim! Não preciso de todas essas coisas novas e chiques que a gente tem. Nem gosto de andar neste carro com motorista! É esquisito!

— Foi você quem fez tudo isso acontecer — lembrou Cordelia. — Você quem desejou ter dinheiro. Pensa em como a gente ia estar duro se não fosse isso

— Não me importa — retrucou a menor. — E pensa se você estivesse no lugar da mamãe. Você ia querer me ouvir pedindo um celular novo na mesma noite em que *você* perdeu a sua mochila e *você*, o seu *dente?*

A menina estava ficando chateada de verdade.

Cordelia a abraçou, depois foi a vez de Brendan.

— Não se preocupa — disse ele. — Depois que ela descobrir como eu e a Délia somos doidos, vai ficar feliz porque você só está querendo um celular novo. E, se aquelas garotas zoarem você outra vez, é só vir pedir ajuda do seu irmão mais velho.

— É? — perguntou Eleanor, ainda nos braços dos irmãos, bem apertada pelos dois.

— Claro — garantiu ele. — Você devia ver só o que aconteceu quando o Scott Calurio começou a pegar no meu pé hoje. Digamos que não vai acontecer de novo.

— Valeu, Bren.

O menino abriu um grande sorriso amarelo. Cordelia percebeu que o irmão mentia. Não disse uma palavra, porém. Apenas sentiu um frio congelante. *Estamos todos mentindo a respeito de algo. Talvez até a Eleanor esteja.*

O carro deu um solavanco ao passar por um quebra-molas, e o abraço dos três se desfez.

Em casa, a filha mais nova esperou o momento certo para cercar a mãe. Decidiu que, após o jantar, quando já não houvesse comida nos pratos e a lava-louça estivesse ligada, mandaria uma mensagem de texto para a mãe com uma piadinha que ouvira na escola: *O que a aranha faz na aula de dança?* Mas não colocaria a resposta: *Sapa-teia.* Aí inventaria uma história de que o telefone está quebrado e nem sempre suas mensagens são enviadas.

Quando chegou a hora, entretanto, Eleanor decidiu: *Não vou mentir para a mamãe. Já temos segredos bastante na casa.*

— Ei, mãe!

A Sra. Walker estava no sofá. Brendan e Cordelia, no andar de cima. O Dr. Walker sequer aparecera para jantar.

— Acho que já está na hora de um upgrade. — Eleanor mostrou o celular à mãe. — Sei que a senhora não quer que eu acesse muito a internet, mas pode comprar um pacote com poucos mega e tal, ou eu podia ficar com o outro celular do papai se ele não quiser...

A Sra. Walker empertigou-se.

— Como assim, "o outro celular do papai"?

Eleanor recuou.

— Eu quis dizer o celular *velho* do papai.

— Não — refutou a mãe. — Você definitivamente disse *outro*.

— Certo, bom... Sabe, sendo disléxica, às vezes me confundo com as palavras...

— Nós duas sabemos que isso não faz parte da dislexia — disse a mulher. — O seu pai tem um telefone secreto?

Eleanor engoliu em seco. Os olhos da mãe estavam... Procurou a palavra. Não estavam zangados... Nem tristes... *Ansiosos. E é pior do que tudo.*

— Não sei. Não quero falar sobre isso.

— Olha — a Sra. Walker segurou a mão da filha —, seu pai não tem agido normalmente, e eu preciso mesmo saber o que está acontecendo. Não posso prometer que vai ser fácil, mas se ele tem um telefone secreto e você me mostrar onde está, vai me ajudar a descobrir quais são os problemas dele de verdade.

— E aí a gente vai conseguir resolver tudo?

A mãe assentiu.

— E vamos ser uma família normal de novo?

— Bom, não sei se existe uma família normal.

— A gente era *mais* normal antes.

— Isso eu garanto.

— Ok — concordou a menina. — Eu mostro, mãe. Mas a senhora não pode contar a ninguém o que eu estava fazendo.

Eleanor levou a mãe à cozinha e disse:
— Primeiro você precisa fazer enroladinho de pizza.
— O quê? Você está com fome agora? Pensei que fosse me mostrar o celular...
— Está no sótão.
— Ah...
— Brendan está no sótão — continuou a menina.

A Sra. Walker fez uma expressão de quem entendia que toda a ação teria que ser feita secretamente. Ainda assim, cinco minutos depois, o cheiro dos pães enroladinhos se espelhava pela casa e Eleanor já puxava a mãe para fora do cômodo ao mesmo tempo que o irmão corria na direção dele.

— Sempre vou ao sótão quando o Bren não está por perto — admitiu a menina, enquanto subiam a escada dos fundos.
— Nell! O quarto é dele! Por que você faz isso?
— Para fazer de conta... — começou, mas foi interrompida pelo irmão cantarolando "*enroladinho de pizza! Enroladinho de pizza! Enroladinho de pizza!*".
— O que você faz de conta quando está lá em cima?
— Que a casa é um navio gigante — respondeu a garota — e que o sótão é a cabine da capitã, que sou eu. Ou então que é a nave *Enterprise*, de

Star Trek, e eu sou o Spock. O Brendan tem esse truque de deixar a corda numa certa posição para tentar pegar quem entrar lá, mas sei como colocar no lugar e não ser descoberta.

— Nell — censurou a Sra. Walker —, usar a imaginação é uma coisa importante, mas é igualmente importante respeitar o espaço dos outros.

A filha fez que sim com a cabeça. Não podia admitir a razão real para brincar no sótão: olhar pela janela e lembrar como se sentiu quando viu pela primeira vez a floresta do lado de fora da Mansão. Durante suas aventuras. Quando tudo era tão empolgante. E quando os Walker trabalhavam juntos, enfrentando desafios, unidos — e não mentindo uns para os outros.

Elas chegaram aos degraus que subiam para o quarto do irmão. Eleanor explicou:

— Ok, então, às vezes, além de brincar aqui, também brinco no elevador. — E apontou para a pequena porta de metal quadrada na parede.

— Isso é péssimo! — exclamou a mãe. — E se essa coisa quebra, você podia...

— Cair e quebrar o pescoço?

— O que diabos você vai me contar agora? Que vai se juntar a uma gangue?

— Relaxa, mãe. Só estou *explicando* como foi que vi o papai entrar no sótão.

— Ah.

— Na sexta, depois da aula, eu estava brincando no elevador e vi quando do ele entrou. Tipo em *segredo*.

A menina guiou a mãe até lá em cima.

Havia duas grandes torres de revistas no quarto de Brendan — uma da *Sports Illustrated* e outra da *Game Informer* — e uma pilha serpenteante de roupa suja que dava em um cesto, que, curiosamente, não continha peça de vestuário alguma. Pôsteres na parede começavam a descolar e eram colados de volta com chiclete. Um prato com restos de cascas de um queijo quente, já tingidas de azul, descansava sobre o aquário no qual o peixinho dourado do menino, Turbo, se recusava a morrer.

— O papai ficou aqui só uns cinco minutos — explicou Eleanor —, mas depois que saiu, subi para ver o que ele estava fazendo. Tinha deixado aquela gaveta de cima aberta. Só um pouquinho. Quando olhei lá dentro...

achei o celular. Estava escondido debaixo do pijama de dinossauro velho do Brendan, que ele nunca mais vai vestir.

A Sra. Walker foi até a cômoda e abriu a gaveta. Aninhado sob o pijama verde vivo estava um iPhone.

Ela o pegou. Tinha uma senha para ser acessado. Tentou o aniversário do Dr. Walker para destravar: 0404. Não funcionou. Tentou o próprio aniversário, 1208, e suspirou.

— O que foi? — indagou a filha.

— Não importa o que eu encontrar aqui — disse a mãe —, sei que ele ainda está pensando em mim.

A Sra. Walker acessou as ligações recentes, mas todos foram feitas apenas para um único número.

— 415-555-1438. — Leu.

— O que é isso, mãe?

— Vamos descobrir agora.

— Não, espera, o que a senhora está fazendo?

— O que parece que estou fazendo?

— A gente devia dar o fora daqui! E se o Brendan voltar? Ou o papai?

— Já está tocando, Nell.

— Então pelo menos me deixa ouvir!

A Sra. Walker ajoelhou-se e segurou o celular de forma que a menina também pudesse escutar. Uma voz atendeu:

— Doutor?

Era uma voz masculina, grossa e rouca, como se a pessoa tivesse duas fatias de bacon cru enroladas nas cordas vocais.

— Doutor? Está me ouvindo? O que o senhor me diz? Os Niners estão com três essa semana, os Warriors estão...

— Quem está falando, um *agente de apostas*? — perguntou a mulher.

Clique. A ligação foi terminada.

— Quem era? — perguntou Eleanor.

— Um covarde — respondeu a mãe, rediscando.

Desta vez, o homem atendeu de primeira:

— Escuta só...

— Não, escuta só você! Sou a *esposa* do Jacob Walker, Bellamy Walker, e *exijo* saber...

— Meu palpite é que você não vai apostar pelo doutor, não é?

— Não! E o que você está fazendo é totalmente ilegal...

— Ei, Sra. Walker, não me julgue. Eu só faço negócios com o seu marido. Se você tem algum problema com isso, vá se entender com ele. E diga ao doutor que, se ele quiser entrar no jogo da semana, é melhor ligar. E por último...

Cuspiu um xingamento bem feio para a Sra. Walker.

Clique.

A Sra. Walker parecia aturdida. Eleanor olhava para o chão.

— Estamos encrencados?

— De jeito nenhum — garantiu. — A mamãe vai dar um jeito nessa história toda.

— A gente devia sair daqui. Acho que ouvi o Bren.

A Sra. Walker recolocou o telefone secreto na cômoda, e as duas saíram de fininho do sótão. Eleanor colocou a corda na mesma posição em que Brendan a deixara antes. Na escada dos fundos, a menina parou e se virou para a mãe. — Viu, eu estava dizendo a verdade!

— Você estava.

— E isso vai ajudar a nossa família, não vai?

— Vai. Claro. Com certeza.

— E você viu, mãe? Que a gente acabou de embarcar numa pequena *aventura*?

— Claro, querida. Uma aventura. O papai está gastando todo o nosso dinheiro em apostas. Aventura das grandes. — No mesmo instante, a Sra. Walker ficou com os olhos marejados.

— Não sei quando foi que perdi a nossa família — disse ela. — Você sabe? Você viu quando foi que aconteceu?

Eleanor balançou a cabeça negativamente, pesarosa. Tudo o que ela podia fazer era abraçar a mãe

No dia seguinte, o Dr. Walker estava à mesa do café da manhã, de calça jeans, camisa polo colorida e um suéter xadrez de losangos, como se tudo estivesse muito bem. Fazia com que Eleanor tivesse vontade de gritar.

— É, é isso mesmo — disse, falando no celular oficial. — Não, estamos perfeitamente satisfeitos com o serviço... só que o nosso orçamento está um pouco mais apertado agora. Ele era muito bom no trabalho. Vou sentir falta dele. Obrigado.

Desligou.

— Quem era? — perguntou a filha mais nova.

— A empresa de limusines — respondeu. — Dispensei os serviços do Angel.

— O quê? — exclamou Brendan.

— Por quê? — indagou Cordelia, antes de tomar um gole de água. A água era para dissolver o bocado de muffin em sua boca e poder comê-lo sem precisar mastigar. Acordara naquela manhã e passara a língua pelos dentes para se dar conta, cheia de horror, de que *todos* estavam moles. Como se fossem teclas de piano, balançando para a frente e para trás, a ponto de cair!

— Porque, com os gastos imprevistos da nossa família, precisamos poupar — explicou o pai. — E antes de vocês começarem a reclamar: isso também me afeta. Angel devia me levar ao meu congresso hoje. Agora vou ter que pegar um táxi.

— Onde é o congresso, amor? — perguntou a Sra. Walker cheia de inocência.

— No centro. Tenho planos de pedir ao Henry para me dar meu antigo emprego de volta.

— Mas hoje é sexta.

— É...

— O Henry não fica de plantão nas sextas?

— Os horários das pessoas mudam — defendeu-se o Dr. Walker. — Por que você sempre questiona tudo o que eu faço?

O cômodo caiu em silêncio. A Sra. Walker virou-se de costas. O marido se levantou e colocou a mão no ombro dela.

— Desculpa. Não sei de onde tirei isso.

Brendan esperou até os pais se abraçarem de forma meio atrapalhada para falar:

— Como a gente vai para a escola?

— Vocês podem ir andando. São só trinta minutos — sugeriu o pai. — Com esse clima ótimo de São Francisco, pessoas simpáticas passeando com cachorros... A Cordelia vai junto para garantir que vocês não se percam, depois ela vai ao dentista.

— Sei, não, pai... — protestou o garoto. — Acho que é contra as regras os alunos chegarem a pé na Bay Academy. Eles gostam de ver os garotos chegarem naqueles carrões brilhantes e caros. Pode ser até que expulsem a gente por chegar de outro jeito.

— Nossa família se virava muito bem antes do Angel — retrucou o Dr. Walker —, e vamos continuar assim agora sem ele. Não está entrando dinheiro, sabe. O que temos agora não vai durar para sempre.

Porque você está gastando tudo nas apostas!, queria gritar Eleanor. Via que o pai continuava tentando ser legal, mas isso não sufocava seu desejo de revelar todo o esquema bem ali na frente de todos. Lançou um olhar de interrogação à mãe, que balançou a cabeça: *Ainda não.*

Lá fora, os Walker começaram sua caminhada em meio à densa neblina da Golden Gate. Ela subia da baía para a rua como se fosse uma manta pegajosa. O clima e o ar estavam pesados, e eles não conseguiam ver coisa alguma.

— Odeio quando a cidade está toda mergulhada nessa neblina — comentou Brendan. — É tão clichê.

— Gente — disse Eleanor em tom sério.

— O quê? — indagou Cordelia.

— O papai está com problemas.

Brendan e Cordelia olharam para a irmã, mas a névoa já estava tão espessa que conseguiam apenas enxergar uma pequena sombra em postura determinada, com as mãos agarradas às alças da mochila.

A mais velha perguntou:

— Como assim?

— Ele anda apostando.

— O papai? — perguntou Brendan. — Nunca. Ele não é tão *cool* assim para apostar.

— Não tem nada de *cool* no que o papai está fazendo — disse a mais jovem. — Você acha que é legal ele ficar mentindo o tempo todo pra gente? Acha legal ele dizer que vai a "congressos" quando, na verdade, está apostando todo o nosso dinheiro?

— Como você sabe disso? — Quis saber Brendan.

— Não posso contar — Eleanor não queria revelar que estivera no quarto dele —, mas eu sei, e a mamãe sabe, e a gente vai ter que... *Agh!*

Ela tropeçou, caindo de mau jeito sobre o cotovelo. Um homem estava sentado com as costas apoiadas contra a parede de pedra, as pernas estiradas na calçada, quase impossível de se ser visto no nevoeiro.

— O que você acha que está fazendo? — perguntou a menina, levantando-se. — Não pode ficar aí sentado desse jeito na rua. Quase quebrei a cara!

— Nell — sussurrou Brendan —, esquece. É só um sem-teto. Não irrita o cara.

— Tem uns trocados para me dar? — pediu o desconhecido, e quando a neblina se dissipou ao redor dele, os Walker puderam ver a barba rala e o boné, além da pele suja e do copo velho do Starbucks na mão direita, com um punhado de moedas lá dentro.

— Claro, sem problemas — concordou Cordelia, procurando dinheiro nos bolsos.

O corpo do sem-teto ficou subitamente tenso, e ele puxou as pernas mais para junto do tronco. Empertigou-se todo e se levantou, olhando diretamente para a irmã mais velha. Pelas gotículas de orvalho pairando sobre a testa dele, a adolescente podia ver seus olhos azuis. Olhos cortantes.

Quando falou, notou o sotaque inglês.

— *Cordelia Walker?*

Ela não conseguiu responder por um instante. Depois disse com a voz baixinha:

— Will?

Uma onda de choque silenciou os irmãos Walker. Era a mesma sensação de incredulidade estupefata que experimentaram quando, depois de terem aberto mão de todas as esperanças de ver os pais vivos outra vez, apareceram em casa e viram o Dr. e a Sra. Walker sãos e salvos.

O tenente-coronel Will Draper estava diante deles.

— Espantoso! Incrível! É *você*! — exclamou. — Que sorte eu tenho! Quero abraçar todos, mas preciso de um bom banho antes!

— Will, o que houve com você? — indagou Cordelia. — Por que está na rua? Devia ter ido me encontrar na escola seis semanas atrás!

— Mil perdões — pediu o jovem. — Não pude ir. As coisas saíram do controle. É tudo muito vergonhoso.

— Você ficou aqui todo esse tempo? — perguntou Eleanor.

— Não. Eu estava preso.

Os Walker trocaram olhares nervosos.

— Tudo começou com aquele hotel, o Days Inn — contou, virando-se para Cordelia. — Foi lá que você me aconselhou a ficar na noite em que voltamos das nossas... aventuras.

— Eu lembro — afirmou Cordelia. — Foi no dia que você prometeu me encontrar no colégio também.

— É, mas você não imagina como é difícil ser um visitante do passado no futuro. É bem desorientador. No instante em que saí da sua casa, comecei a ver coisas que me deixaram *baratinado*. Vocês sabem, de onde eu venho, a Catedral de São Paulo é a construção mais alta que temos. Eis que chego a São Francisco e me deparo com esse arranha-céu chamado Transamerica Pyramid!

— Desculpa — pediu Cordelia. — Não devia ter mandado você sair por aí sozinho sem uma preparação...

— Não precisa se sentir culpada. — O rapaz a tranquilizou. — Passamos por uma jornada exaustiva. Ninguém estava pensando com clareza. Estou tão feliz por ter finalmente encontrado vocês!

— O que aconteceu naquela noite?

— Cheguei ao Days Inn — contou Will. — O recepcionista me levou ao quarto, onde havia uma caixa grande exibindo imagens que se moviam. Estava passando uma comédia estridente a respeito de uma família de pele amarela que comia donuts cor-de-rosa...

— *Os Simpsons!* — exclamou Brendan. — Um clássico.

— Um horror! — discordou Will. — Eu só queria dormir. Mas não conseguia encontrar a alavanca para desligar a caixa. Por isso, voltei à recepção e pedi ajuda ao homem, que murmurou "gringo lunático maluco".

— Ops — disse Brendan.

— Não gostei de ser insultado por alguém que, francamente, fedia como as minhas partes baixas após uma batalha aérea. Disse ao homem: "Sua gestão de hotel é uma vergonha. Os nossos padrões de hotelaria são muito mais elevados em Londres!", e ele respondeu: "Então volta para o seu país, Maria peidona". Por que ele me chamou de "Maria"?

— Não tenho a menor ideia — disse Brendan.

— Depois — continuou Will —, ele disse coisas *muito* feias a respeito da família real. E *isso*... me fez perder a linha.

— O que você fez? — Quis saber Eleanor.

— Dei um soco nele.

— Ai, nossa — exclamou Cordelia.

— Ele caiu como se fosse um saco de tijolos e me devolveu o dinheiro.

— E por que você não foi procurar a gente? — indagou Cordelia. — Nós teríamos ajudado.

— Eu tinha essa ideia errada — confessou o jovem —, de que se conseguisse encontrar e entrar em um avião... poderia voltar para Londres.

— Para casa — concluiu com pesar a menina mais velha.

— Exato. Onde seria mais fácil me adaptar a esta época. E aí, depois de ter conseguido me centrar, eu voltaria a São Francisco para me reunir a vocês.

— Não me diga que você foi ao aeroporto — arriscou um Brendan cauteloso.

— Fui — confirmou Will — e, quando cheguei, perguntei a uma mulher se eu poderia pilotar um avião.

— Você é doido? — indagou Eleanor.

— Foi exatamente o que ela respondeu — continuou o piloto. — Mas eu lhe disse: "Como pode negar a um herói de guerra o direito de voar?".

— Os aviões são um pouco diferentes hoje em dia — observou Brendan.

— Percebi — concordou o outro. — Mas com a minha experiência, calculei que demoraria um dia, quem sabe dois, para aprender a usar.

Os Walker entreolharam-se enquanto reviravam os olhos diante da afirmação. Mesmo morando na rua, o ego de Will continuava tão saudável como de costume

— A mulher se recusou a satisfazer meu pedido — concluiu. — Então restou apenas uma opção para mim. Pular a cerca da pista de decolagem e...

— Ah, não...

— Encontrar um avião desocupado...

— Plano ruim.

— Entrar na cabine e aprender os comandos.

— E o que aconteceu?

— Não cheguei nem na metade do caminho quando me vi cercado por oito tiras! — explicou. — Fui levado para a delegacia e pedi ao sargento para ligar para a família Walker na Avenida Sea Cliff, pois sabia que havia uma com esse nome na rua.

— Espera... Já sei — disse Cordelia. — Tínhamos acabado de mudar de casa, então provavelmente o nosso nome ainda estava registrado no endereço antigo.

— No dia seguinte pela manhã, encontrei o advogado e lhe contei a verdade: que eu era um personagem em um romance sobre a Primeira Guerra Mundial, como tinha encontrado vocês três...

— Aposto que tudo correu muito bem — zombou Brendan.

— O advogado me disse que eu poderia ser solto sob o pretexto de ser considerado mentalmente enfermo, e, depois de algumas semanas na prisão, foi o que aconteceu. Fui parar na rua, revirando lixeiras para ver se encontrava comida, mendigando por dinheiro, e aqui estou.

— Por que você não foi procurar a gente? — repetiu Cordelia. — Nós teríamos ajudado.

— Não queria que me vissem assim — confessou. — Nesse estado tão deplorável. Mas hoje de manhã... percebi, depois de passar três semanas no xadrez e ficar ouvindo gritos de pedestres, recebendo chutes e socos de viciados, cusparadas de membros de gangue... Sabia que tinha que voltar, encontrar vocês. Percebi que, se não os visse de novo, eu ia morrer uma segunda vez.

Will olhou para baixo, depois para cima. Havia uma tristeza no tom invariável que sua voz adquirira.

— Então, que vocês vão fazer comigo?

O tempo todo em que Will falara, Cordelia ficou passando a língua pelos dentes. Uma reação nervosa à narrativa, pela qual se sentia culpada. Deveria ter pensado melhor antes de mandá-lo ao centro da cidade. Enquanto passara as últimas seis semanas se preocupando com o Programa de Monitoria, ele estivera preocupado em ter o que *comer*.

— Vou levar você para casa, para tomar um banho, e te dar um pouco de dinheiro — respondeu ela, segurando a mão de Will

— Mas, Cordelia, você disse que os seus pais..

— Não estão em casa. O papai está em algum congresso...

— Apostando, você quer dizer — intrometeu-se Eleanor.

— E a mamãe está... Que dia é hoje, sexta? Ela está na academia. Vem, Will. Você já teve que aguentar muita coisa.

— Hum... Cordelia, a gente pode conversar em particular rapidinho? — pediu Brendan.

— Por quê?

— Vem cá. — O menino a puxou para longe do rapaz. A irmã mais nova se juntou à dupla, e, de repente, Will estava só.

— Não tenho certeza se a gente devia confiar nele — sussurrou o menino.

— Como você pode dizer isso? Ele é nosso amigo...

— Exato — disse Brendan. — O Will que a gente conhece teria voltado no dia seguinte. Esse cara pode ser o clone do mal do Will; pode ser a Bruxa do Vento fingindo ser ele...

— Você está errado — cortou Cordelia. — Acredito nele totalmente. Cem por cento.

— Mas você é totalmente cega quando se trata disso.

— O que está querendo dizer?

— Você quer pegar o cara.

— Não! — protestou Cordelia. — Só quero ajudar. O que você acha, Eleanor?

A menina olhou para Will.

— Ele está com uma cara bem nojenta, mas acho que dá para acreditar nele.

— Então são duas contra um — disse Cordelia para Brendan. — *E* eu fiz aquelas aulas de autodefesa nas férias. Acho que posso dar conta dele.

— Se você diz — concordou o irmão —, mas não confio nele.

A adolescente o abraçou e disse:

— Obrigada por cuidar de mim, sério. — Depois ela se virou e caminhou na direção de Will. — Vocês dois tenham um bom dia na escola!

Os irmãos acenaram e, em poucos instantes, já seguiam caminho enquanto Cordelia e Will voltavam para a Mansão Kristoff.

— Você não está brava por perder a aula? — perguntou o jovem.

— É uma emergência. — Cordelia apertou a mão dele.

Algo estranho ocorreu enquanto caminhavam: o braço da menina começou a ficar gelado outra vez, como ela tinha sentido antes, quando vira gelo sob a pele. Ela tentou ignorar em um primeiro momento, mas descobriu que era mais fácil *deixar a sensação gélida viajar por ela*, senti-la no coração, entranhas e membros. Assim Will parecia mais quente. Segurava sua mão com firmeza, como se tivesse passado um tempo longuíssimo sem sentir o toque humano. Cordelia gostou.

— Sua mão está gelada.

— Eu sei — afirmou. — Com sorte, você me esquenta.

Trocaram um sorriso.

Ao chegarem, a névoa começava a se dissipar. A menina guiou o amigo pelo caminho de pedrinhas — depois soltou um grito de surpresa e o empurrou para trás de uma árvore.

— O que foi?

— É o carro da mamãe. Ela deve ter faltado à academia.

— Eu posso ir embora — disse ele.

— Não, vem. — Eles circularam a casa, passando de uma árvore para outra e abrindo a janela que dava para a escada dos fundos. Nas pontas dos pés, subiram ao segundo andar e foram para o quarto de Cordelia, que era uma suíte, enquanto a Sra. Walker estava lá embaixo, falando ao telefone com os Apostadores Anônimos. Cordelia disse a Will:

— Tome um banho.

Não precisou pedir outra vez. Em 30 segundos, Will já estava sob o jato quente de água, cantarolando "Keep the Home Fires Burning", sua música favorita da terra natal. A cada verso, a voz do rapaz ficava mais e mais alta, perdendo-se completamente na emoção...

A porta do quarto se abriu.

— Cordelia? — chamou ele.

Nenhuma resposta.

Ah, não, é a mãe dela!

Saiu correndo do chuveiro, ainda pingando. *Preciso me esconder!* Tentou encontrar um lugar, mas estava sem saber o que fazer, desesperado, quando Cordelia entrou com um saco de lixo preto.

— Opa! — Ela fechou os olhos. — O que você está fazendo?

Ele pulou de volta para o boxe.

— Pensei que fosse a sua mãe.

— Nada disso. — Ela pegou as roupas sujas do amigo e jogou dentro do plástico. — Vou colocar tudo no lixo orgânico.

Ela saiu, deixando todo o material necessário para ele fazer a barba e algumas peças de roupa do pai sobre a tampa do vaso sanitário. Will terminou o banho e se barbeou. Ao sair do banheiro, porém, encontrou a menina na cama, com a cabeça enterrada nas mãos.

— O que houve, Cordelia?

— Não sei.

Ela não olhou para cima. Ele sentou-se ao seu lado.

— Você salvou a minha vida hoje — disse. — Devia estar se sentindo ótima.

Houve uma longa pausa antes de ela começar:

— Tem alguma coisa errada comigo, Will. Estou doente. E não tem ninguém com quem eu possa conversar — abriu um sorriso esperançoso —, a não ser você.

— Cordelia, o que está acontecendo? Qual é o problema?

A jovem abriu a mão. Havia um dente abrigado nela.

Will inspirou fundo, surpreso. O dente estava embrulhado em papel com um pouco de sangue.

— Acabou de cair — explicou ela.

— *O quê?*

— Começou ontem. É o segundo. E todos os meus dentes... também estão moles. Acho que tem a ver com o fato de meu corpo parecer gelo puro às vezes.

— Você está querendo dizer que é um *feitiço?*

— É possível — confirmou. — Parece que eu trouxe comigo alguma coisa do mundo dos livros do Kristoff. Algo dentro de mim.

Will abraçou Cordelia, tentando reconfortá-la. Ao invés de sentir-se quente, porém, a garota percebeu que ficava ainda mais gelada. Afastou o piloto, olhou para as mãos e gritou.

A pele estava transparente. E debaixo dela...

Nada senão gelo.

— Temos que levar você a um hospital.

— Não — recusou a menina. E olhou para ele.

Seus olhos já não estavam mais lá; em seu lugar havia dois discos de gelo azul-claro.

Will era um herói destemido e enrijecido pela guerra, mas, ainda assim, gritou com terror.

— *Cordelia, o que está acontecendo...*

Ela ficou de pé em um pulo e saiu correndo do quarto, escada abaixo. Will foi atrás dela, mas ouviu a porta da frente bater e, em seguida, a Sra. Walker gritando:

— Cordelia, volta aqui! Aonde você vai?

Ele não queria estar no quarto da adolescente caso a mãe subisse. E não gostava da ideia de Cordelia sozinha no mundo, com algum tipo de feitiço se espalhando pelo corpo. Abriu a janela e saiu da Mansão Kristoff escalando a parede, determinado a encontrá-la, mas se deu conta de que não fazia a menor ideia de aonde ela poderia ter ido. A não ser... *Talvez tenha ido à escola para se encontrar com os irmãos?*

Mas que escola? Will esperou atrás de uma árvore até a Sra. Walker sair com o carro, com toda a certeza para procurar a filha, e depois se esgueirou para dentro da cozinha e pegou o boletim de Brendan (viu as notas do garoto: vários *S*'s e um *E*, em ginástica). Ali constava o endereço da escola Bay Academy, e foi para lá que o rapaz se dirigiu. Andava rápido pela calçada, agradecendo pela sua aparência de jovem distinto, vestindo as roupas do Dr. Walker em vez dos andrajos de sem-teto que o faziam parecer apenas mais um ladrão maluco. Vinte minutos depois, ele tinha chegado aos imponentes portões negros do colégio.

Will tentou abrir os portões. Trancados. Poderia escalá-los, mas isso certamente levaria à prisão. Não tinha certeza do que fazer. Até que...

Um veículo dos Correios esmagou o cascalho ao aproximar-se da entrada. O jovem afastou-se e acenou com simpatia para o motorista. Ele se identificou ao interfone. Algo fez um zumbido alto, e os portões se abriram. *Como mágica,* pensou Will. Abaixou-se atrás do caminhão, pulou no para-choques traseiro e entrou na escola.

Passado o lago dos patos, o jovem avistou uma grande e moderna construção ao lado do prédio principal. Pulou da carona, esgueirou-se correndo por uma entrada de serviço e viu-se na enorme cozinha do refeitório. O lugar estava fervilhando com empregados, todos uniformizados com aventais amarelos, preparando o almoço do dia (e uma opção vegana). Viu um cesto de roupas cheio de aventais recém-lavados, pegou um para si e o vestiu. De repente, sentiu o ombro ser agarrado pela mão de alguém.

— Ei, você! O que está fazendo parado aí?

A cozinheira principal, uma mulher robusta com pelos no queixo e rede nos cabelos, era um tipo perigoso. Will tentou explicar:

— Sou novo. — Mas ela já o estava empurrando para fora da cozinha, na direção do bufê de comidas quentes.

— Daqui a uns de 30 segundos vai entrar um rebanho furioso de crianças nascidas em berço de ouro famintas aqui! Você está encarregado do purê de batatas e da vagem, então cala a boca e trabalha!

As portas do refeitório se abriram, e alunos chegaram correndo. Will apressou-se em servir as porções expostas nas cubas quentes enquanto os garotos o respondiam com expressões mal-agradecidas. Então ouviu:

— Will?

Olhou para cima. Um Brendan confuso o encarava.

— O que... Por que...?

O jovem levou um dedo aos lábios e fez:

— *Shhhh*. — Então serviu as porções na bandeja do amigo, mas levou um tempo particularmente demorado, usando as vagens como letras para mandar uma mensagem: *Lá fora*.

Will deixou seu posto e correu em direção à saída mais próxima. A cozinheira o impediu.

— Aonde você pensa que está indo?

— Essas condições de trabalho são deploráveis! — reclamou, arrancando o avental do corpo e jogando-o no chão. — Eu me demito!

Deixou a cozinha com a chefe fitando-o boquiaberta e os demais empregados comemorando. Ninguém jamais falara com ela assim!

Do lado de fora, Will se encontrou com Brendan, que se manteve um pouco afastado.

— Ok, então agora você aparece aqui na minha escola, com as roupas do meu pai, trabalhando no refeitório... Você pode me dar um bom motivo para eu não estar totalmente surtado?

— A Cordelia foi embora.

— O quê? — Brendan aproximou-se. — O que você fez com ela?

— Nada. Ela fugiu. Tem alguma coisa errada, um feitiço...

— Você está querendo dizer a parada do dente. Ela disse que foi um Snickers congelado. O que ela te disse?

— Só que começou do nada... e que a estava deixando apavorada...

— Então a minha irmã mentiu para mim e não para você?

— Isso não vem ao caso...

— Vem sim, Will. Minha irmã não devia confiar mais em você do que em mim!

— Bren. Ela precisa de ajuda. Está assustada. Não está agindo normalmente.

— E de quem é a culpa?

— O quê?... Você acha que a culpa é *minha?*

— Dã. Ela está apaixonada por você. Você meio que quebrou o coração dela. Desde o dia que você sumiu, a Cordelia está sentindo a sua falta.

— Bom, isso... isso... — Will se esforçava para encontrar as palavras certas, e foi em seu passado que as encontrou. — Tem uma coisa que aprendi lutando na guerra e dormindo na rua. Esse tipo de experiência te ensina uma lição muito importante. Sabe que lição é essa, Brendan?

— Não me importa...

— É que problemas tipo o amor são coisas com que você se preocupa quando está a *salvo*. E, agora, a sua irmã não está. Precisamos ajudá-la. Se você não está pronto para encarar o desafio, tudo bem. Mas vou encontrar a Cordelia e protegê-la. Pensei que você fosse me ajudar. E então?

O menino olhou nos olhos de Will. E viu a mesma preocupação profunda que sentia no próprio estômago.

— Certo. Me conta tudo o que você sabe.

Will contou tudo a Brendan enquanto caminhavam, incluindo os detalhes a respeito da pele de gelo de Cordelia.

— Mais ou menos que nem ela estava agindo nos últimos dias — refletiu o garoto.

— O que quer dizer com isso?

— Cordelia não está agindo normalmente. Quero dizer, ela pode ter sido sempre meio chatinha, mas agora é como se ela nem se importasse bastante para irritar a gente. Ela só se interessa por esse Programa de Monitoria. Você tentou ligar para o celular dela?

O piloto parou de andar.

— Precisei revirar latas de lixo para comer nas últimas semanas. Como eu ia comprar um celular?

— Eu vejo vários sem-teto com celular por aí, na verdade — disse Brendan —, mas entendi o que você quis dizer.

Ele ligou para Cordelia e esperou tocar quatro vezes. Caixa postal. Tentou novamente. Nada. Na terceira vez, porém...

— Bren! Bren, não posso falar...

— Délia, o que está fazendo?

— Não posso... Deixei o Will... Fui embora de casa... Não estou conseguindo controlar... — A voz estava estranhamente *abafada*, como se falasse enquanto alguém tentava afogá-la.

— Délia, devagar...

— Posso sentir, Bren, está *dentro* de mim...

— Onde você está, Cordelia?!

— Estou... — a voz falhou — onde tudo acontece, Brendan. *Onde as aranhas não entram...*

A ligação caiu. O irmão tentou ligar outra vez. Sequer tocou, indo direto para a caixa postal. Tentou novamente — a mesma coisa. Olhou para Will.

— A gente tem que ir ao centro.

Eleanor ficaria furiosa se soubesse que Will e Brendan sairiam para um missão sem ela, mas a menina estava ocupada com a aula de equitação depois da escola. Andar a cavalo, uma prática que começara depois do "acordo" que os pais fizeram, tornara-se uma das coisas mais importantes em sua vida.

Sentia-se em paz perto dos animais. Eles gostavam dela e a *respeitavam;* a menina era capaz de fazer os mais problemáticos andarem, trotarem, galoparem devagar ou depressa. Isso lhe dava uma confiança que parecia faltar em todos os outros campos da vida — e assim ela se sentia mais adulta, pois era de fato boa em algo. Havia um cavalo, porém, que ela realmente amava: um puro-sangue poderoso com pelos brilhantes, Crow, dono de um galope tão rápido que, quando Eleanor montava nele, o mundo se tornava uma mancha indistinta e ela podia imaginar que tinha voltado aos livros de Kristoff.

Naquele dia praticavam giros e saltos; Eleanor e Crow trabalhavam como se fossem um só e tivessem discutido os planos de ação na noite anterior. A aula de duas horas pareceu ter terminado pouco depois de começar, com a Sra. Leland, a instrutora, dizendo a todos que retornassem aos estábulos. A menina desmontou, ainda de capacete, e guiou Crow até sua baia.

— Ótimo treino hoje — disse a professora. — Você está se tornando uma das minhas melhores alunas.

— Obrigada — agradeceu Eleanor, sentindo-se tão orgulhosa que queria dizer algo mais, fazer um discurso grandioso. Sua mãe, porém, ensinara a dizer um simples *obrigada* quando as pessoas faziam elogios, sem elaborar demais.

A Sra. Leland olhou ao redor. Todos os demais tinham ido para casa.

— Eleanor, tenho boas notícias. Já é hora de você e o Crow entrarem em uma competição.

— Verdade? — A menina estava empolgadíssima... E assustada. Sempre sonhara com isso. Mas seria trabalhoso. Todos os outros competidores seriam muito bons. *Espera um minuto aí; e todas as cinco milhões de vezes que você enganou a morte com o Bren e a Délia? Um torneio de hipismo vai ser moleza!*

— Isso é ótimo — respondeu. — Estou pronta.

— Que bom — disse a instrutora. — Espero grandes coisas de você. Ah... olha o seu pai ali.

Ela apontou para a extremidade dos estábulos. Eleanor viu o Dr. Walker andando vagarosamente até diferentes cavalos e dando tapinhas em suas cabeças. Ficou radiante. Significava muito para ela que o pai a viesse buscar. *Vai ver,* pensou a menina, *a mamãe estava certa! Agora que descobrimos o que está acontecendo, o papai vai melhorar.*

Correu até ele.

— Ei, queridinha — cumprimentou ele. — A aula foi boa?

— Foi! Adivinha o que a Sra. Leland falou? — Eleanor baixou o tom de voz. — Vou competir em um torneio.

— Que maravilha!

— É, vou me esforçar para caramba e ganhar uma medalha de ouro. Bom, duas. Uma para mim e outra para o Crow.

— Estou tão orgulhoso de você. — O pai tocou o queixo da menina. — Você está mesmo crescendo.

Ela virou-se, corando.

— Você não deu oi para o Crow.

— Ele vai ficar feliz em me ver. Trouxe um presentinho para ele.

O Dr. Walker exibiu uma maçã gala fresquinha e a deu ao cavalo negro.

A filha agarrou o braço dele.

— Papai! Esse aí não é o Crow!

— Ah, desculpa...

— Você sabe disso! Sempre foi a piada da nossa família, lembra? Ele ter um nome como Crow, mas ser um palomino, e não um cavalo preto!

— Certo... claro que me lembro.

O Dr. Walker virou-se para o verdadeiro Crow, o palomino à sua frente — mas agora Eleanor estava desconfiada. O pai conhecia seu puro-sangue. A piada por causa do nome de Crow, que significava "corvo", não corresponder à pelagem dourada do animal era parte do repertório da família, assim como a história de Brendan só comer arroz com shoyu quando era neném. Agora, olhando bem o rosto do pai...

Algo parecia errado.

A pele estava solta demais. Como se fosse feita de cera e tivesse ficado muito perto de um fogão quente.

Eleanor começou a recuar enquanto Crow cheirava a maçã — depois finalmente a afastou com o focinho. Ela caiu no chão e fez subir uma nuvem de poeira.

— Acho que ele não gosta muito de maçã...

— Pai? O que você tem? Por que você está com essa cara tão... esquisita...

— *Esquisita?* — Ele se virou para ela. — Você acha que estou esquisito?

A menina olhou para trás. A professora saíra. A porta ao fundo estava trancada. Quando voltou a encarar o pai, ele estava trancando a da frente, prendendo-os ali dentro. Depois, começou a vir em sua direção.

— Eleanor, quero que preste muita atenção — disse.

Ela se afastou, aterrorizada. Os estábulos não devem ser fechados totalmente. Nunca. Estava escuro; a única luz era a que entrava pelas frestas entre as tábuas de madeira. Os animas relinchavam e escoiceavam — NEIGHHHHHEHEHEHEHE!

— Papai! O que foi? Para..

— Não fale, só ouça com atenção. Ou, pensando melhor... — Ele deu um risinho, um som gorgolejante horrível. — Só observe.

O Dr. Walker enterrou as unhas fundo no queixo. A menina não podia se virar. Mesmo na luz fraca, ela podia ver como a pele se enrugava em volta de cada uma das unhas, e depois ouviu um ruído rascante, e o homem *arrancou o próprio queixo*, revelando algo mais escuro debaixo dele.

— *Pai!*

Não tinha terminado ainda. O Dr. Walker colocou a mão sobre a face, apertando e puxando — e a bochecha saiu do lugar. Jogou-a em um monte de feno e agarrou o nariz. Ele saiu depressa. Depois foi a vez da outra bochecha... da orelha... do couro cabeludo — ele desfigurou o rosto inteiro, como se fosse uma dessas máscaras baratas de silicone.

Àquela altura... O verdadeiro rosto do homem já era visível.

O rosto do Rei da Tempestade.

Eleanor gritou. E os cavalos gritaram com ela.

Denver Kristoff a fitava com os olhos laranja e a pele roxa esburacada e deformada. As abas que faziam as vezes de seu nariz subiam e desciam.

A menina caiu de joelhos. Pequenos pedaços de feno pinicavam sua pele.

— Por favor, não me mata.

— Matar? — repetiu Denver. — Depois de tudo que você passou... ainda teme a morte? Acredite. Há coisas piores.

A boca se curvou em um sorriso — ou um sorriso à la Denver Kristoff, com um canto da boca para cima e o outro para baixo.

— Não vou matá-la, contanto que responda uma pergunta importante.

— O quê?

— *Onde está a sua irmã?*

Brendan e Will se apressaram em direção à rua Taylor, 624, no centro de São Francisco. O marco da cidade, conhecido como Clube Boêmio, tinha um guarda gigantesco na porta, de cabeça raspada e grandes anéis em cada dedo.

— Acho que talvez não seja uma boa ideia — disse Brendan.

— É, sim, se a Cordelia está lá dentro — retrucou o piloto. O prédio era feito de calcário e tijolos, ocupando uma quadra inteira. Na fachada acima da entrada havia uma placa com uma coruja em alto-relevo e uma inscrição dizendo: ONDE AS ARANHAS NÃO ENTRAM.

— Como sabia que era aqui? — perguntou Will.

— Sei bastante sobre as construções antigas de São Francisco — respondeu Brendan. — Quando eu e a Cordelia éramos pequenos, a gente costumava vir até aqui e tentar achar todas as corujas nas paredes. E quando descobrimos, nas nossas últimas aventuras, que foi aqui que Denver Kristoff foi treinado pelos Guardiões do Conhecimento... passei a ficar de olho. Vamos procurar alguma entrada secreta.

— Por que acha que existe uma?

— Os presidentes dos Estados Unidos eram membros do clube. Nunca iriam entrar pela porta da frente.

— Posso ajudar?

O segurança aproximou-se. De perto, era tão grande quanto duas pessoas coladas uma à outra.

— Notei que vocês estavam interessados no prédio — comentou. — Querem dar no pé ou preferem ganhar um vale-deficiência para o resto da vida?

— Vale-deficiência pelo resto da vida?! — gritou Brendan. — Isso quer dizer que não vou ter que ficar esperando na fila para andar na montanha-russa! Irado... e aí, o que tenho que fazer?

— Só me deixar colocar você em coma — vociferou o homem.

E fez menção de pegar o menino... Brendan e Will saíram correndo pela lateral do Clube Boêmio. O segurança correu atrás deles, ganhando velocidade com as pernas grossas como troncos de árvore. Os dois fugiram para um beco ao lado do prédio e aceleraram sob sombras azuis, contornando caçambas de lixo fétidas. Brendan olhou para trás — lá estava o guarda, abrindo caminho, aproximando-se. O garoto deixou uma lixeira cair... e viu vapor subindo. Notou um cheiro agradável também, muito diferente do lixo fedorento...

— A lavanderia!

— O quê?

— Me siga!

O garoto correu até uma grade de metal na calçada. Era dali que o vapor saía. Ajoelhou-se, puxou a grade e revelou uma escada que dava para baixo.

— Por aqui!

Brendan começou a descer. Will o seguiu. O guarda chegou ao ponto em que o menino derrubara a lixeira — e gritou ao escorregar em um pedaço de couve velha empapada em vinagrete, perdendo o equilíbrio. Caiu de costas no chão, ficando sem ar.

— Arf! Uh... *Uh*... (É mais ou menos tudo o que se pode dizer quando se está sem ar).

Lá embaixo, os degraus terminaram, e Brendan e Will passaram para um duto de ar que eliminava o vapor da lavanderia. Seguiam em frente engatinhando, tossindo por causa do calor — e dos fiapos que batiam em seus rostos. Em poucos minutos, tinha ficado *muito* quente e abafado, e o piloto começou a chutar uma junção no duto: Brendan se deu conta de que aquela poderia ser uma morte muito lenta para ambos; eles iriam desmaiar e sufocar, e seus corpos não seriam descobertos durante meses até finalmente, em vez do perfume agradável de roupas lavadas, o cheiro de seus cadáveres apodrecendo começaria a sair...

Os chutes de Will fizeram o duto se quebrar. Os dois escorregaram para fora dele, caindo no chão de concreto.

— A gente... *cof-cof*... escapou! — Brendan conseguiu dizer.

Estavam dentro do Clube Boêmio. Mas não daria para imaginar, a julgar pela lavanderia. Era como qualquer outra. Apenas quando o menino os guiou para a saída é que se encontraram no lugar que esperavam.

As paredes eram de mogno rico e escuro, com detalhes em madressilva. Havia prateleiras de livros em todos os cantos, abrigando volumes de capa de couro cujas lombadas tinham gravações em ouro e prata. Entre elas havia itens em pedestais: estátuas de guerreiros gregos, punhais protegidos por vidro, animais dentro de jarros.

Brendan indicou as câmeras nos tetos. Ele e Brendan esgueiraram-se rente às paredes e andaram lado a lado. Estavam totalmente silenciosos, até que passaram por um dos animais conservados e viram que era um rato-almiscarado *com duas cabeças.*

Brendan soltou um berro. Will tapou a boca do amigo com a mão.

— Fica quieto, provavelmente só pegaram duas criaturas e as costuraram.

— Então por que um deles tem a cabeça normal... E a outra é pequena, murcha e esquisitona?

Brendan deu uma sacudida nos ombros para parar de se arrepiar. À frente estava uma escadaria que levava a um corredor cheio de animais empalhados perturbadores, inclusive uma coruja com uma lente de vidro na barriga e um esqueleto de rato em seu interior. O corredor dava para outra escada. Os amigos subiram para o segundo andar, onde ouviram alguém falando.

Estavam em uma passagem aberta de um lado, que dava para um deslumbrante salão principal onde havia um lustre de cristal. O prédio inteiro foi pensado ao redor deste grande espaço, que tinha longas tapeçarias penduradas e uma mesa que fazia jus ao banquete de um rei. Ao redor havia duas fileiras de retratos gigantes de antigos membros do Clube Boêmio, inclusive Teddy Roosevelt e Richard Nixon. As figuras olhavam para baixo, para a mesa. Ali, apequenadas pelo cômodo, estavam três pessoas.

Primeiro, Denver Kristoff, que vestia uma capa com o capuz jogado para trás, revelando a face medonha, e caminhava para conversar com o segundo homem.

O segundo era Angel — o antigo motorista dos Walker! *O que ele está fazendo aqui?*, pensou Brendan, e então viu a terceira pessoa.

Sua irmãzinha, Eleanor.

Kristoff estava segurando o pulso dela com força. A menina chorava.

Brendan sentiu a ira queimar em seu estômago. De todas as coisas terríveis e desonestas que Kristoff poderia fazer, ele tinha que ter ido atrás de Eleanor? Por que não podia ter caçado Brendan? Que covarde!

Mas vou mostrar para ele, pensou. *Tomara que o Scott Calurio e os amiguinhos dele vejam que estou me vingando do Kristoff. Já demos conta dele uma vez; vamos fazer de novo. Ele não passa de um idiota.* Brendan começou a seguir na direção do inimigo, pronto para bancar os três mosqueteiros com Will, descer por uma tapeçaria e pegar Kristoff de jeito, mas Will o impediu, apontando: *Escuta*. Brendan passou a prestar atenção na conversa do andar de baixo.

— Então o dinheiro que você recebeu durante esse tempo todo foi exatamente para quê? — perguntou Denver a Angel. — Você trabalha com os Walker há um mês. Já devia estar familiarizado com a rotina deles!

— Sr. Kristoff, já tentei explicar... — começou Angel.

— Só me dê a informação — exigiu o homem. — Aonde Cordelia iria?

— Geralmente ela teria se oferecido para algum trabalho voluntário depois da escola — arriscou Angel —, mas ontem ela começou a se comportar de forma estranha, por causa de alguma coisa com os dentes...

— Você já falou isso. Por Deus, homem, como é inútil! — exclamou Kristoff.

Brendan começou a espumar ao se dar conta: *Angel estava trabalhando para o Kristoff esse tempo todo! Quando subia a divisória na limusine, provavelmente devia ter um microfone gravando tudo o que a gente falava no banco de trás!*

Denver continuou.

— Angel, tudo o que você tinha que fazer era pegar os Walker e trazê-los até mim. Como foi falhar em uma tarefa tão simples?

— Porque o Dr. Walker me despediu! Não pude fazer nada! Disse que precisava poupar dinheiro.

— Aquele fraco — exclamou o homem. — Nunca pensei que seria tão fácil. Tudo o que precisei fazer foi me sentar ao lado dele e convencê-lo a apostar em um jogo de basquete. Agora quase toda a fortuna foi-se pelo ralo. — Kristoff balançou a cabeça. — Não deveria me surpreender. O bisavô era igual: afetado, frouxo e fraco. Não tinha estofo.

O ódio de Brendan cresceu ao ouvir Kristoff falar sobre Rutherford Walker, seu tataravô, que tinha ajudado aquele mesmo homem a encontrar *O livro da perdição e do desejo: Não basta arruinar a minha atual família, ele tem que falar mal dos meus ancestrais também?*

Enquanto isso, Eleanor se aproveitou das lamúrias de Kristoff e livrou-se dele, correndo em direção à porta.

— Não desperdice o seu tempo — gritou a figura sinistra para ela. — Todas as saídas estão trancadas. Você não pode escapar.

A menina bateu em uma das portas enormes de madeira que cercavam o cômodo, berrando:

— *Alguém! Socorro!! Me tira daqui!*

Brendan queria desesperadamente ajudar, mas, dentro do Clube, Denver Kristoff não teria que se preocupar com a possibilidade de as pessoas se assustarem ao se deparar com seu rosto desfigurado ou de alguém chamar a polícia. Poderia usar todo o seu poder de Rei da Tempestade e fazê-los em pedacinhos.

Will se inquietou quando o homem se dirigiu à menina e a pegou enquanto ela se debatia e gritava. Sentiu algo pinicar a coxa, dentro das calças do Dr. Walker, e tirou um pequenino lápis verde e um cartão de pontos do Presídio Golf Club. Escreveu no papel e mostrou ao amigo: *O que fazemos?*

Ele tomou o cartão e respondeu: *Vc estava certo. Melhor só ouvir.*

Kristoff tentava falar com Eleanor enquanto a carregava.

— Vou perguntar outra vez: Onde está a sua irmã? Precisamos encontrar Cordelia. Se a encontrarmos, encontramos minha filha e todos ficamos felizes. Aí podemos continuar com o que sobrou das nossas vidas.

— *Me ajuda! Alguém!!* — gritou ela. Com isso, Brendan não podia mais deixar de descer e tirar a irmã das mãos de Kristoff para abraçá-la. Mesmo se morresse no instante seguinte, valeria a pena por ter reconfortado a irmãzinha. Eleanor não merecia aquilo.

Antes que pudesse reagir, entretanto, a menina deu um chute entre as pernas de Kristoff.

— Urp! — exclamou o homem, e largou a menina.

— Espero que tenha ficado tão feio quanto a sua *cara!* — exclamou, correndo novamente para uma das portas. — *Socorro! Alguém!!*

O chute fizera algum estrago. O homem estava curvado de dor, soltando grunhidos. Brendan sorriu. *"Sem estofo". É, está bem. Temos estofo bem aí.*

Angel sufocou uma risada. O patrão lançou um olhar a ele, ainda curvado.

— Você... acha isso... motivo de riso?

— Não senhor — respondeu um Angel aterrorizado. — De jeito nenhum.

O homem se endireitou com olhos cheios de ira, entoando um cântico, começando a gerar um raio azul na palma da mão

— Não! Sr. Kristoff! Por favor! — suplicou o motorista, tentando esconder-se embaixo da mesa.

Ele rangeu os dentes enquanto o raio crescia, encarando Angel com a intenção de fritá-lo. Então uma das portas se abriu.

O homem que entrou no salão vestia um manto de veludo negro e uma peruca branca alta, mas era tão idoso e recurvado que a peça não ficava ajustada corretamente na cabeça — apontava para a frente como a proa de um navio. Ele mancou pelo cômodo com uma bengala, batendo-a no chão até chegar onde estava Kristoff, que imediatamente se ajoelhou.

— Aldrich — cumprimentou, beijando a mão do recém-chegado.

Brendan escreveu *Aldrich* Hayes!

Will fez apenas o movimento com os lábios, sem proferir a palavra: *Quem?*

Aldrich Hayes virou a cabeça (e peruca) para cima a fim de poder enxergar Kristoff. O movimento revelou seu rosto, que, apesar da situação crítica, quase arrancou uma risada de Brendan. O velho parecia um palhaço de circo, com pó de arroz emplastrando toda a região do queixo até a testa. As bochechas tinham até um rubor iluminado, que eram efeito de duas manchas vermelho intenso.

Depois de engolir a risada, Brendan pensou: *se for Aldrich Hayes de verdade, líder dos Guardiões do Conhecimento, ele seria tecnicamente um cadáver! Está ótimo para a idade!*

— Denver — disse o ancião. A voz era gutural e forte, e facilmente dominou o salão. — Com quanta frequência preciso lembrá-lo? Quando estiver dentro do Clube Boêmio, você deve usar peruca e maquiagem.

— Com o devido respeito — disse Kristoff, gesticulando para si mesmo —, creio que seria o mesmo que colocar batom em um porco.

Hayes fitou as abas pútridas e as cicatrizes no rosto de Kristoff.

— O argumento é válido — admitiu. — Provavelmente não há maquiagem nessa cidade inteira que cubra seu semblante grotesco! Agora, em que tipo de problema você se meteu? Quem é ela?

Eleanor falou:

— Ele me sequestrou na aula de equitação...

— Você *sequestrou uma criança?*

— Minhas alternativas se esgotaram...

— E quem é esse homem se escondendo debaixo da mesa?

— É o Angel, um motorista; ele trabalha para mim...

— Denver! — vociferou Hayes. — Quando você chegou, nunca esperei que fosse trazer todos esses problemas. "Onde as aranhas não entram"; mantemos negócios e assuntos pessoais do lado de fora, correto?

Brendan escrevia: *É o Aldrich Hayes. Líder dos Guardiões do Conhecimento. O cara já era velho em 1906! Deve estar preservado por magia!*

— Ei! Antiguidade! — chamou Eleanor. — Se me tirar daqui, meu pai pode recomendar um cirurgião muito bom para o seu quadril ou o que for...

— Silêncio — ordenou Hayes.

Kristoff disse:

— Peço perdão se causei problemas. Minha dívida com o senhor é eterna. Mas devo lembrá-lo de que, há um século, fiz um grande sacrifício por este clube.

— E qual foi?

— Descobri os poderes secretos de *O livro da perdição e do desejo* — respondeu ele. — E eu os mantive só para mim? Não. Escondi o livro nas minhas próprias obras para que não ameaçasse o mundo.

— Motivo pelo qual o recebi outra vez de portas abertas — disse Hayes. — Mas minha generosidade vai apenas até certo ponto...

— *Preciso encontrar Cordelia Walker* — revelou Denver, interrompendo-o. — Não tenho tempo a perder. Estou certo de que ela sabe onde está minha filha.

— Sua filha está *morta* — rebateu o outro. — Os Walker se livraram dela.

— Também pensei que estivesse — replicou Kristoff —, mas já não penso assim.

— E por que não?

— Porque ando de olho nos Walker.

— O quê?

— Seguindo-os quando vão à escola, recebendo relatórios de Angel...

— Você tem saído em público? Está louco?

— Ouça — disse Kristoff. — Fiquei sabendo que o que os Walker fizeram não foi bem *matar* Dahlia. Essa criança a *baniu*.

— Para onde, precisamente? — perguntou Hayes, virando-se para Eleanor.

— Sei lá — respondeu a menina. — Só disse "o pior lugar de todos". Não tive exatamente tempo para pensar com clareza, porque estava tentando não morrer e essa coisa toda!

— Então, de fato, não temos a menor ideia de onde está a sua filha — concluiu o ancião.

— Não — admitiu Kristoff. — Mas acho que a resposta pode estar com Cordelia Walker. Não consegui encontrá-la, então peguei Eleanor no lugar. Essas crianças são como cachorros selvagens: vivem em bandos. É uma questão de tempo até a menina aparecer. E, quando isso acontecer, acredito que vai me levar até Dahlia.

— Tudo parece muito lógico, a não ser por um detalhe — observou Hayes.

— E qual é?

— Por que você iria querer encontrar sua filha? Da última vez que o viu, ela tentou *matá-lo*!

— Ah, mas o senhor não entende como são as filhas — disse Kristoff. — Uma hora te desprezam, na outra te amam de paixão.

Isso até que é verdade, escreveu Brendan para Will.

— Isso já foi longe demais — concluiu Hayes. Aproximou-se do pupilo, de modo furtivo, e olhando para cima como uma cobra. — Você entende a importância histórica enorme que tem esta organização? O Clube Boêmio *deu ao mundo a sua forma! Escolhemos presidentes!* Influenciamos a política mundial! E florescemos por conta de um fator... Discrição. Mas você quebrou as regras ao *sequestrar uma criança e trazê-la para cá*!!

Hayes bateu com a bengala no pé de Denver.

— Perdão. Só queria ver Dahlia... Só quero a minha filha de volta — desculpou-se o outro. A voz ficou meio engasgada.

Brendan teve a impressão de sentir o peito ficar apertado. Mal podia acreditar, mas subitamente entendia o homem. Kristoff tentava fazer o mesmo que sua mãe: manter a família unida.

Eleanor não tinha a mesma compaixão:

— Ei, cara de waffle. Se quer uma família tanto assim, vai procurar um site de namoro zumbi! Quero ir para casa!

— Você vai, pequena, logo, logo — prometeu o mais velho, virando-se para Angel. — Você!

O motorista olhou do esconderijo sob a mesa.

— Deixe este lugar e jamais conte a ninguém o que viu.

— Mas o que vou fazer agora? — reclamou ele, saindo do abrigo. — Deixei meu emprego para começar a trabalhar para o Sr. Kristoff. Como vou arrumar um novo?

— Recomece a vida.

— Estou velho demais para isso.

Hayes respondeu desatarraxando o topo da bengala. Brendan estava certo de que ele desembainharia uma espada e atravessaria Angel com ela, mas, em vez disso, tirou dali um pedacinho de papel firmemente enrolado. *Um pergaminho com feitiço*, pensou o menino. Hayes declamou:

— *Famulus famuli mei, transfigura!*

Uma explosão de fumaça obscureceu o corpo do motorista. Por um instante, Brendan pensou que o velho o tivesse feito desaparecer. Quando a nuvem se dissipou, porém, e o homem deu um passo à frente..

Tinha 17 anos!

A aparência de Angel era top de linha. Um jovem alto e musculoso, sem nenhum dos pneuzinhos que ganhara com os anos de motorista de limusine.

— Você voltou a ser um aluno do terceiro ano do ensino médio. Tem uma segunda chance de se tornar alguém. Estude, encontre uma boa mulher, jogue beisebol — aconselhou Hayes, destrancando uma das portas.

Angel não perdeu tempo ao sair, sorrindo ao tirar uma selfie com o celular.

— O senhor devia tê-lo matado — disse Kristoff.

— Essa é a diferença entre nós — observou Hayes. — Você usaria de violência a fim de manter Angel calado. Eu lhe dei esperança, uma vida nova, e isso vai mantê-lo em silêncio.

— Meus métodos são mais seguros — garantiu o outro.

— Seus métodos são mais emocionais — retorquiu o mestre —, e está claro que não ouve a voz da razão. — Começou a andar em círculos. — Então, talvez, ouça as provas.

— Como é?

— E se eu pudesse fazer contato com o espírito da sua filha? — Hayes olhou para cima. Brendan seguiu seus olhos até pararem em um dos retratos pendurados no salão, representando os antigos membros do Clube. — E se eu pedisse a ajuda de nossos irmãos para invocar a alma de Dahlia e nos comunicarmos? *Aí* você acreditaria que ela está bem e que se foi de verdade?

Kristoff gaguejou... Enquanto Hayes começava a acender as velas.

— Não quero que você faça uma sessão espírita, por favor — suplicou Eleanor. Estava ficando muito assustada enquanto o Aldrich Hayes, cheio de maquiagem e recurvado, dava prosseguimento aos preparativos, colocando uma tábua de madeira sobre a longa mesa do grande salão do Clube Boêmio. O tampo estava iluminado com velas como se fosse um bolo de aniversário. A menina estava inerte, o ombro imobilizado com firmeza pela grande mão de Denver Kristoff, mas agora estava aterrorizada demais por estar ali. Se Hayes ia mesmo fazer uma sessão espírita, aquilo significava contatar fantasmas e espíritos, e Eleanor não iria ficar ali para assistir. Por sorte, ter passado tanto tempo quieta fizera Kristoff relaxar o aperto em seu ombro, e com Hayes ocupado com a preparação da mesa, ela aproveitou sua chance e escapou!

Correu em direção à porta pela qual Angel acabara de sair. Kristoff chamou raivosamente por ela, que não se virou; em seguida, porém, ela ouviu a voz calma do homem mais velho:

— Espere, pequena. Você vai precisar de algum dinheiro.

Eleanor parou e se virou. *Será que ouvi direito?*

Parecia que sim. Pois Hayes tinha na mão uma nota de 100 dólares.

— Quero que pegue um táxi, encontre seus pais e nunca diga a ninguém que esteve aqui. E pode ficar com o troco. Entendido?

— Você vai me deixar sair?

— O Sr. Kristoff errou ao trazê-la aqui.

Eleanor olhou de relance para o sequestrador, atrás de Hayes. Era evidente que estava irritado, mas também impotente. O velho era claramente seu superior. A menina pegou a nota, hesitante, e caminhou para a porta. Atrás dela, ouviu Kristoff sussurrar:

— Está cometendo um erro. Devíamos nos livrar dela. Permanentemente. Conheço um lugar embaixo da Bay Bridge onde podemos desovar o corpo...

— Basta. Faça algo útil e me traga mais velas...

— Não sou seu empregado...

— Mas está na *minha* casa e vai seguir as *minhas* regras.

Eleanor parou quando se aproximou da porta, ao avistar algo acima dela. Virou-se lentamente, a fim de que os outros não notassem..

E viu Brendan fitando-a do andar superior.

Estava no corredor, ao lado de Will!

Será que estavam lá o tempo todo?

Tinha que ir até eles.

Havia dois conjuntos de portas à sua frente: um levava para fora do salão, o outro, para a rua. Passou pelas primeiras portas e abriu as seguintes, dando a impressão de que tinha saído... Mas, em seguida, voou para a esquerda, galgando os degraus para o patamar. Fechou os olhos com firmeza ao passar por um pedestal exibindo um falcão de garras enormes e afiadas fechado dentro de um vidro. Precisava passar por todo tipo de coisas assustadoras naquele lugar. Tinha que chegar a Brendan e Will. E lá estavam eles! Tão perto...

Se controla, fica firme, não faz nenhum movimento brusco, pensou, mas precisou de todas as suas forças para não gritar quando se jogou nos braços dos dois.

O abraço triplo foi tão forte quanto silencioso. Apenas algumas horas haviam se passado desde a aula de equitação de Eleanor com Crow, mas ela pensava que jamais voltaria a ver a família, e saber que Bren e Will tinham ido até lá refrescou sua memória: *às vezes, irmãos pegam no seu pé, mas outras vezes, eles salvam a sua vida.*

Foi então que, de repente, as luzes no Clube Boêmio se apagaram.

Eleanor, Brendan e Will se viraram para o grande salão abaixo, onde havia um brilho fraco.

As velas brancas na mesa comprida estavam posicionadas de maneira a formar um "oito" que se estendia de um extremo ao outro. Hayes e Kristoff estavam no centro. Ao lado, ficava um gramofone antiquíssimo, equipado com uma manivela enferrujada e uma grande corneta metálica. Perto do aparelho estava a tábua que Hayes trouxera anteriormente. Brendan e Eleanor não a reconheceram, mas Will sabia que era uma "prancheta" usada para "escrita automática". Via-se um lápis enfiado no meio, e a ideia era que, se o espírito fizesse contato durante a sessão, você deveria colocar a mão sobre a tábua e deixá-lo a guiar, formando as palavras que ele queria dizer automaticamente no papel abaixo da estrutura. Pranchetas eram as antecessoras das tábuas Ouija, que Will conhecia, uma vez que todo o conceito de falar com as mortos era muito popular em sua época.

Hayes colocou um disco de vinil para tocar, baixou a agulha e girou a manivela. Um som esganiçado que quase fez os meninos se encolherem tomou o cômodo. Brendan, Eleanor e Will prenderam a respiração.

O gramofone soltou um ruído alto, depois começou a engasgar, sinalizando que a música começaria a qualquer momento.

Mas o que se seguiu não era uma melodia.

Era um batimento cardíaco — mas muito, *muito* lento, como se um coração tivesse sido desacelerado pela metade. Parecia uma mistura de estática interestelar com os passos de um gigante. *Os passos do Gordo Jagger!*, pensou Eleanor, saudosa, de súbito, do destemido e simplório colosso que os Walker conheceram na última jornada fantástica. *Se o Gordo Jagger estivesse aqui, ele nos tiraria dessa. Era meu amigo.*

Enquanto a batida lenta do coração continuava a soar, uma bruma surgiu do nada — *como a água no nosso carro naquela manhã*, pensou a menina. Ela encheu o salão, do ar ao redor dos dedos de Eleanor ao espaço entre os retratos dos antigos membros do Clube Boêmio. E, enquanto vagava pelo cômodo, a pulsação se intensificou, apenas um pouquinho. Hayes e Kristoff começaram a entoar um cântico.

— *Diablo tan-tun-ka.*

— *Diablo tan-tun-ka.*

Estenderam a mão um para o outro. As pontas dos dedos mal se tocavam. Eles moviam os braços de um lado para o outro em uma elipse fluida, quase como se dançassem.

— *Diablo tan-tun-ka.*

— *Diablo tan-tun-ka.*

A batida se acelerou, como o coração de alguém que acaba de correr uma maratona. E não parou por aí. Começou um galope rápido, à frente, mais e mais depressa, ao mesmo tempo que as velas começavam a mudar.

— *Diablo tan-TUN-ka!*

— *Diablo tan-TUN-ka!*

As luzes eram agora vermelho-sangue. A bruma tomou a mesma coloração, como se tivesse absorvido os jatos expelidos de um campo de batalha. Eleanor ouviu um ruído semelhante ao de um arranhão e se virou — seria o falcão empalhado que ela notara antes? Ele estava vivo! Passando as garras contra o vidro que o enclausurava, revirando os olhos...

Eleanor gritou, mas Brendan cobriu sua boca. Will acotovelou o garoto e a menina, apontando para algo atrás deles. Duas espadas presas à parede mexiam-se como se fossem tesouras. Pingos grossos de sangue caíam do metal para o chão.

— *Espíritos de nossos irmãos* — chamou Hayes. — *Nós os convocamos!*

— *Diablo tan-TUN-ka!* — declamava Kristoff. — *Diablo tan-TUN-ka!*

— *Desejamos falar com uma das que já se foram! Procuramos... Dahlia Kristoff!*

Um rugido alto veio do teto, e, quando Brendan, Eleanor e Will olharam para cima, não acreditaram no que viram.

Os retratos do Clube Boêmio estavam ganhando vida. Teddy Roosevelt, Richard Nixon e vários outros homens de semblante austero se *moviam*, gemiam e movimentavam a mandíbula, como se testassem se as bocas ainda funcionavam.

— *Irmãos, ajudem-nos!* — suplicou Hayes da mesa. As velas vermelhas bruxulearam ao redor. A nuvem de bruma obscureceu as figuras até que Richard Nixon se debruçou para fora da moldura, encheu as bochechas de ar, soprando em seguida.

A névoa se deslocou para as laterais do cômodo. Hayes e Kristoff olharam para os retratos que agora se contorciam e limpavam a garganta. Junto aos dois antigos presidentes, com os nomes gravados em ouro, estavam o humorista satírico do século XIX Ambrose Bierce; o fundador da revista *National Review*, William F. Buckley Jr.; o ex-presidente Dwight D. Eisenhower; Joseph Coors, da Coors Brewing Company; Mark Twain; o autor de *O chamado selvagem*, Jack London; o "homem mais confiável da América do Norte", Walter Cronkite; e o ex-presidente Herbert Hoover.

— Como o-ooousa per-turbaaaar-nos? — indagou Richard Nixon, o queixo tremendo ao fazer a pergunta. Ele saiu da moldura e sentou-se à beira dela, com as pernas balançando, revelando meias amarelo intenso.

Olhou para Hayes. — Estamos todos muito bem mortos! É relaxante! Por que foi nos acordar? É bom que seja importante!

— Sei que procuram a paz, irmãos, e odeio perturbá-los — desculpou-se o velho. — Mas talvez possam responder a uma pergunta?

— Que pergunta?

— Onde está Dahlia Kristoff?

— Quem? — inquiriu Eisenhower. — De quem ele está falando?

— Dahlia Kristoff — repetiu Hayes. — De São Francisco. Filha de nosso estimado membro do clube, Denver Kristoff. É muito importante descobrirmos se o espírito dela está entre os mortos.

— Muito importante para quem? — perguntou Nixon. — Não dou a mínima para uma garota desaparecida. Ela provavelmente se mandou para alguma dessas tresloucadas comunidades hippies...

— Cala a boca! — interrompeu Denver, pulando para cima da mesa. — Você sabe com quem está falando? Aldrich Hayes construiu este lugar. Nenhum de vocês teria alcançado riqueza e fama se não fosse pelo Clube Boêmio e pelos Guardiões do Conhecimento.

Os semblantes nas molduras se entreolharam.

— É isso mesmo! Nixon, como acha que um tolo sem graça como você, com uma personalidade terrível, hálito ruim e meias amarelas conseguiria se eleger presidente? Só mesmo por causa dos Guardiões!

Nixon se abaixou e puxou a bainha das calças curtas até esconder as meias.

— E Eisenhower? — gritou Kristoff. — Quem você acha que foi o responsável de verdade por todas as vitórias militares?

— E Teddy Roosevelt? — continuou, aos berros. — Acha que é mera coincidência que um bêbado mesquinho como você tenha ganhado o Prêmio Nobel? Agora, como um dos Guardiões, eu imploro... Ajudem-me a encontrar minha filha. Ajudem a descobrir se está viva ou morta.

— Nunca — recusou-se Herbert Hoover. — Não depois da maneira como você falou conosco.

— Geralmente, quando nos perturbam — continuou Roosevelt —, é por conta de uma situação extremamente séria. Um evento que ameaça a própria existência do Clube Boêmio.

— E não sei como o resto dos meus colegas se sente, mas não gostei desses insultos — arrematou Nixon. — Se quisesse ser tratado assim, voltaria para a Casa Branca. Vou retornar ao mundo dos mortos. — E começou a entrar na moldura.

— Não! — Kristoff segurou a mão de Hayes e girou a manivela do gramofone. Começou a se mover em círculo com o outro, repetindo os movimentos anteriores e entoando:

Diablo tan-TUN-ka!

— Quer parar? — pediu Teddy Roosevelt.

Kristoff ignorou a todos e gritou:

— *Espíritos de São Francisco! Venham realizar o que os Guardiões do Conhecimento não podem! Apresentem-se neste momento de necessidade!*

No patamar, uma coisinha pequena atingiu as costas de Eleanor. Foi como se um percevejo tivesse caído nela. Virou-se para olhar para cima — mas Brendan a segurou, tentando mantê-la quieta. Olhou para o lado e viu um dente humano no chão! Não conseguia crer em seus olhos, mas antes de poder se abaixar para pegá-lo...

Crrrrrrrash! — a claraboia acima dos retratos partiu-se em um milhão de pedacinhos!

O vidro que caiu cobriu Hayes e Kristoff. Enquanto espalmavam as roupas, ouviu-se um *woosh* de outro mundo...

E uma horda de espíritos adentrou o Clube Boêmio.

Eleanor jamais tinha visto fantasmas, mas sabia o que estava diante de seus olhos. Os corpos eram esguios e feitos de bruma. Os rostos, lamuriosos, com bocas que se alargavam em formas ovais distorcidas. Voavam ao redor do espaço como se fossem tornados, passando por Kristoff e Hayes e girando pelo corredor acima. Pareciam voar *através* de Eleanor, Brendan e Will, que se abraçaram com força, aterrorizados.

O cômodo estava infestado de espectros.

— *Estou procurando Dahlia Kristoff!* — vociferou Denver para os fantasmas. — Dahlia, se você está entre os espíritos... Revele-se para mim...

Agora Eleanor podia vê-los mais de perto. Os cabelos sem cor flutuavam atrás deles, como se estivessem submersos. Alguns usavam gorros e vestidos do século XIX; outros vestiam ternos superestilosos de três peças e lapelas largas dos anos 1980.

O que vão fazer com a gente?

O dente ainda estava caído ao lado de Eleanor, mas, enquanto ela observava, o fantasma de uma hippie de vestido florido chutou-o para longe. *Não sabia que fantasmas podiam chutar as coisas.* Os espíritos espiavam por cada cantinho, soltando gemidos; quase dava a impressão de que o Clube Boêmio estava dando uma festa. Depois de alguns minutos, ficou claro que os espectros não matariam ninguém.

— Alguém viu aquele dente? — sussurrou a menina para o irmão e o piloto.

— Que dente? — respondeu Brendan. — Estou é de olho *naquele cara!*

Todos se viraram para encarar o fantasma de Jerry Garcia, de short cáqui, chinelos e uma camiseta tie-dye, dedilhando um violão. A barba transparente zumbia e chiava, como se fosse feita de enguias-bebês. Os olhos eram espirais de um tom verde néon que não paravam de girar.

— Tanta confusão por causa de uma garota desaparecida? Ninguém se vai neste mundo... — cantava Jerry.

— Quem é *ele?* — inquiriu Hayes.

— Jerry Garcia, até eu sei — respondeu Kristoff.

— O cara dos sorvetes da Ben & Jerry? — sussurrou Eleanor.

— Estou procurando um pouco de paz, sacou, uma garota que sei que é show...

Jerry Garcia olhou para cima. Eleanor olhou também, logo acima dela, e viu de onde tinha vindo o dente.

Agarrada a uma viga de madeira do teto do Clube Boêmio estava alguém que *não era* um espírito. Era uma adolescente, amedrontada e tremendo de frio, cuja aparência era a de uma traumatizada sobrevivente de guerra.

Era Cordelia Walker.

— A sua garota está bem ali — disse Jerry, apontando. — Dahlia Kristoff.

— Não! — gritou Eleanor.

Cordelia desenganchou braços e pernas da viga e pulou.

— Aí está! — gritou Denver Kristoff lá de baixo, sorrindo. — Eu sabia que se capturasse um Walker, os outros apareceriam. E olha só, ainda trouxeram um amiguinho! — Indicou Will.

— Seu idiota — censurou Hayes —, você comprometeu nosso clube ainda mais. E como isso vai trazer sua filha de volta?

— Olhe com mais atenção — disse o outro. — Não é Cordelia Walker lá em cima, nem de longe.

Kristoff parecia estar correto, porque a menina magra que pulara do teto para a frente de Brendan, Eleanor e Will mal se parecia com a irmã mais velha dos Walker. Estava agachada, rosnando como um animal selvagem que acabara de surgir de uma caverna subterrânea.

— Délia? — chamou o irmão. — O que você tem?

Estendeu a mão para ela. Cordelia a acertou, arranhando o pulso do menino. Com olhos esbugalhados e assassinos, virava e voltava a olhar, enlouquecida, dos irmãos para Will, e soltava rosnados.

— Brendan — chamou Eleanor —, por que ela está se comportando assim?

— Ela certamente não está em sã consciência — respondeu Will, tentando ser engraçadinho, mas ninguém riu.

— Hayes, você tinha razão — disse Kristoff lá de baixo. — Os fantasmas me deram uma resposta, só que não a esperada. O espírito de Dahlia *está* aqui... No corpo de Cordelia Walker.

— O quê? Como você sabe?

— Porque a menininha disse que baniu minha filha para o "pior lugar de todos". Diga-me: existe algum lugar pior, qualquer lugar mais isolado e traiçoeiro... do que o coração de uma adolescente?

Ele não deu chance a Hayes de responder. Com uma gargalhada vitoriosa, pegou o vinil do gramofone e assoprou uma das velas vermelhas.

— *Ite, omnes!* — gritou aos espíritos. — Vocês não são mais necessários aqui!

Com uma das velas apagadas, todas as demais se extinguiram em uma onda elegante. O feitiço estava quebrado. Os espectros correram para trás em direção à claraboia, urrando estridentemente e se aproximando dos retratos animados, que tratavam de retornar às molduras. Depois voltaram às suas figuras imóveis e sem vida de sempre enquanto os espíritos saíam em espiral do Clube Boêmio como um jato delicado acima de São Francisco.

— Agora, junte-se a mim em meu triunfo! — disse Kristoff a Hayes, alçando o outro sobre suas costas.

Enquanto isso, lá em cima, Brendan, Eleanor e Will faziam um círculo em volta da coisa que parecia Cordelia Walker. Um ser abatido, de quatro, mexendo a cabeça de um lado para o outro, correndo para a frente, apoiado nas mãos e nos pés, depois recuando. A criatura olhou para Brendan, e, por um instante, ele pôde ver os olhos agudos da irmã de verdade e disse:

— *Brr...?*

Logo depois, ela estremeceu e caiu no chão.

— Cordelia, somos *nós!* — gritou Will, a voz soando desesperada.

Cordelia investiu contra ele. Brendan o puxou para trás. A jovem bateu os dentes; mesmo que a maior parte já tivesse caído, os caninos estavam intactos, dando-lhe a boca de um morcego.

— *Todos vocês, para trás* — berrou Denver Kristoff.

Estava no topo das escadas, levando Hayes nas costas, com a peruca projetando-se atrás de sua cabeça. Kristoff colocou-o gentilmente no chão.

— Brendan, seu moleque horroroso — disse ele. — Vai pagar caro por ter entrado aqui. E você! — Voltou-se para Eleanor. — Você teve a chance de ir embora em segurança. Para seu azar...

Agora, porém, até Kristoff precisou parar no meio da frase.

Cordelia Walker estava uivando para o teto num lamento dolorido e agudo.

— Deixem-na em paz! — gritou Kristoff. — Não toquem nela! Não é a sua irmã! É a minha filha, Dahlia, que esteve *nesse corpo* pelas últimas seis semanas! Vocês pensaram que podiam se livrar dela com seu desejo infantil, mas ela foi mais forte do que vocês! Os Kristoff *sempre* foram mais fortes do que os Walker!

Brendan estremeceu. Não conseguia desviar o olhar de Cordelia e não podia se livrar do sentimento de horror crescente em seu coração. A irmã ainda gritava como uma fera selvagem — mas agora algo ainda pior acontecia, algo que o fez lembrar uma coisa que vira na TV. Foi em um programa chamado *Criaturas Fatais do Fundo do Mar*, no Discovery Channel.

Estava fazendo o mesmo que as lesmas do mar.

Brendan as vira naquele programa — e mesmo já tendo aparência nojenta, o que era realmente mais grotesco é o fato de que elas *empurram o estômago para fora a fim de comer*. Literalmente, era como se virassem ao avesso, e agora... Brendan mal podia acreditar... Cordelia estava fazendo a mesma coisa, *expelindo algo pela boca*, só que não era o estômago...

Era outra pessoa.

Enquanto aquilo se movia para fora dela, a boca de Cordelia se alargava e ia para trás, como a mandíbula de uma cobra que se desloca para engolir um ovo. Ouviu-se um tremendo *crack*.

— *Para!* — gritou Brendan, e correu para a menina...

Ele ouviu um som sibilante, crepitante, como o de um tiro, seguido por uma queimação que lhe atravessou o peito. Olhou para baixo e viu que a camiseta estava escura e soltava fumaça. Kristoff o atingira com um raio azul para impedi-lo de aproximar-se da irmã.

— *Não está vendo que ela vai morrer?* — gritou, lágrimas rolando pelas faces. — *Por favor, me deixa ajudar!*

— Você não pode ajudá-la — retrucou Kristoff, com frieza. E fitava Cordelia como se ela fosse um experimento fascinante.

A boca da menina já tinha alcançado uma abertura incrível, quase do tamanho do aro de uma cesta de basquete. Ela fitava o teto, os gritos abafados pelo tamanho da pessoa que saía de dentro dela.

Kristoff reconheceu a filha de imediato. Brendan não demorou muito mais do que ele. O primeiro traço que viu foi uma velha boca retorcida, com lábios finos e dentes amarelos e tortos. Um nariz fino, pele cinzenta, cabeça calva e manchada...

A Bruxa do Vento.

— *Não!* — berrou Eleanor.

Mas não havia como impedir o seu retorno. A Bruxa tomou impulso. Não houve sangue, apenas o ruído de ossos se quebrando. Ela deslizou para fora do corpo de Cordelia, como se estivesse se desvencilhando de um vestido já muito usado e velho. Os braços e pernas da garota perderam toda a rigidez, transformando-se em um pilha miserável de pele descartada no chão. A Cordelia Walker que Brendan amava era algo como um exoesqueleto de olhos mortos agora.

— *Ahhhhh* — exclamou a Bruxa do Vento, enquanto se espreguiçava prazerosamente, abrindo as asas. Envolveu o corpo com elas e estalou o pescoço. Sorriu ao afastar-se do casulo oco que era Cordelia.

— Sentiram a minha falta?

— Dahlia! Denver Kristoff sorriu. Até o canto da boca, que era permanentemente virado para baixo, pareceu curvar-se para cima. Era um sorriso que Brendan reconhecia do rosto do próprio pai, de quando Bren soletrava uma palavra corretamente ou resolvia um problema de matemática, e o Dr. Walker dizia: "o papai está orgulhoso de você". Infelizmente, passara-se um longo tempo desde a última vez em que o pai fizera elogios assim. Ou lhe dera alguma atenção.

— Minha filha querida, pensei que estivesse perdida para sempre — disse Kristoff, abrindo os braços para a Bruxa do Vento. — Como você conseguiu?

— Já habitei muitos corpos no passado, mas o dela foi o mais difícil — confessou a filha. — Que pesadelo! As palmas da mão estavam sempre molhadas. O rosto sempre cheio de espinhas. Tantos pensamentos bonitos a respeito de eleições estudantis e do que vestir!

— Como você conseguiu se libertar?

— Todos os dias, eu tomava controle gradual do corpo de Cordelia. De pouquinho em pouquinho, pedaço por pedaço. E comecei a ficar mais forte. Até que finalmente... *Ahhhh...* — a Bruxa alongou as costas —... consegui me libertar

Eleanor não ouvia coisa alguma. Ao ver Cordelia se transformando em Dahlia Kristoff, ela ficara anestesiada. Simplesmente não conseguia lidar com aquilo. A irmã era a pessoa que admirava, quase mais do que a mãe. Era o modelo de quem queria ser quando crescesse. E agora ela se fora — só que...

A casca no chão estava se movendo.

Will não viu. Fechara os olhos. O coração se partira em um milhão de pedaços. Naquele instante, porém, sentiu a mão de alguém puxando sua manga.

— Olha! — sussurrou Eleanor.

O corpo da jovem estava começando a recuperar a forma antiga.

Começou com as pontas dos pés, que ainda estavam presas aos sapatos. Os pés incharam e preencheram os calçados, dando uma guinada para a frente, como os pés de uma boneca encostada contra a parede.

— Mas que diabos... — exclamou Will.

— A gente está vendo coisas? — perguntou Eleanor.

— Délia! — chamou Brendan.

Agora a cintura e o corpo da menina tomavam forma. Era como se tivessem acoplado um secador de cabelos à sua concha vazia e a estivessem inflando com ar — e com vida. Os dedos de Cordelia voltaram a ficar esticadinhos, um por um, fazendo *pop-pop-pop-pop-pop*. Os braços também incharam até ficarem do tamanho normal. O pescoço voltou a ser o mesmo de antes. Em seguida, como Drácula levantando de seu caixão, o rosto da jovem se ergueu, as bochechas se expandiram, o nariz se projetou para fora. Os olhos preencheram as órbitas, os lábios finos tornaram a ficar cheios, a boca retornou ao tamanho de sempre, e os dentes... os dentes cresceram normalmente outra vez, intactos. Até mais brancos do que os antigos, na verdade.

— *O qu...?* — Começou a perguntar.

— Délia! — gritou Eleanor, às lágrimas enquanto corria para a irmã. — Você está viva!

Will estava logo atrás, abraçando as duas ao mesmo tempo, pulando de alegria. Ele não queria saber como aconteceu; estava apenas feliz porque Cordelia tinha retornado. Mais feliz do que jamais se recordava de ter estado em toda a sua vida. Brendan também estava lá, espremido no meio.

A Bruxa do Vento virou-se para o pai.

— O que é isso? — perguntou, traída. — É um dos seus truques?

— Claro que não — respondeu Denver, enquanto Aldrich Hayes virava o pescoço para observar a incrível recuperação de Cordelia, que tateava as roupas a fim de se certificar de que estava viva, cercada dos irmãos chorosos e de Will. — Não sei como isso aconteceu.

— Ela estava morta que nem um prego! *O senhor* a trouxe de volta à vida!

— Claro que não, Dahlia! Por que é que eu faria isso? Odeio os Walker tanto quanto você!

— *Mentiroso!*

A Bruxa do Vento saiu do chão, batendo as asas, flutuando acima de Kristoff e de Hayes.

— Vocês dois estão sempre tramando seus truquezinhos. Acham que não sei do que são capazes? *Você* a trouxe de volta!

— Dahlia, por favor — pediu Denver. — Desça aqui. Vamos conversar sobre isso...

— A minha magia nunca me deixa na mão — cortou ela. — Quando mato alguém, a pessoa continua morta. Talvez eu devesse testar a eficácia... no senhor!

A Bruxa do Vento investiu contra o pai. Brendan agarrou as irmãs e Will, animado pela oportunidade. Se Dahlia e Denver teriam um momento de pai e filha, era hora de escapar. Brendan recuou alguns centímetros e...

— *Aonde vocês pensam que estão indo?!* — esbravejou Dahlia, o corpo girando na direção dos Walker. — Fiquem parados bem aí!

Eles congelaram no ato.

— Com licença — disse Cordelia. Finalmente conseguira recuperar-se. Agora sabia que tinha sido a Bruxa do Vento... A Bruxa do Vento o tempo inteiro, transformando-a de dentro para fora. Cordelia sequer sabia que partes dela eram, de fato, *dela* nas últimas semanas.

— Achei que você gostasse de mim — disse a adolescente para a mulher. — Achei que respeitasse a minha inteligência, Dahlia. Não foi por isso que me ajudou no navio do Sangray? Por que está se virando contra mim agora?

— É, em outras palavras: qual é o seu problema? — intrometeu-se Brendan.

— Vocês quatro me impediram de conseguir o livro — explicou ela. Perdera o braço que ainda prestava nas últimas aventuras dos Walker, e a prótese de diamantes não sobrevivera à jornada para fora do corpo de Délia. Por isso tinha dois tocos mal-ajambrados no lugar dos pulsos. — Vou cuidar de vocês... Assim que tiver acabado de lidar com o meu pai mentiroso.

Duas colunas de ar saíram espiralando dos tocos e derrubaram Denver Kristoff no chão. O homem caiu com um baque.

— Não vou medir forças com você! — falou ele. E ergueu a mão, tentando proteger-se do vento intenso sendo disparado contra seu corpo.

— Kristoff, a intenção dela é matá-lo! — exclamou Aldrich. Jogou a bengala longe e levantou os braços, cantando. Fogo apareceu entre as pontas dos dedos...

Foi lento demais, porém. A Bruxa atingiu seu rosto com uma explosão de vento e o atirou de cima das escadarias.

— Venham — disse Brendan, puxando os outros. Havia uma longa tapeçaria no outro extremo do patamar, que se estendia do segundo andar ao salão principal. Se pudessem alcançá-la, conseguiriam descer por ela.

— O que você fez? — gritou Kristoff, correndo para Hayes, que aterrissara de costas e estava se virando para lançar um feitiço no tornozelo quebrado.

A Bruxa do Vento soltou um guincho, voando pelo cômodo sob a claraboia quebrada. Parecia regozijar-se com o fato de ter o corpo de volta; ela mergulhou e girou como um golfinho brincando antes de se posicionar ao lado do retrato de Richard Nixon. Levantou os braços enquanto as asas batiam. Pequenas correntes fizeram incontáveis caquinhos subirem do chão. O vidro começou a rodopiar em volta de Dahlia, acelerando, formando um círculo muito afiado e mortal.

Hayes gemia. Kristoff percebeu que ele tentava curar o tornozelo, mas o pulso estava virado para trás, e não podia fazer magia com o pulso quebrado. Tentou alcançar a bengala, mas a mão mal respondia.

— *Argh!* — exclamou. — Kristoff! Pegue... um pergaminho. Isso vai destruí-la. É melhor que esteja... morta.

— Por favor, não diga isso — suplicou Denver. — Ela é minha filha...

— Não — cortou Hayes. — É uma criatura horrível, maligna...

— Eu ainda a amo...

— *Ama!* — cacarejou a Bruxa do Vento em tom zombeteiro. — Papai... lembra-se do motivo de nos enfrentarmos da última vez?

— Você estava enlouquecida — disse Denver Kristoff. — Doida para ter nas mãos *O livro da perdição e do desejo.*

— E o senhor me impediu. O que faz do senhor tão imprestável quanto os pestes dos Walker!

— Não — retorquiu Denver. Ele se afastou de Hayes e passou a falar com calma, de uma maneira que era, de alguma forma, ainda mais poderosa que os guinchos de Dahlia. — Não sou como eles. Sou seu pai. Agora venha. Desça. Podemos ir embora. Juntos. Recomeçar. Ser uma família normal.

— Você está delirando? Vá se olhar no espelho! Sequer tem um *rosto!*

— Posso voltar a escrever — suplicou Kristoff. — Você pode conhecer um bom rapaz...

— *Um bom rapaz?!* — repetiu a filha. — Já olhou para *mim?* A única coisa que poderia me tornar atraente... é *poder!* Então me diga onde está o livro!

— Não faço ideia.

— E está falando a verdade?

— Do fundo do coração.

— Então não tem mais utilidade para mim.

O vidro girando ao redor dela transfigurou-se em uma nuvem em forma de bala. Flutuou na frente de Dahlia por um instante e, no seguinte, com a velocidade de um vagão do metrô, investiu na direção do pai.

Kristoff ergueu os braços. Relâmpagos azulados crepitaram em um arco ao redor dele — mas a chuva de vidro atingiu-o com força.

Acertou Hayes também. Os cacos perfuraram a pele dos dois com tamanha violência que ambos instantaneamente transformaram-se em algo semelhante a porcos-espinhos de cristal Swarovski. Kristoff tentou piscar, mas tinha vidro alojado em cima e embaixo das pálpebras, forçando-as a ficarem abertas.

Brendan estava horrorizado. Sabia que a Bruxa do Vento era capaz de grandes maldades, mas nunca imaginaria que pudesse ser tão cruel com o próprio pai. Jamais se esqueceria da expressão no rosto de Kristoff, que dizia que não eram apenas seus olhos que estavam em frangalhos, mas também seu coração. Brendan agarrou um pedaço da tapeçaria com Cordelia, Eleanor e Will.

— Rápido — disse, começando a descida.

Os demais o seguiram.

Dahlia se virou.

— Tentando escapar?! — indagou a Bruxa, fazendo mais cacos subirem do chão e lançando-os para a tapeçaria. O vidro rasgou o tecido como um milhão de pequenas lâminas. O tapete se partiu em dois e caiu no chão com as crianças ainda agarradas a ele. Por sorte, a peça de decoração antiga era grossa; os quatro aterrissaram sobre ela em segurança, embolados no material.

A mulher voltou-se para Kristoff e Hayes, que gritavam devido à dor insuportável. Ela ergueu um dos tocos de braço e abriu as portas duplas do Clube com uma rajada de ar.

Brendan viu as ruas de São Francisco lá fora. Estava tarde da noite, mas era seu mundo do outro lado: um mundo real, com sinais de trânsito vermelhos, supermercados e celulares, nada parecido com aquele pesadelo insano em que havia mergulhado antes.

A Bruxa do Vento apontou os tocos para as portas e lançou Kristoff e Hayes para fora.

O vento os levou para a rua — onde foram atropelados por um ônibus municipal. Foram jogados da frente do veículo para a vitrine de um restaurante chinês, batendo contra mesas e cadeiras antes de caírem inertes no chão.

A Bruxa do Vento inspirou fundo. As portas do Clube Boêmio se fecharam outra vez. Ela encarou o monte de crianças na tapeçaria caída

— Agora posso cuidar de vocês.

A Bruxa do Vento desceu lentamente. Ao aterrissar, gesticulou com o que lhe restou do braço, e a metade de tapeçaria que cortou deslizou para longe dos Walker e de Will. Como um animalzinho leal, ela rastejou pelo chão até seus pés. A Bruxa girou os tocos em pequenas espirais, e o tecido a envolveu até que, de repente, estava trajando um vestido sem mangas.

— Como estou?

— Que nem um saco velho vestindo um saco velho — respondeu Brendan.

Cordelia sabia que Dahlia Kristoff tinha vaidade; um pequeno elogio podia ser-lhes muito vantajoso. Disse:

— O Brendan é menino. Não sabe de nada. Você está linda.

A Bruxa moveu-se em direção às crianças, como um animal se aproximando da refeição. Os olhos fixaram-se nos de Cordelia.

— Não zombe de mim. Não quer terminar como meu falecido pai.

— Você é mais surtada do que a gente pensava — exclamou Brendan.

— Que tipo de pessoa perturbada mata o pai?

Eleanor encarou o irmão: *será que você não consegue entender?* Se continuasse a falar, não teriam chance alguma.

A Bruxa do Vento deu um tapinha na cabeça de Eleanor.

— Não se preocupe. Sigam-me.

A menina estava em choque, mas não tinha alternativa senão ir atrás da mulher enquanto a figura esquelética caminhava pelo salão, agora tomado por cadeiras viradas e quebradas. A garota acenou — *venham!* — para os irmãos e Will. Do lado de fora, podiam ouvir sirenes de ambulâncias se aproximando. Alguém devia ter ligado, avisando que Denver Kristoff e Aldrich Hayes tinham voado pela janela restaurante adentro.

— Cordelia — chamou Dahlia —, você mencionou como elogiei sua inteligência certa vez. — Guiava-os para o andar de cima. — *De fato*, respeito você. E tenho que admitir: todos vocês são mesmo mais resistentes do que eu imaginava. Cordelia, ainda estou tentando descobrir como foi que você voltou à vida.

Estavam cercando o lugar onde a casca sem vida que fora Cordelia havia ficado estirada no chão. O único sinal que indicava que estivera ali eram as gotículas de cúspe que saíram da boca da menina quando libertou a Bruxa do Vento.

— Talvez eu seja uma bruxa — respondeu. — Que nem você.

— Possivelmente. Mas seria necessária muita experiência para realizar uma reanimação, a experiência de alguém muito mais velho e sábio do que você. Ainda suspeito que tenha sido um truque do meu pai. Mas não vem ao caso. Agora que ele se foi, podemos ter uma conversa civilizada. E gostaria de deixar claro para vocês... que nunca quis machucá-los.

— Não — intrometeu-se Brendan —, você só acabou de usar o corpo da Cordelia como se fosse uma incubadora. E teve aquela vez que você ameaçou cortar, fritar e depois comer os dedos da Eleanor.

— Só estava tentando conseguir o livro — explicou Dahlia. — Não era pessoal. De várias maneiras, vocês *todos* têm muitas semelhanças comigo mesma.

— Ah, acredito! Em que planeta? — indagou Brendan.

— Vocês têm um pai que diz que ama vocês, mas, na verdade, não ama.

— Não — negou Eleanor. — Não importa o que aconteça, nosso pai ainda vai amar a gente.

— É mesmo? — desafiou a Bruxa do Vento. — É por isso que ele continua a fazer apostas com sua fortuna?

— Ele está tentando mudar.

— Mas não vai. Pais nunca mudam. Meu pai estava embriagado com poder quando eu era uma menininha, e continuou assim pelo resto da vida.

— Mas ele estava pedindo o seu amor — disse Eleanor. — Só queria que vocês dois fossem uma família de novo.

— Era o que queria que vocês pensassem — explicou a outra. — Isso jamais seria possível enquanto ele mantivesse *O livro da perdição e do desejo* escondido de mim.

Ela levantou os tocos na frente dos olhos das crianças.

— Meu pai disse que não sabia onde o livro estava. E vocês três foram os últimos a estarem com ele. E, por conta da maldição que ele lançou, vocês são os únicos que podem abri-lo. Então será que podem, por favor, apenas me dizer onde ele está? E não terei que machucá-los.

— *Você está falando sério?!* — gritou Brendan. — Você acabou de dizer que nunca quis machucar a gente! Agora, tipo trinta segundos depois, já está fazendo ameaças. Madame, a senhora precisa seriamente de terapia!

A Bruxa do Vento sorriu.

— Terminou?

— Não, *não terminei!* Eu...

— *Eu* acho que você terminou, sim — cortou Dahlia. Brendan encolheu-se de súbito; momentaneamente esquecera-se de com quem estava gritando. — Acho que sua boca já ficou aberta por tempo suficiente pelo resto da vida.

A Bruxa assomou sobre menino, sorrindo com desprezo, concentrada. Atrás dela, Cordelia se aproximou com um tatu empalhado em um pedestal.

— Você não passa de um garotinho ignorante — vociferou a mulher. — Nunca usou o livro. Não entende seus poderes. Nunca entenderá, até abri-lo. Até posso deixar, sabia, se você me ajudar. Aí vai entender o que é poder *de verdade*. Não é a mesma coisa que popularidade ou riqueza. É o poder da *liderança*. De olhar os rostos dos que estão abaixo de você, centenas deles... Encarando-os, pequeninos lá de baixo, tremendo de medo... Como você agora... É aí que você sabe o que é ser um rei. Ou uma rainha.

A Bruxa do Vento lançou os braços na direção de Brendan. Infelizmente para ela, foi ao mesmo tempo que Cordelia a acertou nas costas com o tatu empalhado.

Isso fez com que a Bruxa errasse a mira. A rajada de ar que saiu dos tocos deformados acertou o chão em vez de Brendan. Madeira voou em grandes lascas como se a Bruxa tivesse feito um jateamento de areia, deixando um buraco no lugar — então, com o som de algo se entortando e partindo, toda uma seção do corredor suspenso caiu! Brendan com ele, mas Will segurou-o pelos pulsos. Tábuas quebraram-se lá embaixo; era como se o Tubarão tivesse dado uma mordida ali. Dahlia alçou voo.

— Venham! — exclamou Will. A Bruxa fez um movimento de braços, e outro jato de ar correu para Brendan. O menino se abaixou e agarrou Eleanor, descendo as escadas correndo em direção ao primeiro andar com Cordelia e Will.

— Por aqui — disse Eleanor, seguindo para as portas duplas na frente do Clube Boêmio.

— Não! — gritou Brendan. — Vai estar cheio de polícia e ambulância aí na frente! Por aqui!

Brendan recuou enquanto a Bruxa fazia uma espada sair de seu lugar na parede. A arma fez um floreio no ar e voou direto para ele. O menino mergulhou de cara no chão, e Eleanor pulou do colo dele; a lâmina passou entre os dois. Eles conseguiram se levantar e seguir Will, que se encaminhava para as escadas do porão, antes que Dahlia preparasse outro ataque.

Foram atrás de Will. As paredes de concreto ecoavam seus passos. O piloto abriu a porta da lavanderia com violência.

— O que estamos fazendo aqui? — perguntou Eleanor, sem fôlego.

— Para cima! — respondeu Will, indicando o duto de ar. Entrelaçou as mãos para fazer um apoio de pé para os amigos. Cordelia pôs o pé ali e pulou como se fosse um daqueles brinquedos com um palhaço de mola dentro de uma caixa. Todos seguiram o exemplo. Uma vez no duto, engatinharam em fila indiana; o metal estremecia e fazia sons estridentes sob seu peso. Cinco minutos depois, estavam no beco ao lado do Clube Boêmio, batendo as roupas, e depois seguiram para a rua.

Havia sete carros de polícia na cena do acidente. Tinham isolado a área com fita amarela; cercando-a estavam vans de noticiários, ambulâncias e curiosos de um bar de esportes local que haviam deixado as garrafas de bebida no chão para fotografar o acontecimento. O ônibus que atingira Denver Kristoff e Aldrich Hayes foi parado na rua; os passageiros estavam na calçada falando com paramédicos. Brendan viu um homem massagear o pescoço e perguntar:

— Quem tenho que processar? A empresa de transportes? Ou os idiotas que pularam na frente do ônibus?

— Os idiotas estão mortos — esclareceu o paramédico. — O único juiz que vão encarar tem uma barba branca bem longa e um tribunal nas nuvens.

Brendan não podia crer, mas Denver *estava* morto. Hayes também.

Espiou o restaurante chinês — os corpos estavam cobertos por lençóis. Um detetive de aparência séria, vestindo sobretudo, o avistou.

— Ei! — gritou.

O menino se virou, e os Walker e Will trataram de dar o fora, disparando pela calçada e chamando um táxi.

— O que houve, vocês estão bem, crianças? — perguntou o motorista, enquanto eles se amontoavam dentro do carro.

— Número 1.208 da Avenida Sea Cliff — respondeu Brendan. — Nosso avô sofreu um acidente e temos que falar com nossos pais.

O taxista entrou na rua Mason. Bren virou-se e viu o detetive, xingando e bufando enquanto o táxi ia embora.

Fizeram o resto do caminho em silêncio, à exceção da trilha sonora do Metallica escolhida pelo motorista. O garoto estava certo de que o detetive vira o número do táxi e de que seriam todos presos, mas o único momento dramático ocorreu ao fim da viagem, quando chegaram em casa e o taxista perguntou:

— Quem vai pagar?

— Ahn... — disse Brendan, procurando nos bolsos. — Desculpa, eu não tenho... Délia?

Délia lançou um olhar de *você tem ideia de que estava* morta *havia menos de uma hora*?

— Não tenho nada aqui comigo, Bren.

— Nell?

Nell exibiu a nota de 100 dólares que Aldrich Hayes lhe dera. Entregou-a ao motorista.

— Pode ficar com o troco — disse, toda cheia de pompa, ao saírem do automóvel.

Brendan correu para a Mansão Kristoff. O restante da família e Will o seguiam lentamente. Era bom estar em casa. Ele tentava se convencer de que o pior já passara: *Vai ficar tudo bem. Mamãe e papai vão estar lá dentro e tudo estará normal.* Ao entrar e deixar a porta aberta para os demais, porém, a Bruxa do Vento esperava na entrada.

— Bem-vindo de volta, querido.

— Tem alguma coisa errada — comentou Cordelia, vendo Brendan desaparecer de repente na entrada, como se tivesse sido engolido. E correu para a Mansão com os outros...

A Bruxa do Vento mantinha Brendan suspenso no ar.

Estava no hall de entrada com um braço estendido, usando pequenas lufadas de ar a fim de mantê-lo flutuando próximo ao teto. Raiva e ira em seu rosto faziam-no parecer contraído como o de uma cobra.

— *Pelo poder do grande livro!* — gritou.

E ergueu o outro braço, criando uma grande explosão de vento que arrebatou Will e as meninas com garras invisíveis. Eles foram alçados do solo e jogados na sala de estar. Brendan também flutuou, e Cordelia notou que seu corpo estava flácido, a cabeça pendendo para a frente e para trás.

— Você matou meu irmão! — disse em choque. — Brendan! *O que você fez?*

— Ele só está inconsciente — respondeu a Bruxa. — Não aguentava mais ficar ouvindo suas liçõezinhas de moral insossas.

Depois de estarem todos pairando sobre a poltrona Chester e o piano de cauda que deixavam a sala dos Walker tão luxuosa, abriu as asas e começou a voar também.

Franziu o cenho. Estava se concentrando com precisão sobre-humana. Agitou os cotocos a fim de manter as vítimas suspensas no devido lugar enquanto começava a circundá-los.

Whoosh — ela passou pelo rosto aterrorizado de Cordelia. *Whoosh* — sobrevoou outra vez. Circulava cada vez mais depressa, sempre curvando o pescoço para encarar Cordelia e os demais, sem jamais perder a concentração.

— *Nnnnn...!* — Cordelia soltou um grito estridente pela boca forçadamente fechada. Era como uma ida frustrada a um parque de diversão.

Dahlia passou como um chicote, criando um efeito estroboscópico nauseante, deixando tudo borrado — até que sua face seca e manchada pareceu tornar-se o centro de uma sala de espelhos. Cercava Cordelia de todos os ângulos ao mesmo tempo. Aos gritos.

— *Que você encontre o que tão descuidadamente perdeu! Que eu tenha o que mereço!*

Cordelia tentou fechar os olhos, mas o ar incessante os mantinha abertos, fazendo lágrimas saírem e espiralarem atrás dela.

Depois começou a sentir uma sensação de *encolhimento* horrível.

Aconteceu com todos eles. Os ossos se comprimiram. A pele retesou-se em toda a extensão de seus corpos. Os órgãos se comprimiam dolorosamente uns contra os outros. Os olhos diminuíram de tamanho — e o semblante onipresente da Bruxa do Vento e o cômodo aumentaram.

Tudo girava. A própria casa uivava ao se mover com a Bruxa: a poltrona tornara-se um borrão marrom, a lareira desaparecia e reaparecia como uma mancha de tijolos — e o encolhimento continuava. Cordelia e os outros estavam diminuindo, ficando do tamanho de chihuahuas, ratos, ervilhas.

A adolescente olhou para baixo. Três livros flutuavam sob seus pés. Ela não conseguia ler os títulos porque estavam distorcidos, gigantes além da conta, e ficando ainda maiores a cada segundo. Eram como cordilheiras em terreno irregular, da forma como os nomes dos livros devem parecer a uma mosca ou formiga ou...

De que tamanho estamos?, perguntou-se Cordelia. *E por que está diferente desta vez? Estamos sendo sugados para dentro desses livros como um milk-shake em um canudo.*

O fato de que não conseguia ler nenhum dos títulos deixou Cordelia enraivecida e, quando bateu em um deles... De repente, tudo ficou escuro e silencioso.

Cordelia despertou no chão da sala de estar. Ao seu lado estavam Will, Eleanor e Brendan, que também recuperavam a consciência. Ela piscou e se apoiou em um cotovelo quando se deu conta de um barulho. Pareciam aplausos e torcidas em um jogo de futebol americano.

— Brendan? — chamou. — Tudo bem?

— A Louca do Vento me derrubou assim que entrei pela porta — explicou ele. — Ah, não, não... De novo?

— Positivo — confirmou Will.

— Ela mandou a gente para outro mundo? — perguntou Eleanor.

Brendan assentiu.

— Que nem da outra vez.

— Mas da última vez a casa inteira foi destruída — observou a irmã mais nova. — Agora ela deixou os móveis e todo o resto mais ou menos no lugar.

— Não dá para acreditar que ela fez isso no fim de semana — reclamou Brendan. — Não vou nem perder aula.

— Gostaria de saber para qual mundo ela nos baniu — disse Will.

— Três livros do Kristoff de novo — revelou Cordelia. — Vi antes de desmaiar.

— Você leu os títulos?

— Não consegui.

— Provavelmente ela mandou a gente para o mesmo lugar da última vez — arriscou Brendan —, e agora temos uma boa vantagem sobre ela. Sabemos como lidar com o Slayne, como enfrentar os piratas...

— Mas se for como da última vez, isso não quer dizer que o Will vai chegar voando em um avião e salvar a gente? — perguntou Eleanor. — Aí seriam dois Wills!

— Dois eus — repetiu o piloto, intrigado pela ideia. — Hmmm, isso seria muita sorte.

— Como assim?

— Dois líderes fortes e belos é melhor do que um.

— Um egomaníaco basta — retrucou Cordelia. — Além do mais, acho que ela nos mandou para um lugar diferente. Que barulho é esse?

— É — concordou Eleanor. Ainda podiam ouvir a multidão. Do lado de fora da casa. — Estamos no meio de um jogo de futebol americano?

Todos pararam por um instante e escutaram com atenção. Os sons cercavam a mansão inteira. No entanto, todas as janelas e venezianas estavam fechadas. Os Walker e Will pareciam ratos presos em um experimento.

Cordelia caminhou para a janela mais próxima.

— Temos alguma arma à mão?

Will olhou ao redor e cerrou os punhos. Eleanor seguiu o exemplo.

— *Punhos?* — perguntou Brendan. — Sério? Pelo barulho, está parecendo que tem umas mil pessoas lá fora, e o que vamos fazer, socar todas elas?

— Você tem alguma ideia melhor? — perguntou o piloto.

Brendan parou, deu uma olhada em volta e pegou um pequeno abajur japonês, segurando-o como se fosse um minitaco de beisebol.

— Claro — zombou Will, sarcástico. — Abajures são mesmo um meio muito eficaz de se conter multidões iradas.

— Cala a boca, Will.

— Certo, vamos nessa — ordenou Cordelia. Estava prestes a abrir a janela quando notou que Will a fitava. — O que foi?

— Você está tomando pé da situação. Combina.

— É fofo?

— Não. *Combina* com você. Mas você *é* fofa.

— Will, olha — disse Cordelia, afastando-se da janela —, sei que não tenho agido normalmente, então acho que você talvez tenha esquecido com quem está lidando. Mas não estou interessada em ficar presa em mundos místicos pelo resto da vida. Preciso voltar para casa, ir à escola. Então vamos ver o que tem lá fora, garantir a segurança da casa, pegar *O livro da perdição e do desejo* assim que pudermos e sair daqui. *Nada de aventuras.*

— Sim, senhora — disse Will, batendo continência.

— Não sou senhora nada, não me chama assim.

— Mas espera, Délia — pediu Eleanor. — Se a gente pegar o livro, não estaríamos fazendo exatamente o que a Bruxa do Vento quer?

— Se isso levar a gente de volta para casa, Nell? Não me importa.

Brendan estava cansado de tanta conversa. Apressou-se e abriu a janela de que Cordelia estava próxima, que normalmente tinha uma linda vista para a ponte Golden Gate. E ficou totalmente parado, congelado, ao se deparar com a visão que tinha agora.

Ao mesmo tempo, alguém agarrou a perna da irmã mais velha.

Eleanor apontou para a entrada da sala.

— L... Le...

Brendan ainda fitava a janela.

— Pessoal? Acho que estamos em um...

Não precisava dizer. Cordelia compreendeu de súbito o que era toda aquela balbúrdia.

Fitando-a, no início do cômodo, com os ombros altivos e nodosos, farejando, estava um leão adulto.

— Ai, Deus... — começou Cordelia.

— Como isso entrou aqui? — gritou Will, boquiaberto.

— Todo mundo se esconda! — berrou Eleanor.

Cordelia agarrou a irmã e correu para o sofá. Brendan, porém, não havia nem se dado conta do animal; sequer ouvia as exortações das irmãs e de Will. Estava completamente perdido na vista incrível do lado de fora.

Olhava para o Coliseu de Roma.

Diretamente do centro da arena.

O Coliseu era deslumbrante, esplêndido, majestoso. Rochas gigantes comportavam assentos para dezenas de milhares de pessoas. Era como o estádio dos Giants em São Francisco, só que muito mais antigo e belo — na verdade, ele fazia o estádio parecer uma construção barata. Brendan estava exatamente onde o arremessador ficaria para lançar a bola! Era a oportunidade de uma vida: ninguém mais tivera a chance de ver o Coliseu daquele jeito havia séculos, e lá estava ele, bem no meio no lugar.

Ele sempre quis visitá-lo. Não havia edificação mais fantástica em toda a história do mundo. Quando se fala em Roma Antiga, se fala em saneamento, votação, morte por incontáveis facadas... Os romanos eram a definição da expressão "à frente do seu tempo". E aquela construção era *o* lugar sobre o qual as pessoas sempre comentavam quando falavam de Roma. Era como o Super Bowl e a Vila Olímpica em um só!

O menino viu espectadores de togas brancas nas arquibancadas, e algumas eram tão brancas que pareciam até ter sido alvejadas, chegando a machucar os olhos, enquanto outras eram ornamentadas com faixas vermelhas. Havia algumas roxas também, decoradas com dourado, mas apenas os homens que se sentavam próximos à arena as usavam. Não havia mulheres, exceto nas cadeiras mais distantes lá em cima, onde Brendan viu algumas vestidas em túnicas fluidas que se assemelhavam à da Estátua da Liberdade.

Eles gritavam com toda a potência de suas vozes, de pé, apontando para a Mansão Kristoff. *E por que não gritariam? Acabamos de aparecer do nada no meio de um evento!*

Dois alces estavam encurralados em um canto da arena por lanças, mas os guerreiros que seguravam as armas já não prestavam atenção aos animais, que escaparam aos pulos. Os homens fitaram Brendan, de queixo caído. *Estão olhando para a casa!* Outro grupo de túnica com arcos e flechas baixava as armas, gritando e apontando. Era evidente que algum tipo de simulação de caça acontecera — mas que fora suspensa por ora.

Os olhos de Brendan se moveram até um homem sentado no que ele chamaria de uma das "zonas finais" do Coliseu, lá no alto, em uma área fechada. *Tem que ser o imperador*, decidiu. Vestia uma chamativa toga roxa com detalhes brancos e uma coroa dourada incrustada de joias brilhantes. Era extremamente baixo, com menos de 1,52 metro, e quase da mesma largura. Com suavidade e delicadeza, olhos afastados demais e completamente calvo, pôs-se de pé e acenou com uma das mãos para a plateia, como se afastasse um inseto.

Todos ficaram em silêncio.

Cara, pensou Brendan, *esse aí é poderoso.*

Ele começou a falar, mas, é claro, ninguém conseguia ouvi-lo. Era uma figura pequena (mínima, na verdade) em uma arena enorme. Um servo próximo a ele subiu até um cone gigantesco de bronze sobre um tripé. Aquilo servia como um megafone primitivo, amplificando a voz do homem por toda a área do anfiteatro.

— Fala o imperador Occipus I! — declarou. — "Não se deve temer essa estrutura desconhecida! É obra de feiticeiros inimigos, uma casa infernal conjurada por Hades! Mas eu, seu imperador, protegê-los-ei! Se monstros houver dentro da casa, eu os exterminarei! Mandem entrar outra besta!"

Imperador Occipus, pensou Brendan. *Já ouvi esse nome...*

Um portão de metal sob o lugar onde ficava o imperador se abriu. Do breu, emergiram dois guardas com elmos e chicotes, guiando um leão.

— Opa... — disse Brendan — Ahn, chegando, logo em frente...

Foi então que percebeu: não escutava as vozes das irmãs nem a de Will havia muito tempo.

Girou nos calcanhares. O que estivera fazendo esse tempo todo? Sonhando como um nerd sobre a Roma Antiga, completamente esquecido de que estava preso ali, em uma encrenca daquelas...

Viu o leão na sala de estar, tão grande quanto o do lado de fora, enfiando o focinho nas almofadas do sofá. Cordelia, Eleanor e Will estavam escondidos ali atrás, imóveis, tentando não respirar. O animal, porém, sentira seu cheiro; pulou no sofá, farejando à procura deles.

Bren! Cordelia apenas moveu os lábios. A expressão era de puro terror. O menino odiava vê-la naquele pânico. Já tinha passado por tanta coisa. Não podiam dar um tempo para a família? Não era justo jogar tantos problemas horríveis assim em cima de um bando de crianças. Acabariam perturbados, mudados para sempre.

Faz alguma coisa!, continuou ela, sem emitir som algum.

Brendan não tinha ideia do que poderia fazer, mas então notou dois detalhes: primeiro, o leão não parecia ser o espécime mais sadio existente em Roma. Estava magro, as costelas eram visíveis no peito, a juba era sarnenta e cheia de moscas barulhentas. *Esse povo devia era ser denunciado por crueldade contra os animais*, refletiu ele.

O segundo era que ainda estava segurando o abajur japonês.

— Ei! Você! Dá o fora daqui! — gritou.

Correu em direção ao leão, brandindo a peça de decoração. Sabia graças aos programas do Discovery Channel que, se as pessoas agem de maneira agressiva, muitos animais tendem a se assustar — seres humanos são grandes e difíceis de matar.

O leão, porém, não parecia entender o fato.

— *RRRRRRRRRAGH!* — rugiu.

Pulou do móvel em cima de Brendan, as garras afiadas à mostra, a boca bem aberta. O menino congelou, preparando-se para a dor excruciante que sentiria quando o leão arrancasse seu rosto a dentadas — mas, no último segundo, Will pulou do lugar onde estava escondido atrás do sofá e o empurrou para o lado.

O animal aterrissou ao lado da poltrona Chester. O piloto arrastou o amigo sem reação para fora do cômodo, junto a Cordelia e Eleanor, enquanto o leão destruía o estofado da cadeira, fazendo bolas de algodão branco voarem pelo ar, como se fosse uma tempestade de neve dentro de casa.

— Por que ele está tão obcecado com a poltrona? — sussurrou Will.

— Ahn... Eu escondo pepperoni ali — confessou Brendan.

Todos lançaram olhares para ele.

— O quê? Odeio pizza de pepperoni! Você sabe disso, Délia. Eu sempre peço para pedir de muçarela normal, mas *nããããão*! Você tem que pedir de pepperoni.

— Como pode ser tão preguiçoso? Sabe que existe essa coisa chamada lixo orgânico... — começou Cordelia.

— Não é para colocar carne lá, só vegetal... — interrompeu Eleanor.

— Gente, para! — cortou Will. — Precisamos sair antes que...

— *Hnuff.*

Will ficou quieto. O segundo leão, o do lado de fora, já entrava pela porta da frente e se dirigia para eles.

— Venham comigo! — sibilou Eleanor, indo para a cozinha.

Era a única opção. O primeiro leão, engolindo um bocado de pepperoni já azul de mofo, encontrou o segundo no hall de entrada e se virou para os quatro. Os Walker e Will conseguiram fechar a porta da cozinha — mas era daquelas que iam e voltavam, ela não batia nem trancava! As feras dispararam pelo corredor e irromperam cômodo adentro enquanto os quatro subiam correndo pela escada em espiral ao fundo. Os animais os seguiram. Os Walker e o piloto tinham apenas um sopro de vantagem em relação a seus perseguidores, mas os leões encontraram dificuldades nos degraus curvos. Um deles bateu a cabeça contra a parede e balançou a juba, rosnando, enquanto o outro tentava pular por cima do primeiro degrau, mas caiu de costas no esforço, segurando-se com as garras como um gato numa banheira.   Os meninos chegaram ao segundo andar e puxaram a corda para o sótão. Subiram para a "caverna de quase homem" (Eleanor não pôde evitar torcer o nariz; tinha cheiro de irmão mais velho), se viraram e tentaram guardar a escada. No entanto, os leões já estavam escalando!

Os quatro recuaram em direção à parede mais distante.

— Só temos uma opção — disse Cordelia, arrancando uma folha do calendário de mesa dos Giants de São Francisco e pegando uma caneta. — Temos que chamar o livro.

— O quê? — indagou Brendan. — *O livro?* Ele não é o problema em primeiro lugar?

— A Bruxa do Vento foi inteligente — disse Cordelia, e o irmão notou que não parecia assustada naquele momento. Sua expressão era determinada, focada, como a de uma pessoa que faria o necessário para se salvar, custasse o que custasse. — Ela nos mandou a um lugar onde correríamos perigo imediato. E a única forma de sair dessa é convocar *O livro da perdição e do desejo* e fazer um pedido.

— E aí ela vai chegar voando e usar o pedido para *ela* — concluiu Brendan.

— Que outra opção temos?

— A gente não pode deixar a Bruxa chegar nem perto daquele livro, Délia!

— A gente se preocupa com isso quando acontecer. Ok, vocês sabem como funciona... Para fazer o livro aparecer, precisamos ter pensamentos egoístas... Então, todo mundo! Vamos! Pensem nas coisas mais egoístas que conseguirem!

Os leões ocupavam os dois lados do sótão, movendo-se para a frente com as cabeças baixas. A baba caía das bocas e atingia a roupa suja de Brendan. A última coisa que esperavam era que sua presa ficasse silenciosa e imóvel, de olhos fechados, mas os Walker e Will começaram a se concentrar.

Brendan: *quero ser Occipus, o imperador! Ficaria o dia inteiro relaxando se tivesse aquele tipo de poder. Nunca mais teria que me preocupar com nada. E teria toda essa gente prestando atenção a cada palavrinha que digo. Nem teria que falar tanto assim. Poderia fazer as coisas acontecerem com meros gestos. O jeito como Occipus levantou a mão e todos no Coliseu ficaram quietos? Não ia ser irado? É isso que chamo de poder!*

Cordelia: *Agora que a Bruxa do Vento está fora do meu corpo, posso sentir quais pensamentos são meus e quais eram dela. E o Programa de Monitoria e a ideia de me candidatar à presidência... Nada daquilo era ela. Era eu. Fui muito bem. Realmente ajudei as pessoas. E, se posso ajudar os outros em um lugar competitivo como a Bay Academy, talvez possa ajudar em uma escala maior. Por que não pensar grande? Harvard. Faculdade de Direito em Yale. Depois, política, eleições e aí... presidência! Por que não? Não estaria sequer fazendo tudo só por mim, seria por todas as garotas que me admiram e pelas mulheres que me antecederam, que quiseram ser presidentes quando não podiam. Os livros de História vão escrever sobre mim: Presidente Cordelia Walker!*

Eleanor: *quero vencer aquele torneio de hipismo com o Crow. Quero ganhar as medalhas e trotar em círculo com ele enquanto todos aplaudem. E quero Ruby e Zoe me assistindo — e o Crow pode levantar o rabo e deixar cair uma grande pilha de cocô bem na frente delas. Aí podemos sair da Bay Academy e voltar para nossa antiga escola e esquecer que toda essa maluquice aconteceu!*

Will: *quero voltar para Inglaterra. No meu tempo. Voando pela minha nação. Quero estar em um mundo ao qual pertenço. E quero encontrar minha mãe. Tomar chá com ela, fazer perguntas. Gostaria de descobrir se tenho parentes. Talvez uma tia ou um avô. O que é uma pessoa sem raízes? E quero Cordelia comigo.*

Com uma bufada gentil e silenciosa de ar saído do nada, *O livro da perdição e do desejo* surgiu e caiu no chão.

Cordelia congelou. Era um livro de couro simples, sem título, apenas um olho desenhado na capa — um olho estilizado. Gravados no material, estavam um ponto envolvido por dois semicírculos: um acima, outro abaixo da diminuta esfera. *O livro mais poderoso do mundo.*

A jovem não esperava se sentir tão conectada a ele, mas se lembrava de como tinha sido a primeira vez em que o abriu, como tinha lhe mostrado todo um novo mundo, como estava cheio de meias letras rodopiantes que jamais vira antes. Parecia que estava aprendendo verdades que sempre lhe tinham sido negadas. Sentiu um impulso avassalador de abri-lo ali mesmo e de se perder naquelas páginas, com ou sem leões.

Algo tocou sua perna. Eleanor.

— Délia, foca na gente! Não se perca de novo!

Cordelia deu-se conta de que estava no meio do caminho para pegar o livro, caminhando como zumbi. Foi então que viu Brendan. Tinha surrupiado papel e caneta e escrito algo. Os leões cheiravam e davam patadas no livro como se para ver se era real, mas, quando o menino se aproximou, os animais urraram.

Ele engoliu em seco, mergulhou para a frente e abriu o livro.

Um dos leões lançou a pata contra seu ombro. Brendan sentiu uma dor quente explodir braço abaixo. Quatro garras curvadas perfurando a carne!

Os leões investiram contra ele com as bocas abertas no instante em que ele enfiou o papel dentro do livro e o fechou...

E, de repente...os animais começaram a fazer sons abafados, curiosos, como se algo estivesse acontecendo com eles e não conseguissem entender. Soava como *"Mrrrrp?"*

As irmãs e Will olharam, incrédulos.

A dupla estava engordando.

Começou pelos troncos. As costelas aparentes que Brendan notara quando entraram na casa foram subitamente escondidas graças ao pelo que aumentava. As patas das criaturas, que eram finas o bastante para que os tendões sinuosos fossem visíveis, em segundos estufaram como balões e ficaram do tamanho de patas de elefante. E os focinhos dobraram comicamente, fazendo as jubas crescerem junto e deixando-os parecidos com desenhos animados.

— *Raarrr!* — exclamou um dos animais para o outro, claramente em choque.

— O que está acontecendo? — indagou Will.

— Escrevi "os leões ficam muito gordos!" — explicou Brendan. — Achei que isso ia dar uma boa vantagem para a gente poder escapar. Além do mais, os pobrezinhos pareciam estar famintos.

Com urros confusos, os animais se viraram e correram para a saída, mas não conseguiam correr direito. Toparam um com o outro e tiveram que se apertar para descer os degraus, com os corpos ainda em expansão.

Cordelia se apressou até a janela e olhou para fora. Os leões se comprimiram para passar pela porta, movendo-se devagar, aos tropeços e com a respiração pesada. Os guardas romanos sorriram, a multidão aplaudiu.

— Eles acham que fomos comidos! — concluiu Cordelia. Depois começou a gritar e gesticular: — Ei! Olha aqui! Continuamos aqui! Vivos! *Alô!*

Quando os milhares de espectadores no Coliseu a viram, ficaram mudos. Em seguida começaram a falar animadamente entre si, tentando entender o que estava acontecendo. Se os leões não estufaram de tanto comer humanos, por que *estavam* tão gordos?

No segundo seguinte, a voz amplificada do servo do imperador tomou conta da arena:

— Fala o imperador Occipus: "Dois leões africanos foram transformados em ratos obesos por meio de poderosa feitiçaria! Que tipo de bruxa em forma de criança habita a casa de Hades?"

— Ah, maravilha — exclamou Cordelia. — Agora eu sou uma bruxa. *E* uma criança.

— Por que eles estão falando a nossa língua? — perguntou Eleanor.

— Deve ser porque são todos personagens de um livro do Kristoff, e Kristoff escreveu na nossa língua — respondeu Cordelia.

— Ih — disse Eleanor. — Olha!

Uma dúzia de soldados romanos armados marchava em direção à Mansão, passando os leões, que finalmente haviam parado de aumentar de tamanho e estavam sentados, arfando e parecendo pufes gigantes. Os olhos de Eleanor se esbugalharam quando ela viu as lanças afiadas e as armaduras. Estava terrivelmente assustada.

Brendan sentou-se cheio de dor, apertando o ombro machucado, e viu o que acontecia. Tentou tranquilizar a irmãzinha.

— Não se preocupa, Nell. Os guardas não vão machucar a gente. O imperador Occipus não é totalmente mau; é uma figura e tanto.

— Como você sabe?

— Li a respeito dele — explicou. — No livro do Kristoff chamado *Gladius Rex*. Li o comecinho na nossa última aventura. Deve ser um dos livros em que estamos presos. Não é tão ruim. Tem um monte de banquetes legais, batalhas e bigas... Eu quase ia gostar de conhecer o imperador. Parece ser bem maneiro para um cara tão baixinho e careca.

— Bren, precisamos levar você para casa — disse Cordelia. — Você se machucou. Pode estar delirando. Não parece em condições de se encontrar com um imperador romano fictício ou qualquer outra pessoa.

— Mas, Délia... você não acha estranho que aqui dentro dos livros do Kristoff a gente faça todas essas coisas incríveis? A gente é tão forte, que nem super-heróis. Mas lá no mundo real, onde vale tudo, não conseguimos nem lidar com as coisas normais que acontecem com todo mundo. Por quê?

— Não sei, Bren. Talvez seja pela mesma razão pela qual Denver Kristoff escreveu todos esses livros para começo de conversa.

— E qual é? — Quis saber Will, levando uma das camisetas de Brendan até o menino para ajudá-lo com a ferida.

— Porque o mundo real nem sempre é uma maravilha — explicou a adolescente. — É chato e tedioso, especialmente se você não tem nenhum tipo de poder. Então você escapa para um lugar onde tem algum.

Brendan confessou:

— Quero continuar escapando.

— Não pode. Aqui não é seu lugar.

— Por quê? Pelo menos aqui não temos que ir à escola.

— Você *tem* que ir à escola, sim. Só que a escola daqui é bem pior.

Eleanor desviou o olhar enquanto Will arregaçava a manga da camiseta de Brendan e começava a enrolar a ferida com a que trouxera. A menina não suportava ver sangue e ainda estava preocupada com os soldados e suas lanças do lado de fora da casa. Mas eles estavam parados; continuavam postados lá, certificando-se de que ninguém entraria ou sairia, enquanto a multidão continuava a murmurar entre si. Eleanor pensou, nervosa: *Todas essas pessoas estão falando sobre a gente, se perguntando quem está dentro da Mansão. O que vão fazer quando descobrirem que são só três crianças e um inglês sem-teto? Temos que voltar para casa. E rápido!*

Em seguida, a menina olhou para *O livro da perdição e do desejo:*

Lá está nossa passagem para casa. Logo ali! Tudo o que tenho que fazer é escrever um pedido e colocá-lo lá dentro. Aí então tudo estará terminado. Nada de leões famintos, nada de Brendan sangrando...

Tirou outra folha do calendário do irmão e pegou uma caneta. Caminhou para o livro —, e à medida que se aproximava, ele parecia crescer, quase como se estivesse se expandindo em sua mente. Não queria admitir, mas o livro tinha sobre ela o mesmo efeito que surtia sobre Cordelia. Ele a chamava, dizia que continha poder e a fazia cair em tentação. *Certo, deixe que me tente, porque vou usar este livro para sempre,* pensou — mas, no instante em que estava para alcançá-lo, uma forte rajada de ar a derrubou no chão.

O corpo de Eleanor retesou-se. Já não era mais o medo que a dominava, mas a raiva. Sabia quem tinha sido a responsável. Sequer precisava se virar para ver. Mesmo assim, ela olhou.

A Bruxa do Vento estava no sótão, com um grande sorriso estampado no rosto.

— Muito bem, crianças! — parabenizou ela. — Vocês invocaram o livro. E agora, pequena Eleanor, tenho um desejo para você colocar aí dentro.

Ela segurava um pedaço de papel.

Dizia: *Dahlia Kristoff governará o mundo.*

— Bom, pelo menos você é coerente — observou Brendan, lendo o papel. — É a mesma coisa psicótica que você sempre desejou...

— Silêncio! — vociferou a Bruxa do Vento. — Estou falando com a sua irmã.

A menina estava em pânico. Suor brotava da sua testa. A criatura estava ainda mais assustadora do que antes, pois acoplara duas mãos cromadas novas em folha aos tocos de braço: uma delas estava posicionada com o dedo e polegar fixos, como se formassem uma pinça, segurando o papel; a outra tinha a forma de um punho. Eleanor continuou exatamente onde estava, no chão, encarando a Bruxa, e seus pensamentos começaram a correr em círculos: *O que faço o que faço como a gente sai dessa o que faço?*

— Você realmente espera que a gente te ajude? — perguntou Brendan. Ele não parecia assustado, mas Eleanor sabia que era fingimento. Da mesma forma como a reação dela era ficar tensa ao extremo e não conseguir falar, a de Brendan era começar a tagarelar. — A maldição que impede você de se aproximar do livro foi a melhor ideia que o seu pai já teve. Talvez tenha sido a *única* boa ideia que ele teve. E você quer que a gente coloque esse desejo idiota de "Dahlia Kristoff governará o mundo" dentro do livro? Será que acha que somos idiotas? Se fizermos isso, é mais ou menos como se tivéssemos ferrado com o mundo inteiro. Não, valeu.

— Talvez eu possa mudar a sua opinião — disse a Bruxa, fitando o curativo improvisado do menino. — Dor pode ser um elemento *tão* persuasivo.

Estendeu uma das mãos cromadas. Uma lufada de ar rodopiante saiu dela e arrancou a camiseta que protegia o ombro machucado do menino. Brendan sentiu a dor aguda da pele ao redor do ferimento se descolando, deixando o ar gelado tocar a carne viva... A sensação era de ser perfurado por centenas de agulhas afiadas. Não conseguiu sufocar um grito. A irmã mais nova queria gritar também, mas mordeu a língua. O coração dela martelava no peito, fazendo o corpo todo tremer... Tinha que ser forte, porém. Talvez pudesse fazer algo. Talvez pudesse transformar o medo em algo útil. Começou a pensar em um plano quando a outra irmã gritou:

— Para! — Cordelia fitava a Bruxa do Vento. — Por favor, para! Não machuca o meu irmão. Já sofremos o bastante. Vamos fazer o que você quer.

— O quê? — perguntou ele.

— Cansei de lutar, Bren. Quero voltar. Quero ver a mamãe e o papai de novo. Você não quer?

— Não dá para negociar com a Bruxa do Vento, Délia! Ela é tipo uma terrorista! Só que pior!

— Já *estou* negociando com ela — disse Cordelia, virando-se. — Dahlia, é mesmo necessário que você governe o *mundo inteiro?* Será que não dava para desejar ser a presidente dos Estados Unidos? Quero dizer, vou me candidatar à presidência da minha turma no ano que vem..

— Como se eu não soubesse — disse uma Bruxa do Vento irritada.

— Então você entende como é importante para mim — continuou Cordelia. — Mas ser presidente do país... Isso já daria muito poder... Líder do mundo livre e tudo mais... E você seria a primeira mulher presidente...

— Você é uma menina esperta, Cordelia — interrompeu Dahlia. — Mas pensa pequeno. Quero governar o mundo inteiro!

— Ok — disse Délia. — Então suponhamos que você consiga o que deseja... o que acontece com a gente?

— Um mundo governado por mim terá um lugar muito especial para vocês três — prometeu a mulher. Seu sorriso era mais largo do que Cordelia jamais vira. — Nunca esquecerei o favor que me fizeram. Estarão sempre junto dos seus pais, felizes, ricos. Não terão uma preocupação sequer no mundo

— E o Will? — continuou Cordelia. — Você teria que dar a ele o que ele quisesse.

Cordelia segurou as mãos do jovem entre as suas, pensando que isso agradaria ao piloto, mas ele as afastou.

— Não me toca. Você está tramando com o inimigo. Devia se envergonhar.

A adolescente lançou ao piloto um rápido olhar que dizia: *confia em mim*. Eleanor também viu. Depois, Cordelia olhou de soslaio para Eleanor, como se dissesse: *sua vez!* E ela percebeu que a irmã não tinha intenção alguma de cooperar com a Bruxa do Vento. Estivera apenas ganhando tempo para ela, que estava mais próxima de *O livro da perdição e do desejo*. O que era bom, porque Eleanor tinha um plano.

Começara a escrever no papel que arrancara, tão silenciosamente quanto era possível, temendo que o próprio som da caneta pudesse alertar a Bruxa. Tampouco podia cometer qualquer erro de ortografia. Aproximou-se do livro.

Cordelia deu um passo à frente e pegou o papel da mão da Bruxa.

— Será uma honra tornar seu desejo realidade — falou. Dahlia Kristoff cumprimentou-a com a cabeça, um olhar solene no rosto. Cordelia retribuiu com um sorriso agradecido, mesmo sem pretender fazer o que a criatura à sua frente desejava. Talvez fosse melhor política do que todos ali se davam conta.

Eleanor estendeu a mão para o livro, colocou o papel dentro dele e fechou com força.

— Não! — berrou a Bruxa do Vento, tentando freneticamente reabri-lo com seus poderes.

Mas era tarde.

O livro se manteve fechado por uma força invisível.

Em seguida, evaporou no ar.

O livro da perdição e do desejo desaparecera completamente, como se tivesse sido varrido da existência.

— Eleanor? — chamou Cordelia. — O que você fez?

Antes que a menina pudesse responder, uma perturbação surgiu ao redor do ombro de Brendan. Um pequeno ciclone flutuava ali, dentro da ferida, fazendo um pouco de ar frio anestésico circular por ela. Não era obra da Bruxa do Vento. Ela observava a magia assim como todos os demais. Em segundos, ficou evidente que era um feitiço de cura para o ferimento de Brendan. As marcas das garras se fecharam, o sangue desapareceu, e a pele do garoto ficou macia e clara outra vez. Não sobrou nem vestígio do menor arranhão.

— Uau, valeu! — agradeceu. — Nell, foi você quem fez isso?

A menina assentiu.

— *Para onde foi que você mandou o livro?* — guinchou a Bruxa.

— Ele se foi — respondeu a menina. Ela não tinha mais medo de Dahlia Kristoff. Não depois do que acabara de fazer. Uma atitude tão valente e esperta.

— Como assim, "se foi"? Por que ele desapareceu?!

— Eu pedi.

— Você o quê?

— Escrevi no papel: "O ombro de Brendan é curado... O livro vai embora e nunca mais retorna".

O rosto da Bruxa do Vento ficou vermelho. Veias saltavam das têmporas.

— Então — disse Eleanor, estreitando os olhos para a inimiga na tentativa de parecer destemida —, o que você vai fazer?

— Você... — esbravejou Dahlia, e pela primeira vez não encontrou palavras. Estendeu as próteses e lançou uma rajada de ar na direção da cama de Brendan, jogando as cobertas para cima. Depois seguiu para lá e começou a procurar o livro, de joelhos, como se a obra tivesse caído ali embaixo.
— Você não pode ter se livrado do livro. Não pode! Por que faria isso? O livro é poder... É tudo...

— Ele se foi — insistiu a menina.

Cordelia abraçou a irmã enquanto a Bruxa continuava a rasgar os lençóis como louca.

— Deixa eu entender — sussurrou a mais velha. — Você usou *O livro da perdição e do desejo* para se livrar dele mesmo?

— Isso.

— Foi muito corajoso, Nell... Mas como vamos voltar para casa?

— Eu não... — A menina assumiu uma expressão de derrota. — Não estava pensando nisso! Só pensei: agora ela não vai mais poder chatear a gente!

— Achei que você fosse fazer a *Bruxa do Vento* desaparecer, não o *livro!*

— Já tentei fazer isso uma vez e não deu certo!

— *Não!* — exclamou Dahlia de súbito. Tinha remexido cada canto do quarto. — Sua pestinha! Você fez mesmo isso! *Ele desapareceu completamente!*

— É isso aí — confirmou Eleanor. — É melhor você ir se acostumando com a vida sem ele.

— *Morra!* — gritou.

Uma tremenda explosão de vento prendeu Eleanor contra a parede mais distante e jogou Cordelia longe.

Brendan e Will tentaram afastar a Bruxa do Vento, mas ela os chutou para o chão. Ela flutuava, batendo as asas, lançando ventos fortes como furacões no rosto de Eleanor. Cordelia bateu a cabeça na parede. Eleanor enfrentava lufadas que pareciam vir do túnel de vento mais poderoso do mundo. *Que idiota eu fui tentando enfrentá-la! Como pude pensar que era mais esperta?*

— *Vou arrancar toda a carne dos seus ossos!*

A menina não conseguia fechar os olhos. O vento os mantinha abertos. Entrava nas orelhas e nariz. Sua intensidade a mantinha presa contra a parede, rasgava as mangas da blusa, criava ondas por todo o corpo. Viu a pele dos braços começar a se mover em direção aos ombros, como se alguém a estivesse sovando que nem pão. Sabia que, quando o vento aumentasse, se rasgaria e partiria. A Bruxa gritou — mas Eleanor ouviu algo naquele berro que não esperava.

Frustração.

O plano não estava funcionando.

Will, Brendan e Cordelia recuaram, igualmente impressionados e admirados pela visão.

Eleanor estava suspensa e totalmente imóvel. Olhou para a calça e os sapatos. A roupa se rasgava em pequenas tiras. Os cadarços estavam desamarrados e voavam para trás, como se tivessem ímãs nas pontas.

A pele, porém, estava intacta.

— *Por que você não... morre logo! Morre! Morre!!!* — exclamou a Bruxa, rangendo os dentes, transformando o rosto em uma máscara horrível de frustração e raiva.

Em seguida, baixou os braços.

Ela fora derrotada.

Eleanor tombou para a frente, liberada da parede. Estava exausta e aterrorizada, mas tinha sobrevivido. Mesmo quando era impossível.

Dahlia caiu de joelhos.

— Você devia estar morta! — rosnou para Eleanor, depois se virou para Brendan, Cordelia e Will. — Meus poderes jamais me decepcionaram. Nem sequer uma vez! Mas vou descobrir o que houve aqui! Vocês verão! E aí retornarei para matar todos!

Juntou as mãos com firmeza sobre a cabeça e começou a girar como um peão. Um brilho roxo circundou a Bruxa do Vento enquanto o ar rodopiava mais e mais rápido ao redor — em seguida, desapareceu.

— O que foi *isso?* — exclamou Brendan, correndo para Eleanor e abraçando-a. Apertou-a mais forte do que nunca, e, em segundos, Cordelia tinha se juntado a eles, seguida por Will. — Você está bem?

— Acho que sim — disse a menina. — Mas senti que ela estava tentando me matar com todas as forças porque fiz o livro desaparecer.

— Ela não conseguiu — disse Will. — Você foi forte demais.

— Não... Não me sinto forte — negou Eleanor. Tudo o que conseguia fazer era recuperar o fôlego. Queria deitar e descansar por dois séculos. Tomar banho e assistir a um pouco de TV. Em seguida, porém, ouviu a multidão do lado de fora. *Toda essa loucura, e continuamos presos aqui dentro! Sem a mamãe e o papai!*

— Tem mais coisa acontecendo aqui — disse Cordelia. — O que a Bruxa do Vento acabou de fazer... foi um ataque com força total. Teria matado qualquer um de nós. Mas Eleanor sobreviveu.

— Talvez tenha a ver com o fato de o livro ter desaparecido — sugeriu Brendan. — Certamente o poder dela vem dele.

— Não importa o que tenha acontecido — disse a irmã mais velha —, sem o livro, não sei como voltar para casa.

Eleanor assentiu. Temporariamente esquecera-se do grande erro que havia cometido. Agora, depois de o terem apontado daquela maneira, sentia-se a pessoa mais idiota do mundo.

— Desculpa... Não estava pensando nisso...

— Tudo bem. — O irmão a acalmou. — Vamos dar um jeito. O mais importante é que você está bem.

— Quem sabe não existe outro livro — arriscou Eleanor. — Ou outra... coisa. Em algum lugar da casa. A gente sabe que o Denver Kristoff viajava pelos livros. E ele não escreveu mais de cem? Então vai ver usava um deles para entrar e sair dos outros.

Todos se entreolharam. Naquele instante, não viam a irmãzinha. Mas uma guerreira valente que um dia se tornaria uma adulta segura de si e poderosa. Brendan pensou: *um dia pode ser eu quem vai estar pedindo um emprego a ela.*

— É verdade, você está certa — decidiu Cordelia. — Vamos começar a procurar por outro meio de voltar para casa. Mas primeiro temos que abraçar você um pouco mais, porque você foi muito corajosa.

— Ahn, Délia? — chamou Eleanor. — Acho que não dá.

— Por que não?

— Porque a gente tem visita.

E apontou para a porta do sótão.

De perto, o imperador Occipus se assemelhava a um dedal grande. Entretanto, sua comitiva compensava o pouco tamanho. O servo/arauto estava a seu lado, com mais três guardas altos, portando lanças e armaduras brilhantes que destacavam peitorais musculosos e bíceps gigantescos. Atrás deles vinha uma bela mulher de cabelos negros, em cujas madeixas havia fios prateados brilhantes entrelaçados. Estavam todos no sótão. Os guardas carregavam Occipus como se fosse uma criança.

— Pois bem? — perguntou. Sem um arauto para traduzir suas palavras, sua voz era monótona, como se coaxasse.

O servo, que tinha cabelos cacheados na altura dos ombros, lembrava, na opinião de Brendan, Roger Daltrey, o vocalista vaidoso da banda favorita do pai, The Who. Ele jogou a juba para trás e disse:

— Fala o imperador Occipus: "Pois bem?".

Brendan fez uma mesura profunda. Os demais seguiram o exemplo. Occipus estava confuso; a reverência não era um costume romano.

— Levantem a cabeça e digam-me de onde vêm! — ordenou. Era difícil não rir de seu tom estridente semelhante a um balido. — E qual de vocês transformou meus leões em criaturas estabanadas e corpulentas?

Brendan engoliu em seco.

— Hmmm... Acho... que fui eu, senhor. Sua Majestade. Seu Imperador.

— Você deve se dirigir a meu mestre como "imperador supremo" — explicou o arauto.

— Ora, Rodicus, não há razão para assustar o menino — disse Occipus. — Menino? Como se chama?

— Brendan, imperador supremo.

— E seu séquito?

— Sequi-quê? — sussurrou Eleanor.

— Séquito. As pessoas que seguem o Brendan — explicou Cordelia. — O imperador supremo acha que somos os servos dele.

— Pois bem? — insistiu Occipus.

— Essas são as minhas irmãs, Cordelia e Eleanor, e o meu amigo, Will — explicou ele.

— Que nomes curiosos. De onde vocês são?

— Da Britânia — respondeu Will —, e estes jovens vieram da Nova Britânia. Uma terra ainda a ser conquistada pelo senhor. — Occipus o encarou com expectativa. — Imperador supremo.

— Uma terra que ainda não conquistei? — O homem trocou um sorriso com a mulher de cabelos negros. — Que inesperado! Terão que me falar a respeito. Agora, podem ouvir as vozes lá fora?

Podiam, sim. A plateia no Coliseu aplaudia, cantava.

— Estão torcendo pelo menino Brendan aqui, que lançou feitiços nos leões. Tinha certeza de que aqueles animais arrastariam para fora qualquer um que encontrassem vivo.

— Quer dizer que eles não teriam comido meu rosto?

— Ah, certamente teriam comido seu rosto — confirmou o imperador. — Depois seguiriam para as partes mais carnudas, terminando o banquete com suas entranhas deliciosas.

— Ahhhh — exclamou Brendan, com a cor deixando seu rosto.

— Mas apenas o fariam na frente dos espectadores — explicou o homem. — São treinados para matar na presença de uma multidão, assim o dinheiro de ninguém é desperdiçado. Você também, Brendan da Nova Britânia? É treinado para matar?

— Não sou assassino, imperador supremo — negou o menino.

— Mas derrotou aquelas criaturas. Digo que é hora de conhecer seu público.

— Meu o quê? — repetiu Brendan, mas subitamente se deu conta do que estava acontecendo. Toda aquela torcida e canto... eram para ele.

Um sorriso lento e satisfeito cresceu e tomou o rosto do menino. Cordelia, Eleanor e Will entreolharam-se, pensando: *isso não é nada bom.*

Minutos depois, estavam todos no anfiteatro, em frente à Mansão Kristoff, cercados por 50 mil pessoas aos berros sob céu azul e calor insuportável. O Coliseu cheirava a comida, suor, carvão, sujeira e sangue. Era como se tivessem viajado a uma parte mais profunda da humanidade, sobre a qual gerações futuras haviam jogado concreto, pavimentado-a.

Occipus falou, e Rodicus amplificou suas palavras pelo megafone primitivo, que fora levado para a arena. Enquanto prosseguia com o discurso, Cordelia viu a mulher de cabelos negros massageando os ombros massudos do governante.

— O imperador descobriu um segredo chocante que será o tema principal das conversas em Roma por dias! Nossos leões foram magicamente derrotados por um *grupo de crianças de terras distantes,* liderado por Brendan da Nova Britânia!

Rodicus gesticulou para que as outras crianças dessem um passo para o lado a fim de que a plateia tivesse uma boa visão de Brendan.

— *Domador de leão! Domador de leão!* — urrou a multidão.

Brendan acenou. Uma sensação que ele não sentia havia muito tempo crescia em seu peito. Antes de começar na escola Bay Academy, quando ainda estudava no antigo colégio, fizera parte da equipe de *lacrosse,* e era este o sentimento de quando marcava um gol na frente da torcida do time da casa. Era o calor que vinha da admiração, de ser um astro. Não tinha percebido até aquele instante como a tal emoção estivera ausente da sua vida. Na Bay Academy, nunca era o astro; era sempre a piada, o deslocado. Mas o ardor em seu peito agora, estimulado pelos milhares de estranhos, fazia Brendan pensar que o último lugar em que esperava se sentir em casa era justamente o lugar ao qual pertencia: a Roma Antiga.

— *Domador de leão!*

Ele fizera aquilo. Impedira o ataque de um leão — não, de dois. Podia imaginar as pessoas dizendo: "Você ficou sabendo do menino que derrotou dois leões?". Em poucos dias, seria uma das pessoas mais famosas em Roma.

O menino não tinha certeza de quanto tempo a sensação duraria, então continuou a acenar, deliciando-se com a admiração do povo. Depois voltou-se para a irmã mais nova e disse:

— Vai ver não foi tão ruim você ter se livrado do livro. Acho que aqui pode ser um lugar ótimo para a gente ficar.

— Quer dizer para *você* ficar — corrigiu Eleanor.

— Olha lá, hein — disse o irmão, com um sorriso —, você está falando com o domador de leão!

A menina sabia que ele estava brincando, mas havia alguma verdade por trás daquilo. Brendan começava a pensar em si mesmo como alguém diferente. Aquela história não terminaria bem.

Os Walker e Will passaram o resto do dia no camarote real do imperador Occipus. Apesar de desesperados para voltar para casa e preocupados com os pais, tinham que admitir que o lugar era muito luxuoso.

Primeiro foram escoltados pelo Coliseu enquanto a multidão cantava e Brendan parava a cada dois ou três degraus, acenando. Demoraram uns bons dez minutos até chegarem ao portão sob o camarote, porque o menino se pavoneava e desfilava como um astro de rock. Em seguida, subiram por um caminho secreto e vigiado por guardas até uma plataforma que era como o deque de observação de um arranha-céu. Deixou-os bem acima da arena, de onde podiam ver a plateia e o campo de batalha. A companheira de Occipus estalou os dedos, e os vários servos da área desapareceram, voltando logo depois com comida: azeitonas, pão fresco, queijo e vinho saborosos e um leitão assado, que Cordelia achou nojento (Will não viu problema algum em pegar a maçã da boca do animal, mordê-la e declarar: "Maravilha").

— Dá para acreditar quantos servos esse cara tem? — perguntou Brendan. Espreguiçava-se em um divã com detalhes dourados, tentando não encarar as garotas coradas que lhe serviam comida, mas mantinham distância.

— Não são servos — corrigiu Will. — A palavra em latim para denominá-los pode até ser *servus*, mas não são pagos. São escravos. — Virou-se para Cordelia. — Esqueceu que estudei latim na escola?

— Muito impressionante — disse a adolescente, revirando os olhos.

— Você acha que posso falar com as escravas? — perguntou Brendan.

— Elas estão olhando para mim! E sorrindo! E aquela ruivinha ali... Ela piscou para mim!

— Brendan, elas não estão aqui para diverti-lo — avisou o piloto. — Estão presas, exatamente como nós.

Por causa dessa declaração, Cordelia apertou a mão de Will.

— Você fez aula de estudos feministas também?

O jovem lançou a ela um olhar inexpressivo.

— O que é isso?

— Espera um minuto aí — disse Brendan. — Pensei que elas gostassem de mim! Achei que gostassem das minhas piadas!

— Alguém um dia já gostou das suas piadas? — perguntou Cordelia.

— Bom... não.

— Não esquenta, Bren — tranquilizou-o Eleanor, dando tapinhas carinhosos na mão dele. — Algum dia você vai conhecer uma menina de verdade que ache suas piadas engraçadas.

Brendan pensou em Celene, a garota que encontrara rápido demais na última vez em que estivera dentro de um dos mundos de Kristoff. Ela provavelmente teria declarado de imediato que o imperador estava oprimindo seu povo e precisava ser deposto. Que era também o que Cordelia diria, porém Celene era tão mais bonita do que Cordelia! Não importava. Ela estava presa em algum outro livro. Brendan mordeu uma costeleta de porco.

— Gente — chamou a irmã mais velha. — Acho que devíamos comer e dar o fora. Precisamos voltar para casa, que por sorte continua no meio da arena. Não sei por quanto tempo os romanos vão deixar que fique ali.

— Por que você quer voltar para a Mansão Kristoff? — indagou Brendan, o caldo da carne escorrendo pelo pescoço.

— Porque precisamos encontrar uma maneira de retornar ao mundo real. Devíamos procurar na biblioteca para ver se existe algum outro livro no estilo de *O livro da perdição e do desejo*; que possa levar a gente de volta para a mamãe e o papai.

— Quero ver nossos pais também — disse Brendan —, mas a gente tem que começar *agora*? Quero dizer, estamos no bem bom aqui. Estão tratando a gente que nem rei.

— Não, Bren, estão tratando *você* que nem rei — corrigiu Cordelia, apontando com o queixo para a costeleta de porco.

— E daí? Vocês estão comigo. O que tem de tão ruim em ser parte do meu séquito?

— Vou te fazer um favor e esquecer que disse isso.

— Não entendo. Você prefere voltar para uma casa onde a gente foi quase morto por leões que ficar relaxando aqui, comendo azeitona e bebendo vinho.

— Brendan! Você não pode beber vinho!

— Só estou dando uma provinha.

O menino pegou o cálice de prata à frente e deu um bom gole na bebida, acumulando-a nas bochechas. O rosto ficou verde, e ele cuspiu o vinho no chão. Todos no camarote se viraram, inclusive o imperador Occipus.

— Arghhh, essa coisa tem gosto de vômito misturado com xixi de gato!

O imperador riu, e todos os escravos riram com ele.

— Nosso guerreiro infante nunca tinha provado vinho! Tragam-lhe um pouco de leite de cabra e mel para seu deleite.

Um escravo saiu apressado e retornou com algo parecido com um cantil de pele macia cheio de leite de cabra. Brendan bebericou e achou tão repulsivo quanto o álcool. Preferiu ater-se à água.

Enquanto isso, sob o camarote real, meia dúzia de gladiadores entrou na arena e se posicionou em um círculo. Um por um, começaram a mostrar as armas, exibindo espadas, machados e punhais em apresentações solo de habilidade manual e destreza. Brendan estava hipnotizado. Era tão incrível a maneira como os guerreiros se moviam, o modo como tinham controle total sobre as armas. O menino se viu de pé de repente, imitando-os, fingindo que segurava uma espada, o que Occipus e sua comitiva acharam muito divertido. Quando o imperador riu, soou como um arroto — e, de fato, frequentemente ele arrotava ao mesmo tempo que gargalhava, o que o fazia rir ainda mais. Era tudo muito hilariante a seus olhos e aos de Brendan, mas não aos de Cordelia, Eleanor e Will.

A Mansão Kristoff ainda estava no centro da arena, parecendo um brinquedo fora de lugar. A irmã mais velha tentava pensar em uma maneira de descer até lá no momento em que levaram a Occipus uma bandeja que devia conter o equivalente ao seu peso em carne. Ele comia, jogando os pedaços no ar e pegando-os com a boca larga, de lábios grossos. O que caía no chão, ele permitia que fosse comido pelas escravas. Quando a barriga ficou cheia, as garotas, com a ajuda de alguns homens robustos, carregaram o imperador até um sofá. Deitaram-no lá, e as mulheres lhe deram na boca uvas mergulhadas em mel.

Apenas quando já parecia prestes a explodir, arrotando constantemente, cercado pelos odores da própria flatulência, é que o imperador fez um gesto para que os Walker e Will se aproximassem, evitando contato visual ao falar.

— Estão vendo como a multidão está alegre, não estão?

— Estamos, sim, imperador supremo — respondeu Brendan. Os demais assentiram (Eleanor apertava o nariz para não sentir o cheiro desagradável).

— Uma multidão alegre significa um povo alegre — disse Occipus. — Um homem pode viver com uma fatia de pão e um dedo de água, contanto que tenha com que se entreter. Então vejam que golpe de sorte foi isso tudo, vocês surgirem no meio do meu Coliseu. Estão todos falando da sua casa de Hades, fascinados por ela, na verdade.

Apontou para a Mansão Kristoff, ao centro da arena. Bigas seguiam em sua direção e a circundavam com velocidade.

— Acham que é um truque. "Ilusão", dizem. "O imperador deve ter gastado muitas moedas nessa aí". Mas conheço a verdade. Sei que a casa *surgiu do nada*.

O imperador os encarou, um a um, os olhos fundos contra pálpebras gordas.

— Qual de vocês pode me falar como a casa chegou aqui?

— Eu posso — ofereceu-se Cordelia. — Com uma condição.

— Qual é?

— Deixe que nós voltemos para a casa. Todas as nossas posses estão lá. Coisas de que precisamos.

— Acha que sou idiota? *Burp...* — O imperador arrotou, em seguida mexeu a boca de um lado a outro e engoliu, como se algo tivesse subido outra vez pela garganta. — Se eu deixar vocês voltarem para a casa, talvez nunca volte a vê-los.

— E isso seria tão ruim assim? — indagou Cordelia. — Olhe só para nós! Não pertencemos a este lugar. Pense bem... já viu alguém como nós quatro? Com roupas assim?

— Preciso admitir, estive admirando o sapato da pequena — confessou Occipus, apontando para o All Star de cano alto cor-de-rosa de Eleanor.

— É isso mesmo que quero dizer — argumentou Cordelia. — Somos do futuro.

— Do futuro?

— E queremos voltar.

— Você fala de feitiçaria.

— É... Acho que sim. Mas a feitiçaria não foi *nossa*...

— Eu sabia! — vibrou o homem. — Foi assim que conseguiram transformar meus leões! Então diga-me... Qual é o segredo? O que mais podem fazer? — Ele agarrou a gola da menina. — Controlar o clima? Você solta fogo pelas ventas? *Diga-me!* Com seu poder, não serei apenas o imperador supremo de Roma... Mas do mundo inteiro!

— Por que quase todo mundo que a gente encontra nesses livros quer tanto governar o mundo? — murmurou Eleanor.

— Porque os exércitos irão me temer — gritou Occipus. — Líderes estrangeiros vão se encolher diante da minha presença. Serei respeitado aonde quer que vá! Agora diga-me... *Como você realiza sua magia?*

Cordelia ficou paralisada. As mãos do homem eram horrivelmente gordas e pegajosas. Rodicus se curvou sobre o ombro de seu senhor:

— Talvez ela precise de um pouco de incentivo, mestre. Podemos pendurá-la pelas unhas e cobrir seu corpo de sanguessugas. Isso geralmente os faz abrir a boca.

— Espera um instante aí, imperador supremo — disse Will, dando um passo à frente. — Não há razão para isso. Deixe-me mostrar um dos nossos segredos.

— O quê? — indagou o homem.

Will tirou um isqueiro cinza do bolso...

— Espera, o que é *isso?* — interrompeu Eleanor. — Will... Você *fuma?*

— Claro que não — defendeu-se o piloto. — Eu... mantenho isso à mão para emergências.

— Que tipo de emergência?

— Você sabe — tentou ele. — Se estou em um avião... e sou abatido... eu poderia ficar isolado em algum lugar frio... Teria que fazer uma fogueira.

Will mostrou a Cordelia e Eleanor o isqueiro. Não era moderno — era da época da Primeira Guerra Mundial e feito de estanho. Occipus arrebatou-o da mão do rapaz.

— Explique para mim.

— Imperador supremo, meu camarada, é só colocar o dedão naquela rodinha... e olhe só!

Occipus acendeu o isqueiro. Uma pequena chama dançou sobre ele. O imperador deu um pulo para trás e caiu do sofá. Todos — a amante, Rodicus, os escravos — cercaram o imperador e o levantaram enquanto Will pegava o isqueiro.

— *É feitiçaria!*

— *Uma chama que sai de uma caixinha!*

— *Me dê isso aqui* — ordenou o imperador, levantando-se. Will entregou-lhe o isqueiro.

— Ficarei com isto — disse ele. — Pois está escrito que qualquer item dentro do Coliseu torna-se propriedade do imperador supremo! Inclusive a sua casa!

Os Walker e Will trocaram um olhar preocupado.

Occipus estalou os dedos.

— Rodicus.

O arauto saiu depressa.

— Não! — exclamou Cordelia, mas era tarde. Abaixo deles, na arena, um exército de uma centena de escravos ou mais marchava para a Mansão Kristoff. Levavam longas cordas com ganchos nas extremidades. Prenderam as cordas à casa e começaram a puxá-la.

— Para onde estão levando a nossa casa? — inquiriu Cordelia.
— Você quer dizer a *minha* casa — corrigiu o imperador. — Estou deslocando-a para uma área onde pode ser inspecionada mais facilmente.

— Inspecionada à procura de quê?

— Antes de qualquer coisa, joias! — revelou o governante, e ergueu os braços, que tiniam com braceletes cheios de pedras preciosas. — Amo minhas joias, joias estrangeiras acima de todas, e vou fazer minha coleção crescer. Em segundo lugar, vou confiscar qualquer aparato mágico que encontrar. Talvez outra máquina de fogo... Ou uma que possa gerar água... Isso não seria grandioso? — Occipus testou o isqueiro novamente, pois isso lhe dava imenso prazer. Cordelia estava prestes a gritar: *O que vamos fazer sem a Mansão Kristoff? Como vamos conseguir voltar para a mamãe e o papai agora?*, mas, no instante em que abriu a boca, Rodicus a segurou com firmeza.

— Melhor ficar de boca calada. O imperador supremo detesta distrações quando seu gladiador favorito está na arena.

O homem apontou. Lá embaixo, já sem a casa, era fácil assistir aos guerreiros silenciosos e imóveis à medida que um jovem entrava em cena. Era alto e musculoso, nada parecido com aqueles fisiculturistas assustadores que vencem competições com veias inchadas e tanguinhas superapertadas. Em vez disso, era esbelto e sólido como rocha, igual a um atleta olímpico.

Levantou a espada e começou a mostrar sua habilidade. Cortou o ar com a lâmina, fazendo acrobacias, socando e golpeando inimigos imaginários. A plateia gritou vivas e mais vivas. O gladiador deu um impulso para cima e esfaqueou a terra. Soltou um grito de guerra enquanto a espada vibrava de um lado a outro com um ruído de *bwanggg*.

O guerreiro tirou o elmo. Era jovem, de cabelo cortado bem rente à cabeça, olhos castanhos intensos, queixo com uma covinha e sorriso deslumbrante.

— Quem é ele? — perguntou Cordelia.

— Felix, o Grego — respondeu Rodicus, com aplausos altos.

O imperador aplaudia também. Todos faziam o mesmo. Brendan sentiu uma pontada de inveja.

Felix, no campo de batalha, olhou para o camarote do imperador. Cordelia teve a sensação de que ele a fitava, por isso esboçou um sorriso, e podia jurar que ele retribuiu.

— Quem é esse? — perguntou Will, de pé ao lado de Cordelia.

— Um gladiador chamado Felix.

— E por que você está sorrindo para ele?

— Hum... Você viu o que ele acabou de fazer? Foi bem legal... Como um solo de balé com espada.

— Uma exibição bem feminina, na minha opinião — retrucou Will, e não precisava dizer mais nada.

Será que ele está com ciúmes?, pensou Cordelia.

— Bravo, Felix! — gritou o tirano. — Que comecem as batalhas!

Rodicus pegou o cone de bronze gigante apoiado sobre o tripé e declarou:

— Seu imperador supremo está pronto para a diversão!

— Diversão? Então o que foi aquelas outras coisas? — perguntou Brendan.

Felix recolocou o elmo. O portão embaixo de onde estavam os Walker se abriu. Daquela segunda vez, não foram leões que saíram, mas animais que fizeram Brendan ficar de queixo caído.

A cor foi o que o deixou pasmo logo de início. As criaturas eram brancas. O menino pensou que fossem tigres-siberianos ou leopardos-das-neves gigantes, pois não fazia sentido que ursos polares estivessem no Coliseu.

Mas eram ursos polares.

Ursos polares irrequietos, raivosos, *encalorados*.

Os soldados os açoitaram enquanto se moviam, lentos, à frente. Eram dois; caminhavam na direção de Felix, que ergueu a espada. Os gladiadores formaram um círculo ao redor dos animais e do colega.

— Ah, cara, devia ter continuado a ler *Gladius Rex* — lamentou-se Brendan. — Acho que o Kristoff deu uma pirada com os animas exóticos.

— O que vão fazer com os ursos? — exclamou Eleanor. — Aquele cara não vai lutar com *ursos*, vai? Eles são inocentes!

— Eles estão famintos — disse Brendan.

— Espera! — A menina correu ao imperador e puxou a túnica dele. — Você não pode fazer isso! É crueldade com os animais!

Rodicus, chocado, agarrou Eleanor, mas o tirano respondeu:

— Crueldade? Que ridículo. — Puxou algum resto de carne de um dos dentes de trás. — O que chama de "crueldade" é parte natural do mundo. Já viu um gato brincando com um rato entre as patas até ele morrer? Não é crueldade. É alegria pura.

— E você é nojo puro! — respondeu Eleanor. — Horrível, inchado...

Brendan tapou a boca da irmã com a mão e deu um grande sorriso amarelo.

— Sua Supremacia, pode deixar comigo. — Levou Nell a um canto e sussurrou: — Já ouviu a expressão "quando em Roma"? Você tem que ir na onda...

— Na onda? Aqueles dois lindos ursos polares vão ser abatidos! Você se importava com esse tipo de coisa! O que aconteceu? Você está ficando tão insensível quanto o Gord-ipus!

— Estou tentando dar um jeito de manter todo mundo *vivo*, e fiz um bom trabalho até agora. E, se você quer ficar em segurança, é melhor dar as costas a essa batalha. Aí não precisará ver o que vai acontecer com os ursos ou com o cara que está lutando com eles. Sabe, os ursos podem até vencer.

— Espero que vençam. Vou ficar *feliz-se-comerem-aquele-cara!*

Cordelia observava os animais se aproximarem de Felix, o Grego. O primeiro tentou acertá-lo. A plateia inteira inspirou fundo ao mesmo tempo, como se o Coliseu fosse uma única boca enorme. O guerreiro abaixou e golpeou a pata do animal, mas o bicho recuou quando o segundo já o atacava por trás. Felix pulou, e os dois ursos toparam um com o outro! Rolaram e brigaram no chão. Os espectadores riram.

Eleanor gritou para eles:

— Não tem nada de engraçado! Isso é maldade! Vocês são todos um bando de...

A mão de Brendan cobriu estrategicamente a boca da irmã.

Os animais avançaram para o gladiador. Ele alternava a espada entre as mãos, jogando-a no ar. Estava em uma situação complicada — tinha mais do que o suficiente de área do corpo exposta para os dentes dos ursos polares perfurarem. O da esquerda soltou um rugido e fez uma investida...

E Felix virou a espada nas mãos e o acertou no queixo com o punho da arma!

O animal recuou aos tropeços, como se tivesse recebido um soco. O campeão girou e golpeou o outro adversário, cortando um pouco de pelo sob o queixo.

— Viu, ele não é tão mau assim — disse Brendan a Eleanor. — Podia ter cortado o urso todinho, mas não fez isso.

A multidão torcia e gritava para ele mais alto do que tinha feito para Brendan:

— *Felix! Felix!*

Os ursos se preparavam para outro ataque.

Cordelia estava atentíssima. O gladiador — um garoto, na verdade — tinha um sorriso tão lindo. Entretanto, se seu talento não fosse tão grande quanto sua segurança dava a entender, ia acabar virando papinha de neném. Seria uma pena. Entendeu subitamente por que as pessoas iam às touradas. E se viu torcendo:

— *Felix! Felix!*

Os ursos foram com tudo na direção do guerreiro, que preparou a arma. Daquela vez, os animais estavam mais espertos; ao entrarem na área de ataque de Felix, um deles pulou sobre o jovem, descendo as garras com força enquanto o outro chegava pela frente com agilidade. A atenção do campeão havia sido dividida — ele tentou atacar por cima e por baixo ao mesmo tempo —, e um dos animais acertou sua perna, enquanto o outro o golpeou pela frente. Ele caiu no chão... *E agora os dois ursos estavam sobre ele*, as bocas arfantes, fios de baba grossos caindo dos dentes, prestes a abocanhá-lo.

— *Para!* — gritou Cordelia. — Imperador supremo, por favor, faça isso parar!

Occipus ergueu as sobrancelhas. Algo em Cordelia o impressionava muito. E de súbito teve uma ideia verdadeiramente espetacular, que, sem dúvida, deixaria sua plateia deslumbrada. O imperador sussurrou algumas palavras para Rodicus, que sorriu e gritou algo no megafone antigo:

— *Parem a batalha!*

Os guardas que haviam formado um perímetro em volta de Felix açoitaram os ursos, forçando-os a recuar. A plateia vaiou. Occipus agarrou o pulso de Cordelia e começou a puxá-la para longe do balcão.

— Aonde estamos indo?

— Para a arena.

— Ei, espera! — disse Brendan, em choque. Will e Eleanor juntaram-se a ele. — Não leva a minha irmã assim.

O tirano riu; um som de arroto profundo que lembrava lodo borbulhante. Estalou os dedos, e os guardas seguraram os outros três.

— Este é o meu Coliseu! — declarou o imperador. — Posso fazer o que quiser. E quero levar Cordelia à arena para conhecer o homem que ela admira!

— Espera! Não, para... — suplicou a jovem, mas Occipus terminara de falar. Arrastou-a pelas escadas escuras que levavam ao campo. As mãos pequeninas eram fortes, e as pernas determinadas e atarracadas moviam-se depressa. Em segundos, empurrou Cordelia para o centro poeirento do anfiteatro, onde os ursos polares estavam sendo guiados de volta às jaulas. Felix estava em posição de sentido. Enquanto se aproximavam, Rodicus narrava seu progresso do camarote.

— O imperador está levando Cordelia da Nova Britânia para conhecer Felix, o Grego. Ela acaba de implorar ao imperador pela vida do guerreiro! Isso só pode significar uma coisa, estimados cidadãos... Sim, é isso mesmo... Agora o imperador supremo está entrelaçando as mãos dos jovens! A cerimônia começará em seguida!

— Como assim, a "cerimônia"? — perguntou Brendan.

— A cerimônia de casamento — explicou o Rodicus. — Nossa lei diz que se uma dama salva a vida de um gladiador, ela deve se casar com ele.

— *O quê?* — indagou um aturdido Will.

— Dentro de alguns instantes — continuou Rodicus —, o imperador supremo celebrará a cerimônia. Então, Felix e Cordelia serão marido e mulher.

No centro do anfiteatro, Cordelia se sentia impotente diante de tanto barulho e atenção. Todos nas arquibancadas estavam de pé, aplaudindo e gritando loucamente para Felix — *e para mim, acho?*, perguntou-se ela. Não escutara Rodicus dizer a palavra *cerimônia* por causa dos aplausos; não tinha se dado conta do que estava acontecendo. Tinha apenas noção de que as mãos pegajosas de Occipus mantinham a sua e a de Felix unidas.

O guerreiro, entretanto, sabia como usar a atenção do povo. Tirou o elmo e acenou. Todos gritaram mais. Ele falou sem olhar para Cordelia:

— Obrigado por me salvar.

— Não foi nada — respondeu a adolescente. A multidão era tão barulhenta que eles podiam falar livremente. — Preciso voltar para a minha casa. Você sabe, a que acabou de aparecer aqui na arena? É da minha família. Mas os guardas a levaram embora com ganchos e cordas...

— Vou ajudá-la a recuperar sua casa — prometeu o rapaz. Tinha um tom de voz lento e regular. — Vou ajudar da maneira que puder. Mas o imperador ficará aborrecido se sairmos antes...

— E agora — anunciou Rodicus do camarote —, o imperador supremo dará início à cerimônia de casamento!

— Cerimônia de casamento? — repetiu Cordelia. — Que cerimônia de casamento?

— Ahn... A nossa?

— *A nossa?* Você está de brincadeira? Por que eu ia me casar com você? A gente acabou de se conhecer!

— Lei romana — explicou Felix. — Quando uma mulher salva um gladiador romano da morte, deve se casar com ele. Você não sabia?

— Não existe lei nenhuma assim. Isso não é historicamente preciso! É invenção pura!

— Foi criada pelo imperador Occipus.

Cordelia parou. *Claro. Estamos dentro de um dos livros de Kristoff. É tudo ficção. Ele inventou essa lei idiota só para tornar a trama do livro mais empolgante! E agora sou vítima dos caprichos de um escritor!*

— Felix, o Grego — chamou Occipus, ainda segurando as mãos dos dois —, aceita a bela Cordelia da Nova Britânia como sua esposa?

O jovem sorriu para o rosto assustado da adolescente. Seus olhos pareciam dizer: *não se preocupe, vou cuidar de você.* Mas isso não fazia Cordelia se sentir melhor. Ela não ficaria presa a um casamento arranjado, mesmo que fosse apenas em um mundo mágico e jamais pudesse ser reconhecido pelo estado da Califórnia.

— Espera um minuto! — pediu ela. — Eu só tenho 15 anos!

— E daí? — perguntou o imperador.

— Ainda sou menor de idade. É ilegal me casar com qualquer pessoa. Não tem lei contra isso?

— Hmmm... — Occipus refletiu. — Você disse que tem 15 anos?

— É!

— Bom, o Felix tem 17! Então não há problema.

— O quê? — exclamou a menina. — Como pode ser gladiador aos 17 anos?

— Fui vendido para Roma quando era criancinha.

— Além disso — continuou o tirano —, a idade legal para se casar sob meu governo é 13 anos.

— Treze?! — gritou Cordelia. — Você é um doente...

— Sugiro que morda a língua, mocinha — aconselhou Occipus —, ou mandarei que a arranquem fora, e Felix terá que aceitar o fato de ser casado com uma mulher que não pode falar!

Cordelia ficou muda, aterrorizada. *O que posso fazer? Nada por enquanto. Tenho que jogar o jogo dele. É tudo uma questão de sobrevivência. Passando de um momento a outro até encontrar uma forma de nos colocar dentro de casa outra vez. Depois que entrarmos, conhecemos todas as passagens secretas. Os soldados romanos ficarão em desvantagem. E encontraremos um meio de voltar para a mamãe e o papai. Só coopere agora, Cordelia, e sobreviva.*

— Então — prosseguiu Occipus. — A palavrinha que deve sair da sua boca em seguida é *aceito.*

— Aceito — repetiu Felix.

Cordelia percorreu com o olhar o anfiteatro, onde estavam todos de pé, assistindo ansiosos à celebração. O imperador levantou o polegar para Rodicus.

— Parece que o noivo aceitou o pedido de casamento. Mas e a nossa noiva?

— Cordelia — continuou Occipus —, você aceita Felix, o Grego, como seu esposo?

A menina sentia que estava prestes a desmaiar, vomitar e fazer xixi nas calças ao mesmo tempo. Enfrentara algumas situações de vida ou morte bastante assustadoras, mas nada que tivesse tanto poder de revirar seu estômago quanto se casar com alguém que acabara de conhecer.

O imperador ergueu a sobrancelha.

— Sua resposta, por favor?

— *Não, não, não, não, não!* — interrompeu o irmão, gritando enquanto corria pela arena. — A resposta dela é *não!*

— Como ousa interromper minha cerimônia? — vociferou o governante. — Como você escapou? — Foi então que viu a amante de cabelos negros descendo e percebeu que ela havia deixado que saísse do camarote. Eleanor e Will eram mantidos na bancada.

O tirano sorriu. Claro, tudo poderia muito bem fazer parte do grande espetáculo. A aparição de Brendan deu à cena ainda mais dramaticidade, mais conflito para o público. E eles amaram! O Coliseu parecia estar apinhado de hienas empolgadas.

Occipus largou as mãos de Cordelia e Felix. Caminhou em direção a Brendan, fazendo gestos grandiosos, como se estivesse em uma peça de teatro.

— Você acha que pode se dirigir a mim como se fosse um plebeu? Por que não me dá uma boa razão para não *executá-lo*, *"domador de leão"*?

O imperador passou o dedo pela garganta. Assistindo a tudo, Rodicus anunciou:

— Parece que Brendan ofendeu nosso grande imperador! É possível que tenhamos um casamento *e* uma crucificação no Coliseu hoje!

A plateia gritava e bradava. O menino caiu de joelhos.

— Ok, está bem, desculpa! — pediu. — Não vai acontecer de novo.

— Assim está melhor — disse Occipus, e ajudou Brendan a se levantar, gesticulando para a multidão como se dissesse: *vou deixar este aqui viver.*

O arauto anunciou:

— A misericórdia de nosso imperador não tem limites!

Todos deram vivas. E o menino percebeu que o tirano tinha o povo romano totalmente sob seu controle. Enquanto os presenteasse com exibições bizarras, como casamentos arranjados para Cordelia e ameaças a Brendan, aquelas pessoas ficariam entretidas — e ele se manteria no poder. Era brilhante, na verdade.

— Voltemos ao nosso belo casal — disse Occipus. — Srta. Cordelia, aceita Felix, o Grego, como seu legítimo esposo?

A jovem tinha um plano. Olhou para o imperador e disse:

— Estou começando a compreender sua sabedoria. Me fazer casar com um gladiador de quem gosto seria maravilhoso. Mas onde vamos morar?

— Morar? Na habitação dos escravos.

Cordelia teve que se esforçar para segurar a repulsa. Seus sentimentos em relação ao imperador atarracado e egoísta eram o oposto dos de Brendan. Enquanto o menino via nele um manipulador habilidoso, ela o considerava alguém que se aproveitava de uma oportunidade de liderar. Se voltasse para casa, crescesse e se tornasse adulta e uma líder, usaria seu poder sabiamente para ajudar os outros, não para se refestelar com comida e armar circos dispendiosos como aqueles.

— Imperador supremo, como o senhor sabe — começou, na voz mais delicada —, minha família e eu não somos desta terra. Chegamos aqui pela magia da nossa casa. E precisamos continuar nela.

— Por quê?

— Para garantir que o senhor e seu povo não sejam feridos pela magia que há nela.

— Você está me ameaçando? — indagou Occipus.

— Protegendo.

Occipus fez beicinho, ponderando a respeito das palavras da adolescente. Em seguida, assentiu para um dos guardas, que correu para os portões pretos de onde os leões e ursos polares haviam emergido.

Os portões foram levantados. Em poucos minutos, uma fila de escravos vindos lá de dentro saiu da escuridão. Estavam curvados para a frente, com cordas sobre os ombros, puxando com toda a força que tinham. Fileira após fileira, uma por vez, os escravos foram saindo, cada um puxando um cabo pesado.

Centímetro a centímetro, a Mansão Kristoff ressurgiu na arena.

— Desejo realizado, jovem — declarou o imperador. — Pronta para terminar a cerimônia?

Cordelia fitou a casa. Os barris debaixo dela ainda estavam intactos; os escravos os usavam para ajudar a rolar a casa para a frente. (A Mansão era suspensa por vigas de suporte em São Francisco, com barris flutuantes acoplados às laterais a fim de ajudá-la na água se por um acaso ela caísse do penhasco sobre o qual estava empoleirada). Mesmo neste lugar estranho, era o seu lar e quase fez seus olhos ficarem marejados.

Cordelia inspirou fundo. *O casamento não vai ter validade em lugar algum senão aqui. E em poucas horas vamos estar dentro da Mansão Kristoff outra vez e aí encontraremos uma maneira de voltar a São Francisco, onde qualquer um que se diga meu marido irá para a cadeia.*

Olhou de relance para Felix — ele a fitava da mesma maneira gentil e tranquilizadora de antes. A menina virou os olhos para a bancada do imperador, para Will, preso por guardas com espadas; ele estava sem seu revólver e balançava a cabeça negativamente, de forma ameaçadora. Olhou Eleanor, ao lado de Will, e estremeceu.

A adolescente decidiu que não importava o que acontecesse, ela podia cuidar de si mesma. Era uma Walker. Não tinha dúvidas de que conseguiria lidar com um casamento falso.

— Aceito.

Occipus juntou a mão dela com a de Felix e as levantou.

— Eu vos declaro marido e mulher!

A multidão delirou. O imperador afastou-se, satisfeito. Cordelia percebeu que o rosto do guerreiro estava muito próximo do dela. *Ah, não, vou ter que beijá-lo!*

Ah, fazer o quê, refletiu. Mantenha sua boca bem fechada, com os dentes cerrados, e dê logo um beijo rápido como um raio no cara, igualzinho ao que costumava dar na vovó, que tinha pintas pretas enormes e um bigode que espetava. Vai acabar em um segundo!

Quando Felix inclinou-se para seus lábios, porém, Cordelia viu algo dentro da Mansão que a deixou aturdida. Ela abriu a boca, mas não para beijar o gladiador. Para gritar.

— O que é que vocês fizeram com a Mansão Kristoff? Cordelia podia ver por uma das janelas da sala — e o interior da casa estava totalmente revirado! Parecia que bandidos haviam feito uma limpa e jogado tudo no chão. Além disso, vários móveis estavam desaparecidos. Ela se desvencilhou de Felix e correu para a casa enquanto o marido protestava e Occipus dava uma risada molhada.

— O que você fez? — gritou para o imperador. — Por que uma barbaridade dessas com a nossa casa?

— Por causa disso — explicou, enquanto um escravo se aproximava dele com a bandeja de prata que a mãe de Cordelia usava para os jantares chiques. Sobre ela estavam todas as joias tiradas de lá: os colares, anéis, pulseiras, brincos da Sra. Walker... Até mesmo o anel de caveira do Keith Richards do Dr. Walker, que alguém lhe dera de presente por brincadeira. O tirano mergulhou a mão na pilha e começou a colocar algumas peças.

— Ei! Essas coisas são da minha mãe! — gritou Cordelia.

— Não mais — retrucou o imperador. — Também me certifiquei de que os escravos tirassem todos os leitos e mobília que julguei adequados às minhas acomodações pessoais. E todos os livros que pudessem enriquecer minha biblioteca. Mas estou certo de que há algumas coisas na casa para sua diversão, uma vez que você insiste em morar lá.

Occipus voltou-se para a multidão e deu de ombros, com as mãos cheias da herança de família dos Walker.

— Declaro esses jogos encerrados! — disse, fazendo um sinal a Rodicus, que repetiu o anúncio em volume muito mais alto.

A plateia aplaudiu durante alguns minutos enquanto o imperador acenava. Pareciam ter acabado de assistir ao Super Bowl, e Cordelia já podia imaginá-los enquanto seguiam para seus lares, falando entre si, recapitulando os acontecimentos do dia e ignorando o fato de que cada um tinha uma expectativa de vida de cerca de 45 anos. Ela odiava Roma.

— Minha esposa — chamou Felix —, você vem?

Cordelia enrubesceu, depois voltou o olhar para Will, Brendan, Eleanor e Felix sendo guiados para a porta da frente da Mansão Kristoff, liderados pelo imperador. O gladiador estendeu a mão para ela. Aproximou-se com relutância, recusando-se a aceitar o gesto, e ouviu Occipus falar:

— Haverá guardas a postos do lado de fora a noite toda para impedir que escapem.

— Escapar por quê? — perguntou Felix. — Tenho uma linda nova esposa!

Cordelia quase vomitou nos sapatos.

— Não posso dar chance ao acaso — respondeu o governante. — Sabe, todos os que estiveram aqui hoje vão dizer a seus amigos e familiares como o espetáculo do dia foi incrível. Amanhã, farão fila para entrar. Para ver todos vocês, feiticeirinhas e jovens magos, na sua casa de Hades. E não posso arriscar não tê-los aqui para a próxima vez!

Os Walker trocaram um olhar preocupado com Will.

— Por quanto tempo vamos ficar presos aqui? — perguntou Eleanor.

— Pelo resto de suas vidas — respondeu casualmente o imperador.

— *O quê...?*

— *Espera um minuto aí...*

— *Olha só...*

— Vocês jamais poderão ir embora. O que o público diria?

Uma vez mais, Cordelia sentia que estava prestes a vomitar. No entanto, ela reprimiu a ânsia, inspirou fundo algumas vezes e conseguiu se controlar.

— Muito bem. Vou deixá-los em paz. E, se conseguirem passar pelos guardas, o Felix aqui sabe com quem está seu dever e lealdade. Não estou certo, meu garoto?

— Sim, imperador supremo — concordou Felix. Will e Cordelia o olharam com repulsa.

— Muito bem! *Vale!*

Occipus juntou-se à amante de cabeleira de corvo e seguiu de braços dados com ela em direção às entranhas do Coliseu. Felix, os irmãos Walker e Will entraram na Mansão Kristoff. O interior estava caótico e desolado, com papéis e roupas atirados para todos os lados. Os romanos aparentemente não haviam se interessado pela comida americana moderna, pois haviam espalhado sucrilhos pela casa inteira e jogado as latas de refrigerante numa grande pilha na sala de estar. Felix virou-se para Cordelia.

— Então, querida, é aqui que vamos morar?

Então, Cordelia vomitou mesmo nos próprios sapatos.

Cordelia sentia-se horrível de todas as maneiras, por dentro e por fora. Estava presa. Presa também de todas as formas que poderia estar.

Felix se ajoelhou, pegou uma toalha jogada de lado e limpou os sapatos da adolescente. Era muito simpático, e Cordelia até meio que gostava dele... *Mas.*

— Você sabe que nosso casamento não é real, não sabe, Felix? — perguntou a garota.

— Não é? Mas o imperador acabou de...

— Eu sei — interrompeu ela. — Mas é como eu disse. As coisas são diferentes no lugar de onde viemos. Talvez devêssemos tentar explicar...

Os Walker e Will começaram a narrar sua história incrível ao Grego, e o sol já se tinha posto quando terminaram. Ficaram surpresos de ver como o gladiador levou tudo muito bem.

— Nada disso incomoda você? — perguntou Brendan.

— Meus pais temem a ira de Poseidon e tentam agradá-lo sacrificando bois gordos — respondeu o jovem. — Tudo isso faz sentido.

— Ótimo — comemorou Cordelia. Estavam sentados no chão da cozinha, pois não havia mais bancos, e comiam o iogurte e os biscoitos que os romanos tinham deixado para trás.

— Mas tem um detalhe — disse Cordelia a Felix. — *Não* fomos criados ouvindo histórias sobre Poseidon. Crescemos com ordem, lógica. Temos vidas de verdade, normais, em outro lugar, com mãe e pai que nos amam e precisam de nós, e temos que voltar para eles.

— Como pretendem fazer isso?

— Achamos que encontraríamos alguma pista em um dos livros aqui na casa. Mas o seu povo levou tudo.

Era verdade. Os romances de Kristoff tinham desaparecido da biblioteca. Cordelia tinha esperanças de que *Gladius Rex* ainda estivesse lá, a fim de poderem ao menos se orientar pela Roma Antiga.

Will notou como Cordelia estava falando cheia de intimidade com Felix. Não gostou nada, por isso interrompeu:

— Tenho uma ideia de como podemos recuperar tudo.

— Com licença — disse Felix. — Minha esposa e eu estamos no meio de uma conversa.

— Argh, será que você pode fazer o favor de parar de chamar a minha irmã assim? — pediu Eleanor. Ela não gostava nem um pouquinho do gladiador, desde o instante em que o vira lutar contra os ursos polares. — *"Minha esposa" isso, "minha esposa" aquilo...* Que nojo!

— Deixa disso — zombou Brendan, erguendo uma sobrancelha. — Acho engraçado ver a Cordelia se contorcendo toda.

A irmã mais velha deu um soco no braço dele. Com força.

— Poderia me ouvir? — pediu Will. — Na verdade, pensando bem, talvez seja melhor Felix, o Grego, ir para outro cômodo.

— Por quê?

— Você é um espião — respondeu o piloto

— Não sou nada disso — defendeu-se o outro. — Sou um gladiador.

— Bom, você é claramente o favorito do imperador Gord-ipus..

— Imperador Occipus..

— Chamo do que quiser — retrucou Will, sorrindo para Eleanor. A menina vibrou, feliz por ter alguém do seu lado. — E suspeito que, depois que dormirmos, você vai sair correndo para contar a ele *exatamente* do que eu o chamei, assim como tudo o que discutimos!

— Está duvidando da minha palavra? — perguntou Felix, levantando-se e encarando o piloto.

— Estou — respondeu Will, aproximando-se do outro. — Você é apenas mais um dos personagens do Kristoff. Como eu. A diferença é que fui criado para ser um herói honrado, lindo e corajoso.

— Eu também! — retrucou Felix.

— Duvido muito. Depois que pegarmos *Gladius Rex*, vamos conhecer a sua verdadeira personalidade!

— E qual seria?

— A de uma serpente traiçoeira, covarde e venenosa!

Felix estava com a espada presa no cinturão. Will instintivamente buscou a pistola Webley Mark VI que perdera havia muito tempo em São Francisco.

— Procurando uma arma? — indagou o guerreiro.

— Não preciso de uma — respondeu Will, preparando os punhos. — Vamos resolver tudo no mano a mano!

— Era o que eu queria ouvir — provocou Felix.

— *Vocês dois, PAREM!* — gritou Cordelia.

Will baixou as mãos. Não queria, mas algo no tom da menina o convenceu.

— Como pensei — continuou o gladiador. — Você nem é tão valente assim. E, se é mesmo um herói tão fantástico... conte-me... o que exatamente fez para ajudar Cordelia, Brendan e Eleanor desde que vocês chegaram aqui?

— Eu... bem... chamei a atenção do Occipus. É, chamei mesmo — disse Will. — Dei o isqueiro a ele.

— Ajudou muito — murmurou Brendan. — Agora ele acha que somos feiticeiros e quer nos manter presos aqui para sempre.

Will lançou um olhar espantado a Brendan: *agora* você *está contra mim?*

— Só estou falando — defendeu-se Brendan, um tanto acanhado.

Will olhou para o chão. Jamais admitiria, mas estava profundamente envergonhado com o que acontecera nas últimas horas. Desde que conhecera os Walker, ele os havia ajudado e protegido. O que Felix disse tinha sua verdade, porém: naquele mundo, que utilidade ele tinha para qualquer um deles? Não tinha a arma consigo; tampouco seu avião. Não pertencia àquele universo, da mesma forma que também não pertencia à São Francisco do século XXI. *Talvez não exista um lugar para mim*, pensou, *a não ser no livro do qual saí.*

E, quando pensou que ia começar a chorar, algo que não fazia desde criança — *Mas será que fui criança um dia? O Kristoff escreveu minha história quando ainda era pequeno?* —, lembrou-se do que ia dizer a Cordelia minutos antes de se deixar distrair pelo gladiador. Sua atitude mudou no mesmo instante.

— Quer ver como sou útil? — desafiou. — Venha comigo.

41

Will lembrava exatamente aonde ir. No hall de entrada, entre a porta da frente e a cozinha, estava o ponto onde ele e Brendan haviam se chocado contra as paredes ocas na última aventura. Parou ali com Brendan, Cordelia, Eleanor e Felix.

— Tem uma passagem atrás da parede — falou.

Cordelia afastou a mão do gladiador da sua com um tapa. Ele tentava segurá-la sempre que andavam, dizendo:

— É um direito de marido.

— Poderia parar de usar esse título? — pediu ela.

— Se não quer me dar a mão, talvez possamos ficar de ombros colados — disse Felix. — Desse modo. — Bateu o ombro no dela. Tinha o dobro do tamanho do da menina. — É tão ruim assim?

— É!

— A-rã — interrompeu Will. — Vocês dois já terminaram?

Cordelia e Felix assentiram. O piloto fitou a parede.

— Aposto que, se tem um lugar onde aqueles romanos embusteiros sujos nunca entraram, é aqui. E, da última vez, descobrimos todo tipo de coisa no interior das paredes.

— Tipo o quê? — perguntou Brendan. — Vinho? Aqueles livros bizarros? Eles não chegaram a ser exatamente de grande ajuda.

Will não gostou da atitude.

— Você se esqueceu da Penelope Hope?

Os Walker se entreolharam. Penelope não era uma boa lembrança. Era outra personagem da obra de Kristoff, mas eles não foram capazes de protegê-la. Agora ela se fora.

— A Penelope nos disse que o interior desta casa se estende infinitamente — lembrou-os Will. — Que há incontáveis mistérios dentro das paredes. Não há como saber o que encontraremos. Quem sabe um segundo *Livro da perdição e do desejo* que nos leve de volta para casa?

— Mas como entramos na parede? — indagou Eleanor.

— É o que precisamos descobrir — disse Will. — Não posso aparecer com todas as soluções.

— Talvez eu possa ajudar — voluntariou-se Felix.

— E como exatamente você pretende fazê-lo? Com a espada? Talvez possa cortar a parede em pedacinhos da mesma forma que derrotou aqueles ursos polares? Ah, espera... um minuto... É, isso mesmo... Você foi quase *devorado* por aqueles animais!

Cordelia riu. Não conseguiu se conter. Quando Will começava a zombar dos outros, nem mesmo Brendan era páreo para ele.

— Não preciso da espada — respondeu o guerreiro. Molhou os polegares e passou-os pelos cabelos curtos.

— O que está fazendo? — indagou Cordelia.

— Quando iniciei o treino para gladiador — explicou —, me fizeram passar pelas provações mais difíceis e dolorosas. Diga-me, Will... Você é capaz de arrastar uma biga com a força dos dentes?

— Não posso dizer que já tentei.

— Bom, eu consigo. Primeiro, você coloca um arreio em um boi gigante e amarra uma corda nele. Depois, pega um gladiador em treinamento, como eu, que deve estar com a corda na boca. O boi arrasta o guerreiro pelo campo durante oito horas enquanto ele mantém a corda bem firme entre os dentes. Isso se repete por sessenta dias, até ele ser capaz de arrastar *qualquer* coisa com os dentes.

— Isso é tortura — disse Brendan.

— Não. Tortura é quando machucam alguém para saber seus segredos. Treino é quando machucam alguém para fortalecê-lo.

— O que mais você aprendeu? — perguntou Eleanor. Ela começava a odiar Felix um pouco menos, impressionada por sua personalidade franca. Will estava sempre fazendo piadas impertinentes ou se gabando dos talentos e feitos, mas com Felix, a verdade era nua e crua.

— Isto — disse ele.

O gladiador inspirou fundo... E estufou as bochechas, fazendo com que ficassem quase do tamanho de bexigas d'água!

Ele parecia um sapo, ou o grande trompetista Dizzy Gillespie. As bochechas estavam tão cheias de ar que faziam as orelhas se projetarem para a frente da cabeça. Os olhos estavam esbugalhados também.

— Que nojo — exclamou Brendan, enquanto Felix girava para todos verem, fazendo-os rir (até Will).

O gladiador deixou o ar sair, e o rosto voltou ao normal.

— É uma defesa. Se o seu inimigo se aproximar, aumente a superfície do corpo. Isso o deixará assustado, e aí...

Felix desembainhou a espada.

— Muito bom — zombou Will. — Você é mesmo uma caixa de surpresas humana. Quando seus dias de gladiador tiverem terminado, devia procurar trabalho em um circo itinerante.

— Parece divertido — rebateu o outro. — Vou fazer demonstrações de força, e você pode ser o palhaço. Levando-se em consideração que é só para isso que presta mesmo.

— Agora chega — gritou Will, fechando os punhos outra vez, pronto para acertar Felix com eles. Eleanor colocou-se entre os dois.

— Gente, gente, a parede, por favor?

Will suspirou, recuando.

— Muito bem, mas não vão ser truques que nem arrastar bigas com os dentes e estufar as bochechas que vão nos deixar passar por essa superfície!

— Isto aqui vai — declarou o guerreiro, batendo no crânio.

— O quê?

— Isso mesmo. Outra coisa que fazíamos como aspirantes a gladiadores era "treinamento de cuca invertida".

— Treinamento de cuca invertida? Como *isso* funciona? — perguntou Eleanor.

— Eles nos mandavam ficar apoiados nas mãos e cabeças sobre uma pedra plana enorme. Fazíamos isso ao longo de uma hora a cada vez. Depois de um mês, tirávamos o suporte das mãos e ficávamos apoiados *apenas* nas cabeça, com os treinadores segurando nossos tornozelos. Depois de mais um mês nisso, podíamos ficar assim por tempo indefinido!

— Não mesmo — disse Brendan. — Você ia acabar desmaiando.

— Não se ficar movimentando constantemente os pés para manter o sangue fluindo. Foi tudo provado pelos nossos médicos.

— Quem se importa com o tempo que você consegue permanecer de cabeça para baixo? — indagou Will, mas então Felix investiu contra a parede.

Todos pularam para trás. O lutador correu para a frente com a cabeça abaixada, batendo na superfície...

Crack!

E quebrando a parede, que não foi páreo para sua cuca calejada por pedras. A cabeça do guerreiro estava fora de visão, enquanto peitoral, pernas e braços continuavam no hall de entrada.

— *Estou bem* — gritou a voz abafada —, *mas o que essa cruz gamada faz aqui?*

Os irmãos Walker e Will se entreolharam. *Ahn?*

— O gladiador andou forçando o crânio anestesiado um pouco demais — disse Will.

Eleanor, porém, estava mais preocupada:

— O que você está dizendo, Felix? A cruz está gamada em quem?

— *Me puxem daqui que mostro a vocês!*

Eles agarraram os pés do guerreiro e o tiraram da parede; ele aterrissou no hall de entrada com um baque empoeirado.

— Temos que derrubar o resto da parede — declarou ele. — Tem um pedaço de tecido no chão, decorado com esse símbolo conhecido como cruz gamada. Representa os quatro cantos do mundo; eu me lembro de ver isso gravado nas moedas gregas.

— E daí? — inquiriu Cordelia.

— E daí que tem algum grego morando dentro das paredes da sua casa. Pode ser um dos meus parentes...

Will revirou os olhos e todos trocaram olhares, mas Eleanor articulou com os lábios: *não sejam malvados*. Via no guerreiro alguma semelhança com Gordo Jagger, seu amigo colosso, só que ele era muito menor e mais falante. Parecia querer de fato ajudar. A menina não acreditava que fosse um espião. Contanto que parasse de dizer coisas repelentes a respeito da irmã ser sua esposa, poderia vir a ser de grande ajuda. E bem divertido.

Os Walker e Will começaram a pegar pedaços da parede próximos ao buraco, puxando-os para alargar a passagem. O gesso caía no chão. Em poucos minutos, tinham feito uma abertura do tamanho de uma pessoa. Transferiram todos para dentro da passagem secreta do outro lado e olharam em volta.

— Onde está a parada gamada? — perguntou Eleanor.

Felix apontou. Em um feixe de luz que entrava pela parede, estava uma faixa de tecido vermelho com um símbolo preto bordado no branco. Eleanor estreitou os olhos... e arfou, surpresa.

— Nazistas!

— O quê? — perguntou Brendan. — Como assim, nazistas?
Eleanor se ajoelhou e pegou o tecido, tocando-os apenas com dois dedos, como se fosse um rato morto. Brendan viu e gritou:

— Uma braçadeira nazista!

— A cruz gamada — disse Felix, e apontou para a peça, onde havia um suástica muito clara bordada. — Me traz lembranças de casa!

— Casa? — gritou Cordelia. — Esse símbolo é a representação pura do mal!

— Como assim?

— É parte do uniforme nazista — explicou o irmão.

— O que é um nazista?

— Um cara do mal — interrompeu Eleanor. — Tipo muito, muito do mal. Os piores de todos.

— Foram eles quem começaram a Segunda Guerra Mundial — continuou o menino — e mataram seis milhões de judeus no Holocausto.

— Seis *milhões?* — exclamou Felix, a expressão se transformando em choque. — Isso é horrível. Por que nunca ouvi falar nisso?

— Porque acontece no futuro — disse Cordelia. — No século XX.

— Que século é esse mesmo? É de onde vocês vieram?

— Não importa — cortou Eleanor. — Você só precisa acreditar na gente: tudo o que você vir com esse símbolo, não é legal que nem essa coisa gamada sua... É uma... ahn... suá-sticker

— Suástica — corrigiu Brendan.

— É, e é o símbolo de um bando de pessoas perigosas e perturbadas com quem a gente nao quer ter nada a ver. Então me dá isso aqui. — Eleanor tomou a faixa, arrancou o bordado, jogou-o no chão e pisou nele. E, só por medida de segurança, fez algo que raramente fazia. Cuspiu nele.

— A grande pergunta é: como veio parar aqui? — indagou Brendan. — Deve ser de algum outro livro em que estamos presos!

— Só que isso *não pode* ser de um romance do Kristoff — declarou Cordelia.

— Por quê?

— Porque ele escrevia antes do nazismo surgir. Publicou o último livro em 1928. Depois desapareceu.

— E se transformou no Rei da Tempestade — completou Eleanor.

Will seguiu para as tochas na parede com a intenção de acender uma com o isqueiro, até que se lembrou.

– O maldito imperador ficou com o isqueiro. Tem fósforo na casa?

— Os romanos levaram — respondeu Cordelia. — Mas qual é o seu plano, de qualquer forma?

— Seguirmos por aqui — disse o piloto, apontando com o queixo para o corredor. — Se bem me lembro, leva à adega.

— Adega? — perguntou Cordelia. — É esse o seu grande plano, ir à adega? Precisamos escolher algum lugar a que não fomos ainda, procurar pistas que nem sabemos se existem. O que significa que temos que seguir *para aquele lado*, não para a adega.

— Como vamos conseguir enxergar as coisas? — Quis saber Eleanor.

— Não vamos — replicou Cordelia. — Vamos ter que andar lentamente, de mãos dadas, e abrir caminho da melhor maneira possível.

— Finalmente seguro a mão da minha esposa — comemorou Felix.

— Me chama assim mais uma vez e dou um tapa em você! — ameaçou a adolescente.

Os Walker, Will e Felix começaram a caminhar pelo corredor, deixando a braçadeira nazista para trás. Logo a luz do buraco da entrada ficou para trás. Estavam na mais completa escuridão. O gladiador segurava uma das mãos de Cordelia, e Will, a outra. O grupo andava em fila indiana com Brendan à frente, tateando as paredes. Houve muitos tropeços e alguns "ais" durante as curvas no breu. E subitamente eles pararam em um ponto onde podiam sentir que o caminho se bifurcava.

— E agora, para onde? — perguntou Brendan.

— Direita — sugeriu Eleanor. — A gente devia seguir sempre pela direita. Assim vai ser mais fácil de lembrar quando for hora de voltar.

— Bom argumento — concordou Will.

— Deixa por conta da disléxica pensar nessas coisas — disse Brendan, querendo, na verdade, elogiar a irmã.

Viraram à direita duas vezes. *Parece que a gente deu a volta completa agora*, pensou Brendan. E parou.

— Pessoal? A parede não é mais de madeira.

Começaram a tatear com as palmas. Havia uma junção clara onde a madeira terminava e se transformava em pedra úmida e irregular.

— Como isso é possível? — indagou Will. — Tem parede de pedra *dentro da casa?*

— Já ouvimos falar disso! — exclamou Eleanor. — Lembra que a Penelope Hope nos contou sobre aquela caverna? Onde o Denver Kristoff se escondia para usar o livro, criar os pedidos malignos dele? — A menina estremeceu. — Será que não é melhor a gente voltar...

— Você não pode tomar decisões com base no medo, Nell — disse Cordelia. — Precisamos continuar. Não importa o que encontremos.

O grupo prosseguiu, lenta e cuidadosamente. Pingos d'água gotejavam no túnel de pedra. De repente, Brendan vislumbrou uma luz débil iluminando o chão logo à frente.

— Pessoal! Saca só! — gritou.

A luz era tão forte quanto o brilho da tela de um computador escapando pela porta de um quarto, mas era como o sol para Brendan. Soltou a mão dos companheiros e correu para ela.

— Bren, o que está fazendo?

O menino fitou a luminescência ao se aproximar. Em um primeiro instante, parecera apenas o reflexo de algo no teto, mas não havia coisa alguma lá em cima, apenas escuridão. Depois, pareceu uma camada de gelo no chão, ou talvez uma pilha de pedras preciosas azuis esbranquiçadas, e foi só quando Brendan chegou muito próximo que se deu conta do que era...

Uma piscina.

Uma piscina de águas tranquilas e brilhantes, bem no meio do chão.

Era como se uma lua cheia flutuasse dentro da piscina, lançando seus raios para a superfície. A água iluminava as paredes ao redor, que já não pareciam mais tão próximas. Estavam em uma caverna de verdade; não imensa, mas grande o suficiente para se conseguir erguer uma barraca. A luz cintilante tornava o lugar belo.

— O que é isso? — perguntou Eleanor, correndo. Todos olharam para o reservatório brilhante. A água era azul como pedra preciosa, dando a impressão de que um mineral cheio de brilho havia se liquefeito, e, repousando abaixo da superfície, estava algo familiar.

Uma estante.

Parecia a estante de madeira flutuante que viram na última aventura. Estava completamente submersa. E nas prateleiras, perfeitamente visíveis sob a água, estavam dúzias de manuscritos.

— Livros — balbuciou o irmão. — Mais livros.

A primeira fileira deles ficava logo abaixo da superfície. *Mas nem parecem molhados*, pensou Cordelia. *Que estranho: se Kristoff deixou esses livros aqui todos esses anos, eles já deviam ter se desmanchado e virado uma papa...*

A jovem estendeu o braço para tocar um deles — mas Brendan agarrou-lhe o pulso.

— O que você está fazendo?

— Tentando pegar um livro.

— Acho que, antes de tocar em alguma coisa, você devia me perguntar primeiro.

— Como? — Cordelia endireitou as costas. — Você quer que eu peça permissão a *você*?

— Só estou querendo te proteger.

— Isso não significa que pode sair me dando ordens...

— Significa, sim, se for para a sua proteção.

Enquanto os irmãos discutiam, Eleanor se abaixou e puxou um manuscrito antes que alguém pudesse impedi-la. Deixou-o cair no chão; era uma pilha de papéis unidos por uma faixa de couro. A menina começou a desatá-la. O líquido que saiu das folhas não parecia água. A textura era mais grossa e viscosa como óleo. Eleanor colocou uma gotinha na ponta do dedo, e ela ficou ali, emitindo um brilho que vinha de dentro.

Cordelia e Brendan viraram-se — mas nenhum dos dois podia ficar bravo com a irmã.

— O que está cobrindo o livro? Algum conservante fosforescente? — indagou Cordelia.

— Só tenha cuidado, Nell — advertiu Brendan.

Eleanor olhou para a primeira página do manuscrito. Fosse o que fosse, o líquido *tinha* protegido as páginas, que estavam intactas como se tivessem acabado de ser impressas.

— D... Dominó... *vermelho?* — leu.

Felix espiou sobre o ombro da menina, fingindo concentrar-se no título que Eleanor tentava ler. O jovem gladiador era analfabeto.

— *Domínio vermelho* — corrigiu Cordelia.

— De Denver Kristoff — continuou Eleanor.

Felix assentiu como se fizesse todo sentido.

— Gente do céu, quantos livros esse cara escreveu? — perguntou Brendan.

— O bastante para precisar de uma estante submersa mágica — comentou Eleanor.

Cordelia disse por cima do ombro dela:

— Isso é estranho. — Então leu alto: — *Domínio vermelho*. Capítulo Um. "Era o ano de 1959, e a Cortina de Ferro estava prestes a explodir em uma parede de fogo". Brendan, quando foi que a Cortina de Ferro começou?

— Isso foi na Guerra Fria, então, provavelmente em 1945...

— Guerra Fria? — Quis saber Eleanor. — O que é isso?

— Uma corrida armamentista entre americanos e russos — explicou Brendan. — Quase acabou em guerra nuclear.

— Isso é mais informação do futuro de que preciso saber? — perguntou Felix.

— Com certeza é interessante — disse Brendan. — Os Estados Unidos chamaram as barreiras que separavam a Rússia do resto da Europa de "Cortina de Ferro".

— Esses livros foram escritos depois que o Kristoff se tornou Rei da Tempestade — concluiu Cordelia. — Vamos ver os outros.

Brendan estendeu a mão para a piscina e puxou um chamado *Campos do Vietnã*. Depois outro: *Apocalipse dos discos voadores*.

— Olha só para isso — exclamou. — É tipo "Kristoff, as obras secretas".

— Isso é horrível — disse Cordelia. — Agora tem o dobro de livros nos quais podemos estar presos. E se aviões japoneses kamikazes aparecerem? Ou drones da Guerra do Iraque? Temos que ir embora!

— Você fala como se fosse uma escolha — retrucou Brendan —, mas não *tem* jeito de sair daqui.

— Se continuarmos seguindo em frente e sairmos da caverna, vai ver encontramos um...

— Peraí — pediu o irmão. — Não vamos andar mais por hoje. Temos que voltar e dormir um pouco. Você ouviu o que o imperador disse. Ele quer a nossa participação nos jogos de amanhã.

— E? — indagou Cordelia.

— E? Somos os maiores astros do Coliseu. Temos que estar preparados. Vocês não estão animados por fazer parte das apresentações? Nem um pouco?

Todos se entreolharam. Ninguém respondeu.

— Claro que estão! Will? Felix? Felix, eu sei que você está.

— Para falar a verdade, não gosto dos jogos — confessou o guerreiro. — Sou bom neles, mas não os aprecio. — Ele se virou para Cordelia. — Preferia explorar mais desses livros com você. São coisas sobre as quais não sei muito. Talvez eu pudesse aprender...

— Vocês estão todos loucos! — exclamou Brendan. — Amanhã vai ter *mais* banquete, *mais* diversão, *mais* daquelas uvinhas com mel... E vocês querem ficar aqui, numa caverna, a noite inteira, *lendo*?

— Brendan... — começou Will. — Você está ficando um pouco entusiasmado demais com a vida dos romanos. Você entende que não vai durar...

— Por que não? — perguntou o menino. — Quero dizer... até agora não temos como voltar para casa. E por que a gente ia querer voltar, de qualquer forma? Pessoal, sei que o Occipus é um saco, mas isso aqui é tão mais divertido do que ir à escola, onde tenho que encarar aquele bully idiota do Scott, depois voltar para casa e ficar ouvindo a mamãe e o papai brigarem a noite inteira! Devíamos aproveitar essa chance. Começar a nos divertir. Sabem o que acho? Que vocês estão é com inveja, porque sou o favorito do imperador!

— Favorito? Ele quase mandou executar você — disse Eleanor.

— Nós nos entendemos — continuou Brendan, e saiu correndo da piscina iluminada, de volta ao corredor. — Eu vou voltar — gritou. — Vejo vocês mais tarde! Vai ver consigo convencer o imperador a me dar a minha cama antiga nos aposentos pessoais dele... — E seguiu murmurando, mas a voz desapareceu.

— O que vamos fazer agora? — indagou Eleanor.

— Vamos ficar aqui mesmo — disse Will. — Precisamos estudar esses livros com cuidado. Eles podem conter pistas que nos levem para casa.

— E deixar o Brendan sozinho?

— Com certeza — respondeu o piloto. — Ele precisa crescer. Se for mesmo falar com aquele imperador pegajoso, já prevejo que amanhã será jogado no meio daquela arena, sozinho, para lutar com ursos polares e leões, aos prantos, berrando para que nós o salvemos.

— Mas e se alguma coisa acontecer com ele antes de a gente chegar? — perguntou uma Eleanor assustada.

— Pelo menos — argumentou Will —, ele vai ter aprendido uma lição valiosa.

Ao sair correndo da Mansão Kristoff no escuro da noite (os soldados romanos o deixaram passar após ele ter explicado que ia pedir a Occipus treinamento especial para os jogos do dia seguinte), Brendan começou a ter dúvidas. *Nunca estive sozinho antes, nunca estive realmente longe da família. Mas tenho que ser forte. Talvez ser um romano seja o meu destino. Sempre pensei que tivesse nascido para ser um astro do lacrosse ou jogador dos Giants, mas não sou tão bom assim em nenhum dos dois esportes. Mas aqui... talvez eu possa ser grandioso. Já sou próximo do imperador. Ele parece gostar de mim. Acho que me respeita. Mas e se nunca mais encontrar a Délia, a Nell ou a mamãe e o papai?... Não, você não pode pensar assim. Tem que continuar seguindo em frente, em frente, em frente...*

— PARADO!

Brendan congelou no ato e se virou lentamente. Era a Bruxa do Vento.

Ela pairava a alguns centímetros do chão, suspensa por uma suave corrente de ar. Usava as novas mãos cromadas falsas e brilhantes e uma longa capa que balançava atrás dela. Brendan achou que as curvas do sorriso e da cabeça calva lembravam o símbolo do olho em *O livro da perdição e do desejo.*

— O que você quer? — perguntou ele.

— Fazer um teste final — respondeu a Bruxa.

— Teste?

A Bruxa do Vento enfiou uma das próteses embaixo do braço e a arrancou. Debaixo dela havia outro item metálico acoplado ao coto: uma faca de lâmina longa, afiada e curva.

A Bruxa baixou até o chão e começou a caminhar na direção de Brendan. Ao se aproximar, estendeu a arma.

O Coliseu estava vazio. A Mansão Kristoff, longe demais — se o menino gritasse por socorro, ninguém conseguiria alcançá-lo até ser tarde demais. Tentou ganhar tempo.

— O que está fazendo? — Quis saber, com a voz trêmula.

— Tentei matar sua irmã Cordelia — começou a Bruxa do Vento. — E falhei. Tentei matar Eleanor. Falhei novamente. Como você pode imaginar, é tudo muito confuso e inquietante para mim. Não entendo por que meu poder enfraqueceu. E, na busca pela resposta, me dei conta de algo muito importante: *não tentei matar você.*

— Olha só, moça — disse Brendan, tentando fazer a voz parar de tremer. — Só quero falar com o imperador... Não estou tentando machucar você... Tem mesmo que fazer um teste comigo? Quero dizer...

Antes que Brendan pudesse proferir outra palavra, a Bruxa do Vento lançou o braço à frente, enfiando a faca em seu peito.

Fundo no coração.

Brendan arfou. Doía. O golpe tirou todo o ar de seus pulmões. O menino sentiu o coração desacelerar. Não conseguia falar. Olhou para baixo. Sangue fluía da ferida, peito abaixo. A Bruxa retirou a lâmina e sorriu. O menino caiu de joelhos e sentiu que perdia a consciência.

— Funcionou — disse ela. — Meu poder retornou.

O coração de Brendan parou de bater. Tudo ao redor girava. Antes de cair no chão, porém...

A ferida no peito começou a fechar. Ele sentiu os músculos do coração se refazendo. E a batida da vida dentro dele. Estava confuso, radiante de felicidade, aterrorizado. Não era como nada que já tivesse vivido antes. Em segundos, já era capaz de respirar, e a cor retornou à sua face.

— *Nãão!* — berrou a feiticeira.

Brendan se pôs de pé, aos tropeços, e pousou a mão sobre o peito curado, sentindo o coração. Sorriu para a inimiga. Era como se ele tivesse acabado de vencer uma importantíssima luta entre gladiadores, como se a tivesse derrotado diante de uma arquibancada totalmente lotada.

— Acho que perdeu o seu borogodó mágico, Carequinha!

Ouvindo isso, a Bruxa do Vento deu uma guinada no ar, como um foguete, gritando:

— *Não pode ser!!* — E desapareceu no céu escuro.

Brendan se virou e, com um sentimento de autoconfiança renovado, correu para a entrada do palácio imperial.

Foi um sinal, pensou. *Não estou destinado a ser apenas um romano. Sou invencível! Estou destinado a ser um gladiador! Talvez... o maior de todos os tempos!*

Cordelia, Eleanor, Will e Felix passaram a noite na sala de estar da Mansão Kristoff, com todos os manuscritos que foram capazes de carregar da estante submersa. Usaram-nos como travesseiros e até cobertores, pois não havia mais camas nem cobertas, e se deitaram nas pilhas de livros.

Na manhã seguinte, Eleanor acordou e viu Felix debruçado sobre alguns manuscritos. Ele os arrumara em fileiras organizadas, com a capa para cima e os títulos à mostra.

— O que está fazendo? — perguntou a menina.

Will e Cordelia ainda dormiam. Uma faixa de luz cinzenta se estendia ao longo do cômodo; o sol ainda não nascera, mas o calor já se anunciava no ar. Seria um dia escaldante no Coliseu.

— Nada — respondeu o guerreiro, rapidamente voltando as costas para os manuscritos. — Só estava... de guarda.

— De guarda? Você estava era tentando *ler*. — Eleanor se aproximou. — Você *sabe* ler o que está escrito aí?

Felix abaixou a cabeça, envergonhado demais para dizer que não. A menina entendeu.

— Tudo bem — tranquilizou. — Eu ensino.

— Mesmo?

— Mesmo. Pelo menos enquanto a Délia estiver dormindo. Quando acordar, vai ficar toda: "sai pra lá, Nell. Você é a última pessoa que devia estar ensinando as pessoas a ler".

— Por quê? — indagou Felix.

— Porque eu sou... — A menina ia começar a explicar, mas pensou: *para quê? O Felix não sabe mesmo!* — Não importa. Por onde começamos? Você sabe o alfabeto?

— Tipo, todas as letras? — O rapaz balançou a cabeça. — Tudo o que sei é escrever meu nome. Mas as outras...?

— Ai, caramba, vamos ter que começar bem do início mesmo — declarou Eleanor.

— Isso é ruim?

— Não, é ótimo. É o que sei melhor.

Eleanor começou com a letra *A* e todos os sons diferentes que podia produzir. Enquanto explicava, se deu conta de como era difícil. Várias letras podiam formar mais de um som, dependendo de quais outras vogais ou consoantes estivessem junto a ela. A letra *O* podia fazer uns três sons diferentes, e a menina tinha a impressão de que poderia haver ainda mais, dependendo da pronúncia. Se alguém quisesse inventar uma língua com a intenção de ser difícil, não dava para piorar muito mais do que isso. De verdade, era incrível que as pessoas conseguissem ler.

— Por que o *C* e o *K* têm som parecido? — perguntou Feliz. — Não é possível simplesmente se livrar de um deles?

— Até *é* — respondeu a menina —, mas você ia ter que mandar um e-mail para as pessoas do dicionário para sugerir isso.

O jovem assentiu, como se para ele tudo fizesse sentido, antes de começar a ler em voz alta o título de um dos livros. No mesmo instante, Will acordou e cutucou Cordelia.

— Olha só isso — disse. — Sua irmã está ensinando o Grego a ler.

— Você podia ajudar — sugeriu. — Seja o adulto maduro depois de quase ter saído no tapa com ele.

— Bom conselho — disse Will, pensando com seus botões: *"ser o adulto maduro". Gosto da ideia!*

Caminhou até onde estavam a menina e o jovem.

— Gostariam da ajuda de um inglês instruído?

Felix ficou desconfiado a princípio, mas depois permitiu que Will se juntasse a eles. Em pouco tempo, o piloto estava ajudando o gladiador com a pronúncia, e, quando Cordelia se juntou a eles, o Grego sentiu um arrepio de orgulho ao falar corretamente um título inteiro.

— *A br... brigada de Atlântida!*

Todos aplaudiram.

— Excelente — parabenizou Eleanor. — Se continuar praticando, vai conseguir ler um livro inteiro.

A voz do jovem tremia ao falar:

— Eleanor... todos vocês... Fui criado para ser gladiador. Meu treinamento físico envolveu os exercícios mais difíceis e mortais. Mas jamais na vida tive a força ou, mais importante do que isso, a coragem... de tentar ler. E agora... consegui de verdade. É um milagre!

— Queria que o Bren estivesse aqui para ver — comentou Eleanor, com tristeza.

Por um momento, todos pensaram em Brendan e em que tipo de encrenca ele poderia estar se metendo, mas em seguida Cordelia tomou pé da situação e começou a organizar a leitura dos livros. Eleanor e Felix continuaram a investigar *A brigada de Atlântida*. Cordelia e Will começaram a passar pelos títulos — *O campo minado sob o oceano, A odisseia lunar* — na tentativa de descobrir em que outros livros poderiam estar presos. Aquilo era preocupante; a cabeça de Cordelia começou a ser bombardeada por todos os cenários horríveis e letais dentro de cada manuscrito. Já estavam tendo uma experiência difícil com os gladiadores; e se fossem atacados por espaçonaves ou criaturas pré-históricas?

No meio da investigação, Brendan voltou para casa. O menino vestia uma toga roxa, como os homens que se sentavam perto do campo de batalha no Coliseu, e usava uma coroa dourada em formato de louros. O corpo dele brilhava, besuntado em óleo; o menino caminhava com o peito estufado e a cabeça erguida, como se houvesse algo longo e reto atrás das costas obrigando-o a andar empertigado.

— Bom dia — cumprimentou. Tinha guardas romanos atrás dele.

— Brendan! — exclamou Cordelia, embora ainda estivesse zangada pela maneira como ele os tinha abandonado. — Onde você estava?

— Com Occipus — respondeu. Parecia distante e ressabiado; olhou para os pés, que calçavam sandálias de couro novas em folha. — No palácio. Ontem à noite teve um banquete que durou até não sei que horas; acabei de acordar. Saca só a minha roupa maneira!

— Bren, não vai embora de novo — pediu Eleanor. — A gente passou uma noite horrível. Não tinha cobertor nem nada, e, acredite se quiser, até sentimos falta de todas as suas piadas e reclamações idiotas.

— É, bom... — falou o menino, que continuava a encarar os dedos dos pés. — As pessoas no palácio foram muito legais. Quero dizer, mais do que as pessoas lá na nossa cidade...

— Brendan... — começou Eleanor, mas o irmão inspirou fundo e a interrompeu.

— Você tem que me deixar terminar, Nell. Desde que a gente voltou da última aventura, não estou feliz. Quero dizer, a nossa família ganhou todo aquele dinheiro, mas *nós* não estamos felizes e agora estudamos em uma escola onde os garotos têm bem mais dinheiro, de qualquer forma. E quanto mais me esforço para me encaixar, tipo quando comprei aquela mochila, mais as pessoas me zoam. E não sinto como se tivesse um lugar para mim, sabe?

— Isso se chama adolescência, Bren — disse Cordelia. — Todos nos sentimos assim, até a Nell, e ela só tem 9 anos.

— Nove anos de muita *maturidade* — complementou a menina.

— Mas *aqui* — continuou Brendan — tenho a sensação de que achei o meu lugar. Sou especial, e ninguém vai tirar isso de mim. Vou ser um hóspede de honra pelo tempo em que Occipus estiver no poder.

— E, depois, quando ele for destronado e enforcado... Você vai roubar o lugar dele, certo? — perguntou a irmã mais velha em tom zombeteiro.

— Não quero roubar o lugar de ninguém — negou o menino. — Só quero ficar aqui.

— Você não está falando sério, está? — inquiriu Eleanor.

— Estou falando mais sério do que nunca — respondeu o irmão. — Sei que vocês estão acostumados a me ver fazendo piada o tempo inteiro. Mas isso não é brincadeira. Não quero voltar. Quero ficar na Roma Antiga para sempre.

Todos olharam em volta, esperando para ver quem falaria primeiro. Cordelia deu um passo à frente.

— Bren, você precisa pensar bem no que acabou de dizer — exclamou ela, entrando em pânico de repente. — Não podemos dividir a família. Trabalhamos juntos e só por isso conseguimos sobreviver. Vamos precisar da sua ajuda para encontrar um jeito de voltar para a mamãe e o papai. Acho que a Bruxa do Vento...

— Não me importo com a Bruxa do Vento — cortou Brendan. — Não quero ter que me preocupar com ela nunca mais. Especialmente depois de ontem.

— O que aconteceu ontem?

— Depois que eu saí — contou o menino —, ela apareceu. Disse que precisava tentar me matar para ver se tinha realmente perdido os poderes...

— E?

— Bom, estou aqui, não estou?

— Então ela não consegue nos matar — ponderou Cordelia. — Por que você acha que isso está acontecendo?

— Não importa — disse ele. — Só quero ficar no Coliseu, comer carne, balançar na rede, assistir aos gladiadores lutando...

— Em que tipo de pessoa horrível você se transformou? — explodiu Eleanor. — O que a mamãe e o papai iam pensar? Quero dizer... Você não sente nem saudades?

— Claro que sinto saudades deles — defendeu-se o menino. — Mas, às vezes, os filhos saem de casa cedo. Não é todo mundo que tem que ficar em casa até os 30 anos ou sei lá. Antigamente as pessoas saíam e iam fazer fortuna o mais cedo que podiam. E é isso que estou tentando fazer...

— Você não vai fazer fortuna nenhuma aqui — disse Cordelia. — Daqui a algumas semanas, vai estar jogado em alguma vala por aí. Talvez a Bruxa do Vento não possa matá-lo, mas tem muitas outras coisas que podem. Este lugar aqui é muito perigoso. Sua fama não vai durar para sempre...

Brendan gesticulou, como se nem prestasse atenção ao que diziam, exatamente como vira Occipus fazer. Todos reviraram os olhos. Ele estava realmente se transformando num egocêntrico irritante e pomposo.

— Não é só por mim que estou fazendo isso — falou. — Vocês estão convidados a se juntar a mim. Cordelia, você quer mesmo voltar para a escola depois que um dos seus dentes caiu? Os garotos vão acabar com você! Eleanor... Você prefere fazer duas aulas de equitação por semana ou ter o seu próprio elefante da África? Will... Você detesta São Francisco, por que não tenta uma coisa diferente? E Felix... Já está no seu lugar de qualquer forma! — O menino suspirou. — Vocês sabem que amo todo mundo aqui, mas é a minha chance de ter uma vida extraordinária. Não deveria agarrar a oportunidade?

Eleanor segurou Brendan.

— Não! Não vai! Fica com a gente!

Os guardas romanos que estiveram o tempo inteiro atrás dele deram um passo à frente. Um deles observou:

— Fique longe do general.

— General? — repetiu a irmã mais velha.

— Foi o título que Occipus me deu — explicou Brendan. — Não é incrível?

Os soldados colocaram as mãos enormes em Eleanor e a afastaram do irmão.

— Ei! — exclamou ele. — Não precisa fazer isso...

— Ordens do imperador — disse um deles. — Ninguém deve tocar no general Brendan.

— Mas ela é minha irmã.

— Muito bem, então não vamos machucá-la. Já se despediu?

— Despedir? — perguntou Eleanor. — É a última vez que estamos vendo você? — E começou a chorar. — Bren, você não está falando sério! Está confuso. Você quer ficar com a gente, não com aquele imperador gordo da voz feia de sapo!

— Cuidado — advertiu um dos soldados.

Brendan encarava o chão. Não achava que seria tão difícil. Fechou os olhos e imaginou o palácio imperial, a comida deliciosa, as armas incríveis e as garotas lindas que lhe trariam o que desejasse... O menino se sentia diferente quando estava com o governante, era melhor do que uma criança que apanhava de Scott Calurio. Ele tinha visto uma portinhola pela qual poderia escapar e não ter que lidar nunca mais com dever de casa, mochilas de grife, garotas com quem deveria falar, faculdade, ou arrumar um emprego! Não queria nada daquilo. Pelo que via dos adultos em sua vida, sabia que aquelas coisas nada tinham de divertido. Não. Era melhor ficar em Roma.

— Tenho que ir — disse. — Desculpa.

Então se virou e apressou-se em sair da casa. Não queria que vissem que chorava.

Os guardas soltaram Eleanor e o seguiram.

— *Bren!* — gritou Cordelia. — *Volta! Você não quer nada disso!*

O menino, entretanto, não se virou. Entrou na arena de cabeça erguida, ignorando as súplicas da irmã.

— Devo tentar trazê-lo de volta? — perguntou Felix, puxando a espada sem chegar a desembainhá-la totalmente.

— Não vai funcionar — declarou Cordelia. — Ele já se decidiu.

— Talvez se falarmos com ele um pouco mais — arriscou Will.

— Acho que não — disse Eleanor. — O Bren é teimoso. Igual a mim.

Agarrou-se ao braço de Cordelia e soluçou. Perder o irmão era o mesmo que perder a si mesma. Sentia-se oca por dentro. O lugar dos três era uns com os outros. Será que Bren não conseguia enxergar isso?

— Acho que a única coisa que podemos fazer é torcer e rezar para ele mudar de ideia — disse Cordelia. — Enquanto isso, temos que continuar explorando a casa, ver se encontramos pistas para voltar...

— Mas não *quero* ir para casa sem o Bren! — insistiu Eleanor.

A irmã mais velha tirou os cabelos pingados de lágrima de seu rosto. *Como diabos vamos superar mais essa agora?*

Do nada, escutaram um *crack* alto do lado de fora.

Will se retraiu. Ele conhecia aquele som.

— O que é isso? — perguntou Felix.

— Artilharia — respondeu, sem acreditar na palavra mesmo depois de pronunciada.

Todos olharam pela janela. Os soldados romanos que haviam saído com Brendan corriam pela arena. O menino também corria, e a toga roxa lembrava uma mancha de geleia, se movendo tão depressa.

Ouviram outro ruído muito alto, seguido de sons de coisas sendo detonadas e desmoronando como se fosse uma avalanche.

— É o Gordo Jagger? — perguntou Eleanor, na esperança de ver o velho amigo.

— Quem é Gordo Jagger? — indagou Felix.

— Um amigo meu, um bom amigo meu.

— Não, não é ele! — bradou Will. — Isso tem cara de ter sido uma bala perfuradora de blindagem. E...

Cordelia e Eleanor gritaram:

— *Um tanque!*

Viram quando ele chegou pela porta da frente.

Um tanque de guerra verde-escuro quebrara as paredes do Coliseu. Por sorte, ainda era de manhã cedo e não havia ninguém nas arquibancadas. Uma grande parte da edificação curva, porém, na qual no dia anterior milhares de espectadores haviam estado, não passava de uma pilha de cascalho no chão. E o tanque, de aparência semelhante a um robô impenetrável e determinado, passou por cima dela, em direção à Mansão Kristoff.

Eleanor apontou e gritou:

— *Nazistas!*

Pintada na frente do carro de guerra se via uma suástica gigante.

— Raios — disse Will. — Os comedores de repolho.

— Eles devem ter saído de algum outro livro do Kristoff! — gritou Cordelia. — Deveríamos ter desconfiado quando encontramos aquela braçadeira. Dois mundos estão se fundindo!

A garota correu para a pilha de manuscritos para ler mais a respeito da Segunda Guerra Mundial, mas Eleanor a agarrou.

— Não dá tempo, Délia. Está acontecendo aqui e agora!

O carro de combate, um *Wehrmacht Tiger I* com duas escotilhas no topo e um enorme canhão de 88 milímetros acoplado à torre de artilharia, parou a poucos centímetros da Mansão Kristoff. Atrás dele, pelo buraco no anfiteatro, Cordelia viu cidadãos romanos aterrorizados correndo para se salvar. Aos olhos deles, o tanque devia parecer um monstro saído de alguma lenda.

— Que tipo de criatura é essa? — perguntou Felix.

— É uma máquina — corrigiu Will —, e parece que fizeram uma boa reforma nas que existiam na Grande Guerra.

De repente, uma das escotilhas se abriu e um soldado nazista colocou a cabeça para fora. Era alto e musculoso, os cabelos louros e brilhantes. Vestia um uniforme verde-acinzentado e tinha uma braçadeira com uma suástica igual à que os Walker haviam encontrado no interior da parede.

— Lá está a casa! — gritou, indicando a Mansão. — Exatamente como os espiões nos informaram! Tragam os cabos para fazer o reboque!

O soldado louro desapareceu, e outro nazista, de capacete de aço arredondado do tipo *Stahlhelm*, saiu. Ele pulou para o chão e logo correu para pegar um longo cabo de metal preso a um molinete no tanque. Enquanto o soldado corria em volta da mansão, o cabo ia se desenrolando.

— O que é... *Ei!* — gritou Cordelia para a porta da frente.

Will puxou a garota para trás.

— *Shhh.* Quieta. Ele pode atirar em você.

— Mas olha o que ele está fazendo.

Agora, depois de circular a Mansão Kristoff, o soldado corria de volta para a máquina. Prendeu o cabo de volta no molinete. O gancho foi acionado e fez a tensão na corda aumentar ainda mais conforme o tanque começava a recuar para fora do Coliseu. O veículo gigante gemeu com a tarefa de puxar o peso da casa... Mas os Walker, Will e Felix sentiram o chão se mover sob os pés.

A Mansão estava se deslocando, arrastada pelo tanque nazista.

— Ah, isso não é nada bom — disse Eleanor. Ela viu Brendan do lado de fora, no mesmo lugar em que, no dia anterior, ele desfilara vitoriosamente depois de derrotar os leões. Agora apenas encarava a casa com uma mistura de choque, desânimo e arrependimento. A Mansão Kristoff estava sendo levada. E sua família com ela.

A casa esmagava pedrinhas e chiava enquanto passava pela parede destruída do Coliseu. Agora os Walker, Will e Felix se moviam pelas ruas de Roma em direção a um cruzamento, onde um grupo de soldados alemães aguardava em quatro caminhões com as caçambas abertas.

Cordelia viu vários cidadãos romanos fugindo aterrorizados das ruas: alguns se escondiam em becos; outros trancavam as portas.

— Essas pessoas não têm ideia do que as atingiu — disse ela.

Naquele instante, um jovem romano enfurecido, vestindo uma toga suja, irrompeu de casa brandindo uma faca. Em uma janela atrás dele, uma mulher, que devia ser sua esposa, agarrada a um bebê, gritou e pediu que voltasse. Mas o homem ergueu a faca e golpeou o carro blindado — quando tiros o derrubaram.

Os tiros vieram dos caminhões que os Walker alcançavam agora. Cordelia se virou para não ver e cobriu os olhos da irmãzinha. Will também desviou o olhar. Felix, porém, não podia deixar de assistir; estava fascinado e horrorizado.

— O que aconteceu com aquele homem?

— Foi baleado — respondeu Will, com um suspiro.

— Ele está... morto?

O piloto assentiu.

— Como?

— O nome disso é arma de fogo. Elas atiram pecinhas de metal pequenas e afiadas, mas com força o suficiente para perfurar a carne. É assim que fazemos as coisas no futuro.

O coração de Felix ficou espremido no peito.

— Já vi coisas feias e terríveis na arena — disse —, mas onde está a honra nessas armas?

— Não existe honra. Só eficiência — respondeu Cordelia.

Os caminhões nazistas deram a partida e cercaram o tanque, formando um comboio. O tanque, a casa e os caminhões começaram a se mover pelas ruas, mas ninguém mais tentou bancar o herói.

Cordelia correu para a pilha de manuscritos na sala de estar e a revirou até encontrar o que procurava. *O ataque dos nazistas c...* O título não estava completo; a metade inferior da capa e as primeiras páginas haviam sido arrancadas. Cordelia supunha que o *C* poderia ser de "comandantes". O livro começava com uma descrição da *Blitzkrieg* — a "guerra-relâmpago" que fez com que os oficiais nazistas invadissem a Polônia com tamanha rapidez que não houve resistência. *Eles podiam ter vencido*, Cordelia se deu conta com um arrepio.

— O que você está lendo? — indagou Felix. — Não devíamos estar tentando escapar?

— Se tentarmos, seremos baleados — afirmou a garota. — Acabei de chegar à parte da descrição dos soldados que nos capturaram. São metódicos e frios. Não têm emoção nem compaixão.

— E nós somos mencionados no livro? — perguntou o guerreiro. — Escreveram sobre a casa? Ela está sendo arrastada pelas ruas de Roma?

— Não, até agora é sobre a campanha nazista no fronte ocidental. Da última vez, quando fomos mandados para dentro dos romances do Kristoff, ficamos presos numa mistura de três histórias. Agora, parece que viemos parar em *Gladius Rex,* que os romanos roubaram da biblioteca, e neste aqui, *O ataque dos nazistas...* qualquer coisa. O mico preto fica por conta do terceiro livro.

— Devíamos encontrá-lo — disse Felix.

Isso fez Cordelia ter uma ideia.

— Você pode ficar aqui com o Will e a Eleanor, Felix? Para protegê-los?

— Claro. Me parece que o Will acha que não precisa da minha ajuda, mas...

— Dá uma chance para ele. Ele gosta de você, de verdade. É só um pouco sensível.

Cordelia pegou a mão do gladiador e a apertou.

Do outro lado do cômodo, o piloto viu o gesto e franziu o cenho — sem dúvida, ele *era* sensível quando se tratava de Cordelia pegando a mão de Felix. O Grego deu de ombros, tentando não causar confusão enquanto a adolescente seguia para um corredor na Mansão Kristoff.

Cordelia entrou na passagem secreta que Felix abrira com a cabeçada poderosa. Ela se moveu depressa pela escuridão. Não era tão assustador quanto antes, mas não havia muito tempo — não tinha como saber quando a casa pararia de se mover e os nazistas começariam a verificar quem estava em seu interior.

Sabia que, logicamente, a câmara com paredes de pedra que descobriram deveria ter desaparecido há tempos. Se a Mansão estava mesmo ligada a um sistema de cavernas, ele não poderia sair de São Francisco com a casa. Magia, porém, tinha uma lógica própria.

Os olhos de Cordelia detectaram o brilho da piscina. As paredes se alargaram quando entrou. Ela se aproximou da estante submersa; tudo o que antes estava no topo tinha sido levado por eles, mas havia mais manuscritos no fundo.

A jovem se preparou para pegá-los, prestes a mergulhar na água. Mas parou. Não era bem água, mas algum tipo de líquido que dava à piscina sua luminescência. *Essa coisa pode me causar uma doença horrível, que vai me acompanhar pelo resto da vida.* Não tinha escolha. Estava fazendo aquilo pela segurança da família. Cordelia inspirou fundo e colocou os pés na substância. Aquilo a lambuzou como se fosse óleo, emitindo um brilho interno.

A garota deslizou para dentro da piscina com roupa e tudo. Era terrivelmente grossa e grudenta, como se estivesse entrando em gelatina prestes a endurecer. Teve que dar impulso com os braços e pernas a fim de chegar à segunda prateleira da estante, o tempo inteiro com medo de que o líquido fosse forçar a entrada em seus pulmões — indo parar no cérebro, onde incharia sua cabeça até ficar do tamanho da de um alienígena e a faria explodir.

Pegou sete manuscritos e os levou para a margem, deixando-os no chão de pedra. Não conseguia ler os títulos com o líquido viscoso pingando dos cílios. Junto aos manuscritos, encontrou um livro que parecia diferente dos demais. Era menor e de capa dura; quase como um diário.

Limpou os olhos e tentou abrir o livrinho, mas estava trancado. Havia um pequeno buraco de fechadura na frente; *era* um diário. Na capa estava escrito, em letras cursivas precisas:

Propriedade de Eliza May Kristoff

A mulher de Denver Kristoff?, perguntou-se Cordelia. *Que descoberta incrível! Quem sabe que segredos estarão aqui?*

Ela meteu o livro no bolso de trás da calça e seguiu o caminho de volta pelo corredor. Tudo o que precisava fazer agora era encontrar a chave.

Cordelia não contou a Eleanor, Will ou Felix a respeito do diário. *Preciso abrir primeiro. Pode ser falso.* E (um impulso mais profundo, do qual ela se envergonhava): *fui eu quem o encontrei. Sou eu quem deve abri-lo.*

Ela colocou no chão os sete manuscritos de Kristoff que recuperara e começou a remexer neles: *Sob a múmia, O sacrifício do monge, O desastre do espaço-tempo*. Nenhum dos livros parecia descrever um terceiro mundo no qual pudessem estar presos, mas talvez ainda estivessem para entrar no novo universo, porque tinham finalmente deixado Roma.

As últimas casas da cidade ficavam para trás agora. A Mansão Kristoff era arrastada por um terreno amplo. Campos verdes se estendiam à frente; um rio brilhava à distância. Era uma bela vista, totalmente incompatível com a situação.

— Estão nos transportando para o meio do nada — observou Will. — Levando em conta minha experiência pessoal, é para esse tipo de lugar que se manda os inimigos para a execução.

— Não diz isso... — pediu Eleanor.

— Não se preocupa, Eleanor — acalmou-a Felix. — Vou proteger você.

— Felix, parceiro, você pode ser extraordinariamente corajoso... Mas armas são melhores que espadas. Aqueles nazistas vão atirar assim que você der as caras.

— E se eu for mais rápido?

— Como é?

— E se desarmá-los?

— Isso é...

O piloto estava prestes a dizer que era ridículo, mas Cordelia o interrompeu:

— É muita coragem sua, e temos sorte de ter um guerreiro tão valente do nosso lado. — Não queria que Felix perdesse o moral. Não importava a gravidade da situação, todos precisavam de esperança.

De súbito, o tanque, a casa e os caminhões pararam. Por um instante, ninguém se atreveu a respirar. Ouviram grilos cantando.

— Queria que o Brendan estivesse aqui — disse Eleanor.

— Porque ele teria um plano? — indagou Cordelia.

— Porque ele é meu irmão e sinto falta dele — corrigiu Eleanor.

As escotilhas do tanque se abriram, e um soldado vestido de maneira distinta dos restantes saiu de dentro dele. Viam-se listras vermelhas no capacete e suásticas douradas nas ombreiras. Tinha mais de 1,80 metro, ombros largos e fortes e um queixo grande com uma covinha. Os cabelos eram louros e cortados rente à cabeça. Os olhos eram de um azul metálico. Ao abrir a boca, os dentes ofuscavam de tão brancos. Tudo nele era perfeito.

— Falo agora aos habitantes da casa! — chamou o nazista, com sotaque alemão. — Meu nome é Heinrich Volnheim, *Generalleutnant* da 15ª Divisão da infantaria mecanizada! Sabemos que estão aí; nós vimos vocês pelas janelas! Saiam com as mãos para cima!

— O que a gente faz? — perguntou Eleanor.

— Não podemos sair — disse Cordelia. — É morte certa.

— Vamos lutar — sussurrou Felix, desembainhando a espada.

— Felix! — brigou Will. — As armas...?

— Tem sempre um meio de virar uma batalha a seu favor.

— Vocês têm 30 segundos para se apresentar! — gritou Volnheim.

Cordelia engasgou. Felix brandia a espada, pronto para a luta, não importavam as chances. Cordelia viu e criou coragem.

— Certo. Se vamos fazer isso, vamos precisar de armas. Todo mundo comigo!

A garota os guiou até a cozinha, onde pegaram o que podiam para se defender contra os nazistas. Will agarrou o cepo de facas Wusthof, colocou-o debaixo do braço e retirou uma longa faca de serra dali. Eleanor encontrou uma batedeira de bolo à pilha. Segurou-a como se fosse uma arma e apertou o botão de ligar. Os batedores de metal giraram rapidamente.

— Sério, Nell? — perguntou Cordelia. — Você vai fazer um bolo para eles?

— Não — defendeu-se a menina. — Essa batedeira aqui pode fazer um estrago danado. Prendi o dedo nela uma vez... lembra?

— Ah, é mesmo — disse Cordelia. — Catorze pontos. — A adolescente pegou um garrafão de água de 20 litros apenas com metade da capacidade e o colocou sobre o ombro.

— O que vai fazer com isso? — perguntou Will.

— Se um dos nazistas chegar perto demais, jogo isso na cabeça dele — explicou.

— Heinz, Franz — chamou Volnheim do lado de fora. Estava estranhamente calmo, como se esperasse um prato de comida que esquenta no micro-ondas. — As crianças não saíram e já se passaram 30 segundos. Entrem e as tragam para cá. E não atirem. Quero-as vivas.

— Certo! — disse Will. — Pode ser que tenhamos que surpreendê-los agindo primeiro. Cordelia, suba. Felix e eu vamos tentar lutar. — Entregou uma faca a Felix.

— Não — recusou-se a menina. — Para de ficar dando ordens...

No mesmo instante, a porta se abriu com violência, e Heinz e Franz entraram. Haviam chegado à entrada muito mais depressa do que era humanamente possível — mais rápido do que qualquer um jamais correria. E eram exatamente iguais a Volnheim. Ambos tinham mais de 1,80 metro, queixos quadrados e olhos azuis e desalmados. Portavam pistolas Luger.

— *Saiam desta casa!* — gritou Felix, correndo pelo hall.

Ele golpeou o braço de Heinz. Um som alto e metálico pôde ser ouvido. Heinz deixou a arma cair, e Felix derrubou a espada, mas a recuperou rapidamente.

O nazista olhou para o ponto onde tinha sido atingido. A manga do uniforme estava rasgada e a pele, cortada; mas não havia sangue.

Apenas um brilho prateado vivo.

Que estranho, pensou o Grego, e acertou o rosto do soldado. A lâmina cortou a bochecha e o queixo do alemão, mas ele apenas sorriu, como se tivesse sentido uma pena lhe fazer cócegas.

Felix fitou-o, chocado.

— O quê...?

O soldado tomou a espada do gladiador e quebrou a lâmina em duas com as mãos. Franz, que estivera parado atrás do outro, socou o gladiador no queixo. *Dong!*

O guerreiro jamais havia sido acertado com tamanha força antes. Aquele punho parecia uma lata de tinta. Caiu de costas e bateu no chão. Nocauteado.

Will, na cozinha, assistiu a tudo com pânico crescente. Não podia, porém, abandonar Cordelia e Eleanor, e os nazistas deram ordens para que fossem levados com vida, então talvez não atirassem nele. Investiu com o cepo debaixo do braço como se fosse uma bola de futebol americano, tirou uma faca e...

Ao acertar Franz, a lâmina se partiu ao meio.

O piloto ergueu o cepo acima da cabeça do soldado e bateu nela com força. A madeira pesada apenas quicou.

— *O quê?* — espantou-se ele.

Franz deu um impulso com o braço, dando uma cotovelada em cheio no queixo de Will. Ouviu-se um som de metal se chocando contra a carne, e o rapaz foi ao chão, como um saco de batatas.

Cordelia e Eleanor estavam confusas e horrorizadas.

— O que há de errado com esses nazistas? — perguntou a mais nova, agarrando-se à batedeira. — São tipo super-homens, só que muito mais cruéis!

— Acho que sei o que é... — começou Cordelia, mas não havia tempo para explicações, pois Franz e Heinz já apontavam suas pistolas.

— Venham conosco — disse o segundo —, e ninguém se machuca.

— Eleanor e Cordelia subiram correndo a escada em espiral, com a mais velha lutando corajosamente para carregar o garrafão que escolhera como arma.

Os nazistas as seguiram, as botas batendo no chão com precisão mecânica ao passarem pela cozinha e galgarem os degraus. Cordelia ergueu o garrafão acima da cabeça. Assim que os alemães entraram em seu campo de visão, ela o lançou. O garrafão caiu bem na frente de Heinz e Franz e espatifou-se, encharcando-os com 10 litros de água, que pingou dos rostos deles quando pararam e sacudiam as mãos para se secar.

— Délia, você errou! Isso só vai deixar os soldados furio...

— Olha.

Ouviram um chiado, que ficou cada vez mais alto e ecoou dentro dos corpos dos soldados. Fumaça começou a sair de suas orelhas, bocas e narinas. Estouros crepitantes e zumbidos saíram do peito deles.

— Mas o quê...? — disse Eleanor.

Chuvas de centelhas brilhantes foram repentinamente disparadas pelos corpos dos nazistas, espirrando na escadaria. As meninas se abaixaram quando Franz e Heinz caíram para trás e despencaram de cabeça para baixo, batendo na parede na altura em que os degraus faziam uma curva para a cozinha. Ao pé da escada, os dois ficaram inertes, de barriga para cima, soltando fumaça e estalando. Cordelia e Eleanor desceram até a metade do caminho para observar. De vez em quando, centelhas esparsas eram lançadas das bocas abertas e das orelhas. Mas os soldados continuavam imóveis. Quietos.

— O que aconteceu? — indagou a irmã mais nova.

— Encontramos o ponto fraco deles — declarou Cordelia.

Os sons metálicos — zumbidos, ruídos de atrito, cliques — continuaram a ser emitidos. Foi então que, sem aviso, o rosto de Heinz literalmente se descolou e saiu quicando pelo chão.

Ele parou no canto do cômodo. O rosto de metal não era absolutamente um rosto, mas uma placa. Lembrava uma máscara de Halloween sofisticada e não chegava nem a 1 centímetro de espessura. As irmãs olharam para a grande abertura que agora era a cabeça de Heinz. Não havia músculos nem vasos sanguíneos visíveis no interior.

Apenas uma massa de fios, engrenagens e óleo queimado.

Will e Felix estavam se levantando, massageando as cabeças doloridas. Juntaram-se a Eleanor e Cordelia em volta dos corpos dos invasores caídos. Fitaram com horror os mecanismos complexos da cabeça de Heinz.

— O coitado tem uma estrutura bem-feia — comentou Will.

— Ele é um ciborgue — disse Cordelia.

— Um ci-*quê?*

— É o título do livro do Kristoff. *Assalto dos nazistas ciborgues.*

— O que são ciborgues?

— Robôs.

— O que são robôs?

— Ai, caramba — disse Eleanor, escondendo o rosto com a mão. — Isso vai demorar um pouco pra explicar.

— Não importa... O que fazemos agora? — perguntou Will.

Do lado de fora da casa, Volnheim falou (agora as crianças interpretavam seu tom de voz não apenas como calmo, mas como robótico):

— Beckler. Dingler. Heinz e Franz não retornaram da missão. Vão ver por que estão demorando tanto.

Dois nazistas idênticos deram um passo à frente. Em seguida, caminharam como raios até a casa, os pés movendo-se tão depressa que eram uma mancha, e surgiram na entrada em um instante. Daquela vez, todas as crianças viram.

— Isso é maluquice — disse Eleanor.

— Vou dar um jeito — prometeu Cordelia. Estava ajoelhada, segurando a placa do rosto de Heinz, à procura de algo. Lá estava: um número de série.

A jovem correu para a sala.

— *Délia?!* — gritou Eleanor. — Onde você está indo?!

— Vocês vêm conosco — anunciou Beckler, apontando a arma de onde estava, no hall.

— Um momento — disse Will, que rapidamente mergulhou para o chão e arrebatou a arma de Heinz. Rolou para ficar de barriga, se apoiou nos cotovelos e mirou. Atirou várias vezes nos dois soldados.

As balas ricochetearam.

Os dois sorriram.

O piloto se levantou e jogou a pistola no chão.

— Tecnologia alemã — resmungou.

Beckler e Dingler se moviam na direção de Eleanor quando subitamente pararam, imóveis por um instante... E começaram a caminhar *para trás.*

Moviam-se com irregularidade espasmódica, como personagens de um DVD sendo rebobinado. Começaram a falar. Era ininteligível, como se estivessem tocando um CD ao contrário. Ao chegarem à porta, pararam outra vez. Imóveis.

Will, Felix e Eleanor trocaram um olhar espantado — e Cordelia saiu da sala. Apontava um controle remoto universal moderno para os ciborgues nazistas.

— Délia! — chamou Eleanor aos gritos. — O que você está fazendo?

— Programei o número de série dos ciborgues no controle — explicou. — Achei que pudesse comandá-los de alguma forma... E deu certo!!

Cordelia apertou a tecla de voltar quatro vezes.

Os robôs caminharam com quatro vezes a velocidade normal. A cena lembrava um filme antigo de Charlie Chaplin: os soldados saíam pela porta, afastando-se da Mansão Kristoff e falando entre si ao contrário com vozes de esquilo.

Do lado de fora, Volnheim e a brigada nazista assistiam a tudo, incrédulos.

— Beckler! Dingler! Perderam o juízo? Voltem lá para dentro!

Mas os dois continuaram a recuar, alheios ao líder. Andaram engatando a marcha ré ao longo de todo o trajeto até as tropas reunidas e depois atravessaram o campo, desaparecendo no interior de uma floresta a centenas de metros.

— O que aconteceu? — Quis saber Volnheim, encarando as tropas igualmente perplexas. — Alguém sabe?

As irmãs Walker, Felix e Will saíram da casa. Para onde quer que olhassem, havia nazistas espalhados. De pé nos quatro caminhões, em cima do tanque, enfileirados em formação... Quase uma centena deles. E eram todos exatamente como Volnheim.

— Parados aí — gritou o *Generalleutnant*. — O que vocês fizeram com meus homens? Brincaram com as mentes deles. É bruxaria...

Cordelia apertou a tecla "pausa".

O ciborgue se calou imediatamente, e o exército inteiro ficou paralisado.

— Isso é incrível, Délia! — exclamou Eleanor.

— O papai passou um tempão pesquisando que controle remoto comprar — comentou a jovem. — Escolheu o melhor.

— Mas por que funciona contra os ci-dogues nazistas? — indagou Felix.

— *Ciborgues* — corrigiu Eleanor.

— Foi só eu colocar o número de série que o controle reconheceu como uma televisão da Loewe AG — explicou Cordelia. — Não sei quanto tempo temos. Vamos pegar todas as armas que conseguirmos e voltar lá para dentro para planejar o próximo passo.

— Boa ideia — concordou o grego.

Os quatro começaram a andar em meio ao exército de nazistas imóveis como estátua, recolhendo as pistolas Luger. As granadas e adagas também. Era uma tarefa árdua retirar as armas das mãos de metal mecanicamente fechadas. Enquanto Eleanor tentava arrancar uma delas do dedo de um dos robôs, ela disparou!

A menina olhou espantada o buraco no chão, a centímetros de seu pé.

Não conseguia se mover de tanto medo.

— Desculpa! — falou, começando a chorar.

— Não se preocupa — acalmou-a Cordelia. — Com sorte não teremos que usar as armas. Vamos voltar para casa.

Estavam a poucos passos da entrada quando a mão de alguém agarrou o ombro de Eleanor.

Eleanor se virou. Um dos nazistas recobrara a consciência. Segurava seu ombro com uma das mãos e mantinha uma faca contra seu pescoço com a outra.

— Délia! — gritou a menina.

Cordelia percebeu movimentos com o canto do olho — *todos os soldados estavam voltando ao normal.* Parou o que fazia e pegou o controle remoto universal.

Apertou "pausa".

Não funcionou da segunda vez. Os ciborgues se moviam, procurando as pistolas e adagas.

Cordelia tentou a tecla "pausa" de novo. E de novo.

Era inútil, porém.

Os nazistas estavam muito alertas.

E foi então que ela notou a luz que indicava bateria fraca piscando.

— Essa, não!

Os soldados que ainda tinham pistolas cercaram as crianças.

— Larguem as armas — ordenou o Volnheim, abrindo caminho entre o grupo com as Luger apontadas. Cordelia, Eleanor, Will e Felix obedeceram. Os inimigos lentamente tomaram as armas de volta. Volnheim pôs-se de frente para Cordelia.

— Entregue o dispositivo.

A menina entregou o controle remoto. Ele pegou, virou-o e, cuidadosamente, o examinou de todos os lados.

— Que magia é essa? Inteligente. Muito inteligente.

Jogou o controle para o alto, levantou a arma e disparou, fazendo-o explodir em vários pedacinhos. Voltou-se para Cordelia.

— São vocês os donos da casa?

— Bom, tecnicamente são meus pais, mas é, somos.

— É muito bonita — elogiou. — Nossos espiões a detectaram ontem, pouco depois do Grande Desequilíbrio Temporal.

— Grande Desequilíbrio Temporal? — repetiu Cordelia.

— Exato. O Grande Desequilíbrio Temporal que fez com que a Alemanha se conectasse repentinamente à Roma Antiga. — Os olhos do robô se estreitaram. — Vocês são os responsáveis por isso também?

— Não... — respondeu a jovem, mas ele não acreditou.

— Está mentindo. A casa é sua, e vocês conhecem todos os seus segredos; é por este motivo que os mantenho vivos. Quero que me mostrem tudo sobre a residência. Liderem o caminho.

O grupo trocou olhares preocupados enquanto guiavam Volnheim, e apenas Volnheim, para o interior da casa. Lá dentro, ele começou a caminhar e examinar tudo.

— Quem saqueou a casa? Os romanos?

Cordelia assentiu.

— Comportamento tipicamente italiano — disse o soldado. — Nenhuma elegância nem sensibilidade artística. Vocês sabiam que a Renascença inteira foi um embuste?

— Não — respondeu Cordelia. — Não sabia disso...

— Foi, sim — afirmou o ciborgue. — A Capela Sistina foi, na verdade, pintada por um alemão.

— Interessante — comentou a adolescente, que tinha concluído que era boa ideia concordar com tudo o que o ciborgue nazista dissesse.

— Há um sótão na casa? — perguntou o estranho.

— Sim... — respondeu Eleanor.

— Maravilha! — Ele bateu as mãos, fazendo um tinido metálico. — *Der Führer* ama sótãos!

— Ahn... *Der Führer?* — repetiu Cordelia. — Você não está querendo dizer...

— Claro — respondeu Volnheim. — Meu mestre e criador. *Der Führer* é a única pessoa merecedora de morar nesta casa, e, por esse motivo, me mandou aqui para tomar posse dela. Comprou um terreno perto de um lago. Vários hectares. Esta aqui dará uma boa casa de veraneio.

Felix sussurrou para Cordelia:

— Não estou entendendo, quem é esse *Führer?*

— É só o ditador mais condenável e cruel de toda a história mundial — explicou. — Com certeza está no top cinco.

— Silêncio! — gritou o Volnheim. — Como ousa falar assim do *mein Führer?*

O ciborgue subitamente parou na cozinha, olhando para Heinz e Franz. Franziu o cenho, assumindo uma expressão dura.

— Presumo que sejam os responsáveis por isso? — perguntou.

Ninguém disse uma única palavra. Volnheim cerrou os dentes. Depois guiou Felix, Will e as irmãs Walker para fora outra vez, dirigindo-se ao exército.

— Julgo a casa satisfatória. Nós a levaremos para o terreno do *Führer*. E quanto aos quatro aqui...

Olhou para Cordelia, Eleanor, Will e Felix

— Executamos.

Os ciborgues nazistas soltaram vivas animados, que soaram um pouco robóticos, como alguém berrando na frente de um ventilador. Eleanor gritou. Will e Felix tentaram proteger as irmãs com seus corpos. Cordelia fechou os olhos com força. Os soldados tiraram as armas dos coldres. Antes que pudesse disparar, porém, uma risada alta fez com que todos parassem.

No passado, Cordelia sentira uma ampla gama de emoções ao escutar a Bruxa do Vento — terror, raiva, resignação —, mas ali, pela primeira vez, sentiu empolgação. Havia apenas uma pessoa que ria daquela maneira alta e estridente, como se cacarejasse.

A Bruxa voou do céu para o chão, com as asas batendo e a cabeça calva brilhando ao sol.

— *Deixem-nos!* — exigiu. — *Os Walker pertencem a mim!*

O comandante Volnheim perdeu o prumo ao vê-la, mas não ficou tão surpreso. Era um ciborgue, afinal.

— Fique fora disso — ordenou.

Em resposta, a Bruxa apontou uma das mãos falsas para um caminhão e disparou um tiro de ar concentrado. O veículo voou, capotando várias vezes e jogando nazistas para todos os lados.

O ciborgue no comando gritou a seus homens:

— *Matem!*

Os nazistas abriram fogo contra a Bruxa do Vento, usando rifles, pistolas e metralhadoras que estavam nos caminhões. Volnheim pulou para dentro do tanque Tiger I; em instantes, a torre de artilharia começou a rodar, fazendo o canhão apontar para cima.

A Bruxa se lançou no ar, voando mais, mais e mais alto para longe de onde os tiros poderiam alcançá-la. Logo estava perdida em meio às nuvens, com visão panorâmica da Mansão Kristoff e dos caminhões. Viu, porém, algo mais. Rápido, vindo em sua direção com o barulho ensurdecedor de hélices.

E havia uma estrela pintada na lateral.

Enquanto isso, as irmãs, Will e Felix corriam para dentro da Mansão Kristoff, fugindo para salvarem suas vidas enquanto filas de ciborgues os seguiam. Cordelia os levou ao sótão. Eleanor estava confusa.

— Eu achava que a Bruxa do Vento era má, então por que ela está ajudando a gente agora?

— Não sei — respondeu Cordelia. — Preciso investigar. — Pensou no diário de Eliza May Kristoff, que tirara da caverna na parede. Ainda estava no bolso de suas calças jeans. Talvez as respostas estivessem ali dentro, mas aquele não era o momento para procurar.

Lá no céu, a Bruxa do Vento fora apresentada aos outros personagens principais no *Assalto dos nazistas ciborgues*, de Kristoff: os norte-americanos.

Ela voava ao lado de um avião, e atrás deste havia mais duas dúzias: um esquadrão inteiro de caças P-51 Mustang de asas prateadas, caudas vermelhas e grandes hélices girando nos narizes. O piloto da primeira aeronave fitou a Bruxa do Vento pela janela da cabine. Ela mandou-lhe um beijo, agitou os braços e começou a mover pedacinhos e partes de nuvens, formando uma fofa suástica branca. Apontou enfaticamente para trás do piloto e para baixo. Ele assentiu e fez sinal de positivo, mergulhando para fazer uma grande curva em *U*, guiando o esquadrão de volta para o local de onde tinham vindo, em direção aos nazistas. Depois de se certificar de que passara a mensagem, a Bruxa do Vento os seguiu, voando para o chão com tanta agressividade que parecia uma ave prestes a capturar a presa. Atirou-se para baixo cada vez mais depressa e não conseguiu resistir: abriu a boca para soltar um grito de alegria.

Cordelia ouvia do sótão.

— *Olha!*

Ela investiu diretamente contra o tanque Tiger I, estendendo os braços, formando um ciclone de vento que certamente teria transformado qualquer um dentro do veículo em vários pedacinhos brilhantes...

Mas o tanque de guerra disparou.

Era o mesmo estouro intenso que fizera um buraco na parede do Coliseu: um projétil perfurador de blindagem de 9 quilos. A Bruxa do Vento não era páreo para o ataque. No último instante, redirecionou o ar que a cercava a fim de criar um escudo. Suavizou o golpe, mas apenas levemente. Foi lançada para trás em uma tremenda explosão, voando para longe do tanque, como se fosse uma bola de beisebol. Berrando de dor, ela desapareceu atrás de uma colina, onde atingiu o solo mais de 1 quilômetro à frente.

— Ela foi atingida! — gritou Cordelia. — Era a nossa última esperança!

Um amontoado de ciborgues entrou no sótão e puxou as pistolas, apontando para as irmãs, Felix e Will. Volnheim os liderava.

— Virem-se para a parede!

Aterrorizados, cientes de que era o fim, os quatro voltaram-se para a parede do sótão. Cordelia tomou a mão de Eleanor, que tremia. Will e Felix disputaram a outra mão da adolescente — que os dois acabaram segurando.

Eles fecharam os olhos, esperando a saraivada destruidora de tiros, mas ouviram um tremendo *KABOOOOM* vindo lá de fora, cujo som não se assemelhava ao de qualquer outra arma.

Parecia uma bomba.

As costas de Eleanor foram atingidas por lascas de madeira, e um dos *Stahlhelme* nazistas fez um "*bong*" quando bateu na cabeça da menina. Ela virou-se, aturdida, e viu que a frente do sótão fora pelos ares.

Ciborgues nazistas rastejavam pelo chão, alguns reduzidos a pedaços, um sem cabeça, com fios emergindo do buraco no pescoço, procurando cegamente o membro perdido. O local onde a parede estivera era agora um buraco enorme; lá embaixo, no campo aberto, uma cratera soltava fumaça. O zumbido nos ouvidos de Eleanor mudou: havia um avião acima da cabeça deles.

— Americanos! — gritou a menina.

Todos olharam. Os caças P-51 Mustang, cujo design era tão clássico que os fazia parecer brinquedos, voaram para longe da Mansão Kristoff — e voltaram com arcos longilíneos e belos que davam a impressão de que as estrelas nas laterais estavam brilhando e piscando.

— *Verdammt* — xingou Volnheim. — Estão voltando. Para os caminhões.

Os ciborgues em curto-circuito começaram a sair apressados do sótão e a pular para o chão, puxando os corpos danificados para dentro dos veículos, mas era tarde demais. As aeronaves lançaram mais duas bombas.

As formas oblongas caíram com lentidão. Foi quase como se o tempo tivesse parado enquanto estavam suspensas no ar. Um dos nazistas gritou *"Protejam-se!"* enquanto soldados corriam para lá e para cá, mas não tinham aonde ir antes de as bombas alcançarem o solo e...

O exército ciborgue foi reduzido a uma pilha enorme de partes soltas.

No sótão, as crianças tinham abraçado umas às outras, amedrontadas, mas, naquele momento, no silêncio súbito, engatinharam para a frente e observaram a cena.

O campo em frente à Mansão Kristoff se assemelhava a um ferro-velho de cabeças robóticas em chamas. As bombas tinham desmontado os corpos cibernéticos, deixando braços e pés se remexendo como se tivessem espasmos e troncos cobertos de óleo queimado.

— Conseguimos! — comemorou Felix. — Estamos salvos!

— Bom, não fomos bem *nós* que conseguimos — retrucou Will. — Os aviões americanos fizeram tudo.

— E a Bruxa do Vento — lembrou Eleanor.

— É, foi estranho — disse Cordelia.

— Para onde o tanque está indo? — perguntou Will. O Tiger I rodava pela estrada, fazendo uma retirada apressada.

— Volnheim! — gritou Felix. — Está abandonando seus homens. Ou ciborgues. Covarde. Mesmo sendo feitos de metal, isso ainda faz dele um covarde.

O grupo desceu e saiu no instante em que seis aviões norte-americanos pousavam: cinco perto da casa, um mais distante na estrada, de modo a bloquear o caminho do tanque. Pilotos saíram e começaram a desativar os robôs que ainda se moviam, desparafusando os painéis de controle nas costas e tirando as baterias. Um deles notou as crianças. Era o sargento Jerrold "Jerry" Hargrove: de queixo quadrado, barba de três dias, gorro forrado de pelo, uma jaqueta marrom e estilosos óculos estilo aviador.

— Quem diabos são vocês? — perguntou.

Cordelia começou a explicar:

— Somos...

— Deixe que explico — interrompeu Will, dando um passo à frente. Não podia permitir que os amigos estragassem aquilo. Estava completamente boquiaberto diante da qualidade dos aviões norte-americanos. Pensou que, se mostrasse sua capacidade de liderança e coragem, talvez lhe dessem a chance de pilotar um deles.

— Sou o tenente-coronel Will Draper, senhor — apresentou-se com uma continência. — Do *Royal Flying Corps*, esquadrão setenta.

— Espera um minuto aí — disse Hargrove. — O RFC não existe há anos.

— Certo, me perdoe, senhor, vai demorar um pouco para explicar.

O inglês respirou fundo e abriu o jogo: quem eram os Walker, o fato de que estavam todos presos dentro de romances escritos por Denver Kristoff, de que os mundos nesses livros estavam se fundindo, e a maneira como Felix havia se juntado ao grupo. Quando Will terminou, Hargrove franziu o cenho, se virou e chamou:

— Tenente Laramer, senhor? Precisa vir aqui ouvir essa.

Laramer era um tipo alto, esguio. Suas insígnias de bronze brilhantes indicavam que era o superior de Hargrove, com uma patente melhor. Chegou segurando uma arma, que parecia uma pistola d'água, contra as costas de Volnheim.

— Olha só quem encontrei! A unidade líder. Dá para saber pelas faixas nazistas. — Laramer balançou a cabeça e riu. — Tentando fugir de um avião com um tanque. Não é o ciborgue mais inteligente do pedaço.

Laramer usava os mesmos óculos cheios de estilo que o companheiro. *Se Brendan estivesse aqui, estaria tentando conseguir um desses*, pensou Will. *Sinto falta dele.*

Hargrove contou a história implausível ao superior. Volnheim ouviu também; por mais maluca que fosse, para ele fazia sentido: O Grande Desequilíbrio Temporal tinha, de fato, sido a junção de dois mundos fictícios. E o mundo *real* era o daquelas crianças. A mente robótica começou a girar com as possibilidades.

Laramer balançou a cabeça:

— Sabe, Draper... Se um cara me conta uma história assim, normalmente eu acharia que ele é pirado das ideias... Mas sabe como foi que decidi atacar esse exército nazista?

— Não, senhor.

— Estávamos fazendo o reconhecimento da área — explicou —, e uma mulher careca voadora apareceu. Já vi muita coisa doida na guerra.

Afinal de contas, estamos lutando contra um bando de robôs feitos por Hitler... Mas uma mulher careca que voa? De qualquer forma... ela gesticulou e fez um sinal com as nuvens, apontando para a exata localização dos ciborgues nazistas. Essa mulher parece muito com a "Bruxa do Vento" de vocês.

— E *era* a Bruxa do Vento! — afirmou Eleanor.

— Além do mais — continuou o piloto —, acho bem estranho que ontem a gente estivesse lutando em Salerno e agora esteja quase 300 quilômetros a noroeste. Não tenho uma única lembrança de voar toda essa distância, nem de receber ordens para fazê-lo. Você tem, Hargrove?

— Não, senhor.

— Acho que as crianças estão falando a verdade — concluiu Laramer. — São verdadeiros heróis americanos! Jerry, quero que você os transporte para onde quiserem...

— Roma — disseram todos ao mesmo tempo.

— Roma, por quê?

— Para encontrar o nosso irmão — explicou Cordelia.

— Não só o irmão dela, um dos meus melhores amigos — disse Will. — Brendan Walker.

— Podem deixar — prometeu Laramer. — Hargrover, leve as crianças para Roma.

— Como? — perguntou o outro. — Não vão caber no avião, senhor.

— Use o Tiger.

— Eu... Desculpe; como, senhor? Quer que eu use o *tanque?*

— Isso mesmo. Se você encontrar ciborgues alemães, eles vão pensar duas vezes antes de atacar o próprio carro de guerra. Diabos, os corpos deles são praticamente tanques!

— Mas não sei como dirigir aquilo, senhor! — argumentou Hargrove.

— Jerry... Quantas vezes não tivemos que ficar em alguma trattoria, depois de umas boas canecas de *vino*, ouvindo você se gabar de ser o melhor piloto do esquadrão? — Laramer mudou o tom de voz, fazendo uma ótima imitação de Jerry: — *Posso dirigir qualquer veículo construído por mãos humanas!*

— Bom, sim, senhor, mas aquilo era modo de falar...

— Pilotos do meu esquadrão não têm "modo de falar", Jerry. Eles falam, e está falado!

— Mas, senhor, os botões e controles estão todos em alemão!

— Então leve Volnheim com você.

E foi assim que Cordelia e Eleanor viram-se caminhando em direção ao carro de combate Tiger I, preparando-se para fazer a viagem de volta para Roma. Volnheim, batendo os pulsos contra as algemas que o prendiam, aproximou-se das duas.

— Tenho uma proposta a fazer — disse, com um sorriso perfeito.

— Deixa a gente em paz, seu esquisitão — falou Cordelia.

— Posso deixar — disse ele — ou posso lhes contar sobre o mapa do tesouro

— O quê? — indagou Eleanor. — Que mapa do tesouro?
— Um dos espólios das nossas vitórias em batalha — disse Volnheim. — São grandes tesouros: pinturas, joias, ouro... Coisas que reunimos durante anos. O mapa vai levá-los ao lugar onde tudo isso fica guardado.
— Não, valeu — disse Eleanor. — A gente não quer o seu ouro nazista. É nojento, horrível...
— *Ótima* ideia — interrompeu Cordelia. Olhou em volta para certificar-se de que Will, Felix e Jerry não podiam ouvi-los. Estavam perto do tanque. Aproximou-se do alemão e sussurrou: — Onde está o mapa?
— O quê? — exclamou a irmã mais nova. — Você vai mesmo falar com esse cara?!
A adolescente lançou um olhar a ela: *Me dá um segundo aqui, estou planejando algo.* A menina recuou, embora não confiasse na irmã. O ciborgue sussurrou em resposta:
— O mapa está escondido nas paredes do tanque. Mas, se eu mostrar onde está, você precisa me prometer uma coisa.
— O quê?
— Você vai me levar para o seu mundo, o *mundo real,* quando tudo acabar.
— Fechado.

— *Você ficou maluca?* — sibilou Eleanor, quando Jerry voltou, segurou Volnheim, levando-o para o tanque.

— Calma, Nell — disse Cordelia. — Você sabia que é mesmo verdade que existem muitos tesouros nunca recuperados das mãos dos nazistas? Se aquele cara tiver um mapa do tesouro e conseguirmos levar parte das coisas de volta, vai ter uma grande recompensa quando as devolvermos aos donos de direito.

— Isso é horrível, Délia. É bem ganancioso de verdade.

— Não — retrucou a irmã —, é para ajudar a nossa família a sobreviver. E proteger o nosso nome. E se conseguirmos salvar Brendan e voltar para casa? Para que casa vamos voltar? O papai está apostando todo o nosso dinheiro. Não quero voltar só para ser chutada para fora da Mansão Kristoff!

— *Eu* quero. Quero que as coisas voltem a ser como eram.

— Você quer dizer quando o papai perdeu o emprego e não tínhamos onde morar?

— Ok, talvez as coisas não fossem tão boas. Mas vou dar outra notícia ruim para você... *Você acabou de prometer que vai levar um nazista para o nosso mundo!!*

— E é tudo o que prometi — respondeu Cordelia. — Não prometi que ele ficaria livre. Assim que chegarmos, planejo mandá-lo para a prisão por cometer crimes de ódio. Ou talvez faça uma doação a algum museu, onde vão tirar as baterias dele e expô-lo em uma vitrine. Não são muitas as pessoas que viram um ciborgue nazista

Will chamou do tanque.

— Cordelia! Eleanor! Andem, vamos

As meninas entraram no Tiger I. Will estava sentado no banco do motorista sob a torre de artilharia. Não era igual ao assento de um carro, pois não tinha para-brisas. A única maneira de ver o que havia no caminho era através do visor do telescópio na frente de Will. *Mais uma vez,* pensou ele, *o Brendan ia adorar isso.*

O tanque era muito parecido com um submarino, um complexo apertado de metal protuberante, infinitamente intricado, que requeria movimentos cuidadosos para ser dirigido. Volnheim tomou o assento do artilheiro. Jerry, o do comandante atrás dele, para ficar de olho no nazista. Felix ficou em um banco extra de canto. Cordelia e Eleanor se espremeram desconfortavelmente na posição do operador de rádio.

— Vamos! — disse Jerry, fechando a escotilha. Will apertou um botão, e o carro de combate ganhou vida com um som mecânico grave. Os barulhos que a máquina fazia pareciam ser produzidos por uma fábrica, e, passados alguns minutos, todos estavam se movendo pela estrada, ultrapassando o campo onde os nazistas haviam sofrido as perdas.

— Adeus, Mansão Kristoff — disse Will.

— Posso olhar? — pediu Eleanor, subindo no colo de Will e tentando espiar pelo visor do periscópio.

— Desculpa, querida, é um tanque, não um ônibus de turismo.

Seguiram pela área rural italiana, com Volnheim instruindo Will a respeito de como manobrar o veículo.

Logo o sol começou a se pôr. Todos sentiam fome.

— Tem alguma coisa para comer aqui? — perguntou Will.

— Naquele compartimento — indicou o alemão. Will abriu uma pequena porta onde encontrou várias latas de óleo para motor.

— Óleo?! — indagou. — Você chama isso de comida?

— É o único alimento de que precisamos — respondeu Volnheim.

— Malditos ciborgues — xingou Will, batendo a porta do compartimento. — Aliás, está ficando escuro demais para enxergar.

— É só continuar seguindo o painel de instrumentos que vai dar tudo certo — assegurou o robô.

— Mas e se tiver alguém no caminho... Ou um animalzinho indefeso? — perguntou Eleanor.

— Vamos sentir um pequeno solavanco — disse o alemão, com uma risadinha cruel. Ele era o único a achar aquilo divertido.

Enquanto seguiam caminho, o interior do tanque foi ficando muito mais frio. As irmãs ficaram felizes por sentarem-se juntas, assim podiam aquecer uma à outra. Felix subitamente pôde enxergar o vapor formado pela própria respiração.

— O que está havendo? — quis saber Will. — A temperatura está indicando zero.

— Zero? — repetiu Eleanor. — Vamos morrer congelados!

Cordelia a tranquilizou:

— Calma, não é tão frio assim...

— É bem frio, sim!

— Isso não devia estar acontecendo... — falou Volnheim, e checou os instrumentos no assento do artilheiro. A bússola, em especial. A agulha que indicava a direção em que seguiam apontava para sudeste. Mas estava girando, mudando para o norte.

— Você está girando o volante? — perguntou o alemão.

— Não! — negou Will. — Estou seguindo reto!

A bússola, porém, movia-se sempre para o norte... Em seguida, começou a rodar como se alguém tivesse acertado em alguma mola lá dentro. A agulha passou pelo oeste, sul, leste, norte...

— O que é isso? O que está acontecendo? — gritou o ciborgue.

— Você é quem tem que dizer! — berrou Jerry. — É algum tipo de truque nazista?

— Não! Pare o tanque...

— Já parei! Não estou tocando em nada — disse Will. — E olha o altímetro!

— O quê?

Will explicou:

— Isso mede a altitude do veículo em metros...

— Eu sei, mas não é uma coisa estranha para se ter em um tanque? Isso aqui só anda em terra, não é?

— O Terceiro Reich é muito minucioso! — explicou o alemão.

Jerry apontou:

— Olha ali!

O indicador pequeno já passava dos 20 metros.

— Vinte metros no ar? — exclamou Will. — Como é possível?

Mas a agulha continuava a se mover, passando dos 25, 30...

— Estamos voando! — gritou Eleanor. — O que você está vendo, Will?

O inglês olhou pelo visor, mas não podia enxergar coisa alguma exceto a escuridão — e algo branco que parecia estática passando por eles.

— Não sei. Podemos estar no ar...

— Tanques não voam! — disse Jerry. — Volnheim, abra a escotilha para ver o que está acontecendo.

Jerry retirou as algemas de aço dos pulsos do ciborgue. O altímetro continuava a subir. Will anunciou que já passavam dos 45, 50 metros... E depois a agulha começou a girar de um lado para o outro, inútil...

De súbito, um enorme solavanco abalou o tanque.

O veículo parou completamente. Todos foram jogados para a frente nos assentos. A bússola deixou de girar; a temperatura indicava -2° C. O altímetro, porém, continuava a agir estranhamente, indo de 0 a 50, como se o carro de guerra estivesse subindo e descendo regularmente.

Olhando para ele, Will se deu conta de que *podia* sentir os movimentos de subida e descida, quase como se o tanque estivesse na extremidade de um ioiô.

— O que está causando isso?

Jerry pressionou a pistola d'água contra as costas de Volnheim.

— Vamos descobrir. Abra a escotilha.

— Com licença, sargento — pediu o piloto inglês. — Mas... a sua arma... é uma...

— É, é uma pistola d'água! Pode parecer idiota, mas é a única coisa que funciona contra tudo isso! — gritou Jerry.

O ciborgue obedeceu.

Um vento terrível invadiu o tanque.

Todos prenderam a respiração. De alguma maneira, foram levados para o meio de uma nevasca. O frio era tão rigoroso, que havia o risco de desmaiarem pela força do choque.

— Fechem a escotilha! — gritou o norte-americano. — Fechem a escotilha!

— Mas olhem! — Volnheim espiava a frente do tanque.

Jerry fez o mesmo... e entendeu, horrorizado, por que o altímetro estava se comportando tão estranhamente.

O carro de guerra tinha aterrissado sobre um penhasco nas montanhas.

A frente estava *balançando* na beirada.

E se inclinava para a frente e para trás, como se fosse uma gangorra.

— Como isso foi acontecer? — berrou Jerry. — Onde estamos?
— Acho que passamos por um ponto de interseção nos livros do Kristoff — arriscou Cordelia — e entramos em outro dos mundos dele.

— E o que isso significa? *Como vamos sair da montanha?* — Jerry olhou para Cordelia, desviando a atenção de Volnheim por um momento. O nazista derrubou a pistola d'água da mão dele e fugiu pela escotilha.

— Ei, volta aqui! — Jerry foi atrás do fugitivo. No topo do tanque, agarrou o tornozelo do ciborgue. O nazista o chutou. Começaram uma luta corpo a corpo, rolando para longe da abertura no topo do tanque.

— Opa — exclamou Will. A neve o pegou desprevenido. — Temos que ir, gente. E todo mundo encasacado... Está congelando lá fora!

Felix pegou cobertores de lã para todos, e eles subiram pela escotilha, fitando a nevasca ao redor, em choque.

O tanque estava completamente cercado por montanhas. Jerry e Volnheim rolavam na frente dele, trocando socos e chutes — tudo isso enquanto o veículo estava prestes a cair do penhasco!

O frio fez com que Cordelia perdesse as forças imediatamente, como se a Bruxa do Vento tivesse retornado e possuído seu corpo.

— Vem! — gritou Eleanor. — Vamos sair dessa coisa!

— Não podemos deixar o Jerry! — exclamou Felix.

— É verdade! — concordou Will. — Seria covardia...

Creeeaak... o tanque rangeu sobre o precipício onde estava empoleirado. Jerry e Volnheim se seguravam no cano do canhão de 88 milímetros, tentando se agarrar para salvarem suas vidas, capazes apenas de chutarem um ao outro. As mãos de Jerry estavam começando a perder o vigor no frio impiedoso. Para o ciborgue, porém, aquilo não era problema. O piloto gritou para as crianças:

— Saiam daqui! Não se preocupem conosco...

Volnheim bateu com a bota no estômago de Jerry e quase o lançou no ar. Em seguida, deu um impulso para cima com as pernas, passando-as em volta da arma. Agora ele estava de cabeça para baixo.

Ele abriu um sorriso enquanto se movimentava rapidamente para a frente em direção à boca do canhão, fazendo com que o tanque se inclinasse ainda mais para a beira do penhasco.

— O que você vai fazer? — gritou Will para o nazista.

— O que já devia ter feito antes. Matar todos vocês!

Volnheim se alçou até o fim do cano e começou a balançar para cima e para baixo, como um macaco que tenta fazer cocos caírem de árvores, movendo-se mais e mais rápido, como se Cordelia o estivesse comandando com o controle remoto e tivesse apertado a tecla "avançar". As vibrações de seu corpo metálico e pesado fizeram com que o carro pendesse para a frente, levando-o mais para perto do abismo.

Will viu sua oportunidade.

Voltou para dentro do tanque e sentou-se na posição do artilheiro. Sabia que o tanque estava armado e que dispará-lo era trabalho de um homem só. Levou o dedo ao botão que dizia: *Feuer.*

E fez o canhão atirar.

No tanque, Felix, Cordelia e Eleanor foram jogados para trás e quase ficaram surdos. Não se comparava, no entanto, ao que aconteceu a Volnheim. Como ele estava se segurando próximo à boca do canhão, foi acertado à queima-roupa e jogado para longe no escuro e na neve que rodopiava furiosa. Jerry, que também se segurava na arma, viu o nazista ser detonado e reduzido a incontáveis pedacinhos de metal, fios e engrenagens, bem como a um borrifo de óleo de motor — em seguida, a bala se chocou contra uma montanha nas proximidades.

Foi como uma batida de carro espetacular de algum campeonato da NASCAR no meio dos Alpes suíços: por um instante, as cordilheiras ficaram tão claras quanto o sol, e Jerry pôde ver todas as pecinhas de Volnheim flutuando em direção aos bancos de neve lá em baixo.

As montanhas ecoaram: *cabooom.*

Cordelia, Eleanor e Felix aterrissaram na neve. Jerry, porém, não conseguia sair do canhão. E, o tanque, que também havia sido lançado para trás com a força do recuo do disparo da arma, agora era tragado pelo abismo. Will saiu pela escotilha e engatinhou até a torre de artilharia, estendendo a mão ao piloto norte-americano.

— Chega mais para perto! Eu puxo você!

Jerry levantou o braço — mas os dedos haviam congelado. Olhou para a mão, traído, enquanto escorregava do Tiger I.

Will gritou.

O carro de guerra também resvalava, soltando grunhidos ao deslizar do penhasco. Will tropeçou, tentando pular.

Mas era tarde.

— *Will!* — gritaram Cordelia e Eleanor.

Não havia como sobreviver. No entanto...

Felix mergulhou em direção à beirada, de barriga na neve, e jogou o cobertor de lã alemão para a frente, segurando-o com uma das mãos.

O tanque caiu, lançando uma chuva de centelhas enquanto despencava e se chocava contra a superfície rochosa, finalmente detonando uma explosão abafada lá embaixo.

Mas Cordelia viu: *o cobertor de Felix estava tenso, como uma corda.*

Correu para ele. Começou a puxar-lhe as pernas. Eleanor a seguiu e puxou a cintura *da irmã.* Trabalhando juntos, grunhindo e gemendo, tentando não ser tragados pelo penhasco, trouxeram Will de volta para cima da montanha branca e desolada.

Depois se esconderam e se aconchegaram sob os cobertores alemães junto a um banco de neve.

— Onde estamos...? — perguntou Eleanor fracamente por cima do vento.

— No terceiro livro do Kristoff — respondeu a irmã. — Seja lá qual for.

— Parece uma estação de esqui — comentou a pequena. — Lembra quando estava tudo bem lá em casa e o papai nos levava para esquiar no Lago Tahoe? Ei, quem sabe a gente voltou... Tahoe fica só a umas poucas horas de São Francisco...

— Isso aqui não parece nada com Tahoe — disse Cordelia. — Parece o inferno depois de ter congelado.

— Sou só eu — perguntou Felix —, ou parece que está ficando ainda mais frio?

— Não é só você, não — respondeu a adolescente. — Olha só a boca do Will.

Viraram-se todos para o piloto. Seus lábios estavam azuis. A pele estava ficando pálida. As sobrancelhas, salpicadas de neve congelada.

— Precisamos s-s-s-sair daqui — disse ele. — Vamos m-m-m-morrer de hipotermia.

— O que é isso? — perguntou Felix, começando a tremer também.

— Começa com uma sensação de f-f-f-formigamento — explicou. — Depois vêm as b-b-b-bolhas e a pele e-escurecida. Você começa a ficar confuso, sonolento, d-d-d-delirante e m-m-m-m-...

— Isso parece ho-horrível... — disse Felix.

— Ouvi que na verdade é até agradável depois que o congelamento tem início. Você f-f-f-alece bem rápido. E o melhor de tudo é que vira um c-c-c-cadáver perfeitamente conservado...

— *Gente* — gritou Eleanor. — Vocês podem parar de falar em c-cadáver?

Ficaram em silêncio por vários minutos. Infelizmente, além de cadáveres, não havia muito mais sobre o que falar.

— A gente devia f-f-f-ficar mais p-perto — sugeriu Will. — Usar nosso c-c-c-calor...

— P-p-p-para quê? — perguntou uma Cordelia desanimada. — Quero dizer... Não tem como sairmos da montanha. Não tem ninguém por perto para ajudar. Por que a-a-adiar o inevitável? Odeio ter que dizer isso...

— Então não diz — interrompeu Eleanor. — A gente chegou muito longe para d-d-desistir agora. Temos que alcançar o B-B-Brendan. Temos que voltar para casa. E depois de ho-ho-hoje, vou ter que começar a fazer terapia!

Ninguém riu.

— Foi uma p-p-p-piada — declarou a menina. — Lembra como o Bren fazia piada nesse tipo de situação?

Todos chegaram mais perto uns dos outros. Logo começaram a se sentir muito, muito cansados. Um a um, foram perdendo a consciência. Primeiro, Felix, seguido por Will e Cordelia. Eleanor aguentou por mais tempo.

E foi então que avistou um vulto escuro, a mera silhueta de alguém, aproximando-se na neve. Parecia um homem, bem pequenino. Ao chegar mais perto, Eleanor viu que usava um casaco gigante de pelo com um capuz bem grosso. Ao alcançá-los, ajoelhou-se na frente de Eleanor e colocou o rosto quase colado ao dela. A menina podia ver as feições do homem, parcialmente escondidas pelas sombras do capuz. Queria gritar para os outros, mandar que acordassem... Mas estava fraca demais para falar.

Ele abriu a boca e soltou o ar.

Uma nuvem de fumaça espessa e vermelha saiu de sua boca e envolveu o rosto da menina. Tinha cheiro de canela. E, de repente, ela já não sentia mais frio. Cada centímetro de seu corpo estava sendo revigorado por uma explosão de calor maravilhosa, passando pelos braços e pernas, devolvendo-lhe a vida.

Em seguida, a menina desmaiou.

A primeira coisa que Cordelia notou foi o cheiro: baunilha, cravo e manteiga. Foi isso que a acordou do sono profundo em que ela, Eleanor, Will e Felix se encontravam. Ao olhar para baixo, viu que saía de uma xícara de chá. Não tinha alça, mas o exterior era todo revestido de pele marrom macia, por isso, mesmo segurando-a com ambas as mãos, não queimava as palmas. *Que bom isso*, pensou.

O vapor do chá era tão forte e delicioso que deixava sua cabeça leve. A bebida parecia quente demais para beber. Deixou que a esquentasse por um instante antes de olhar ao redor para ver onde estava. Um quarto de parede de pedras vermelhas. Uma lareira enorme onde o fogo queimava. Peles de animas e galhadas na parede, e, no chão, um tapete que podia ter sido um dia o couro de um búfalo. Estava sentada sobre ele, enrolada em um cobertor grosso de lã, cercada por Eleanor, Will e Felix, que também tinham suas respectivas xícaras de chá nas mãos.

A adolescente pareceu preocupar-se subitamente com algo e verificou o bolso de trás. Sim, lá estava ele, danificado pela neve: o diário de Eliza May Kristoff. Tinha que abri-lo o mais rápido possível.

— A-hã — pigarreou uma voz acima dela.

De pé acima de Cordelia estava um homem atarracado de feições austeras e bronzeadas. Usava uma túnica de lã e uma calça adornada com plumas vermelhas. Era completamente calvo, e as bochechas, salpicadas de pintas enormes. Pelos brancos e que se assemelhavam a uma barba de mais de 5 centímetros de comprimento saíam delas.

— Ahhhh — disse. — O chá funciona mesmo. Todas as vezes.

— Quem é você? — perguntou Will.

— Meu nome é Wangchuk.

— Onde estamos? — indagou Cordelia.

— Explicarei tudo quando for o momento — prometeu o desconhecido —, mas primeiro, honoráveis visitantes, peço-lhes que relaxem e bebam. Sei que a jornada foi exaustiva.

Todos se entreolharam. Cordelia e Eleanor estavam nervosas a respeito da ideia de comer e beber. No navio-pirata da última aventura, a carne e as batatas fritas mágicas que comeram haviam feito com que vários esqueletos ganhassem vida. Will, porém, já bebia seu chá.

— *Hmmmmm* — exclamou, e notou que todos o encaravam. — O que foi?

Os demais tomaram goles das xícaras. A bebida os esquentou até a pontinha dos dedos dos pés. Era diferente de qualquer outro chá que já haviam provado: enriquecido com creme e mel, denso e grosso, como se algum chef de primeira tivesse inventado um chá-milkshake.

— O que tem aqui? — Quis saber Eleanor.

Wangchuk se ergueu acima deles cheio de orgulho.

— Barriga de iaque.

— Como é?

— Raspamos a gordura do estômago de um iaque...

Pffffffft... Eleanor cuspiu todo o chá de volta para a xícara.

— O que foi? — perguntou o anfitrião.

— *Barriga de iaque?* — perguntou ela. — Isso é totalmente nojento! E se aquele *iaque* também estivesse comendo alguma coisa nojenta?

— Só servimos chá de barriga de iaque aos visitantes mais distintos e honoráveis — explicou Wangchuk. — Até acrescentei dois ingredientes especiais para deixá-lo ainda mais delicioso.

— E quais são?

— Suor de macaco...

Foi a vez de Cordelia cuspir o chá.

— E cuspe de burro.

Will deixou a xícara cair no chão. Apenas Felix seguia feliz dando goles na bebida.

— Ah, entendo — disse o homem. — Nenhum de vocês está acostumado à nossa... comida exótica. Mas queremos apenas agradá-los. Estávamos esperando vocês. Foi por isso que meus irmãos e eu enfrentamos a morte para tirá-los da montanha.

— Que irmãos? — perguntou Feliz.

— Ora, os monges de Batan Chekrat — respondeu ele. — Quem mais?

— Você vai ter que nos desculpar — pediu Cordelia. — Não estamos familiarizados com esse livro... Quero dizer, com essa parte do mundo.

— E por que estavam esperando a gente? — inquiriu Eleanor. — Como vocês *sabiam* da gente?

— Por causa da profecia.

— Que profecia? — perguntou Will.

— Diz a lenda — contou o anfitrião — que um grupo de guerreiros chegaria um dia e nos ajudaria a derrotar as bestas geladas.

— *Bestas geladas?* — repetiu Cordelia.

Wangchuk bateu palmas cinco vezes em um ritmo específico e vociferou:

— *Irmãos!*

Uma porta nos fundos do quarto se abriu. Uma dúzia de monges — vestidos como Wangchuk, a não ser pelas calças adornadas por penas brancas em vez de vermelhas — rapidamente entrou e se sentou perto do fogo. O curioso a seu respeito é que sua aparência não era muito semelhante à do anfitrião. Alguns tinham traços europeus, outros asiáticos, outros africanos; parecia que vinham do mundo todo, ou que tinham sido selecionados por um reality show a fim de representar todas as nacionalidades possíveis. Também pareciam de diferentes idades, uns jovens, uns mais velhos. Tinham entretanto, duas coisas em comum bem fáceis de notar: a cabeça raspada e um odor de mofo, de coisa antiga, como o de um par de calças jeans que foi usado por três dias seguidos.

— Por favor, dirijam sua atenção à parede do outro lado — pediu Wangchuk.

Os meninos obedeceram. O fogo dançante lançava sombras na superfície. Os monges estenderam os braços na frente das chamas, juntando as mãos em posições muito precisas... E, de repente, as sombras ganharam forma, criando a silhueta perfeita de uma montanha alta, com um castelo empoleirado no topo.

— Uau — exclamou Eleanor.

— Este é o monastério de Batan Chekrat — explicou Wangchuk. Os monges fizeram meneios com as mãos, e o castelo de sombras vibrou. Era mesmo espetacular. — O monastério mais elevado do mundo. Construído há três mil anos por Sidarta Gautama, o Buda.

As sombras feitas pelos braços mudaram e tomaram a forma rechonchuda e familiar do Buda, depois retornaram à antiga imagem do monastério.

— Sidarta Gautama não fundou nenhum outro durante sua longa vida. Este é um lugar sagrado e singular. Mas, pouco depois de construído, as bestas geladas atacaram.

Os braços de vários monges se contorceram. A sombra anterior transformou-se em três figuras sinistras. Cada uma parecia um filhote de abominável homem das neves com lobisomem, seres de braços crescidos além da conta, pernas atarracadas e montes de músculos, todos cobertos de pelo. Cordelia olhou para os monges criando as formas na parede. Faziam-no usando os pelos nos próprios braços e mãos. Era um dos poucos bons usos para mãos peludas no qual a adolescente podia pensar.

— As bestas geladas vêm à noite — explicou Wangchuk. — Têm mais de 3 metros de altura e são criaturas ferozes, de sangue que corre frio como gelo nas veias. Se quisessem, poderiam escalar as paredes do monastério e nos matar. Mas ao permitir que vivamos, garantem uma fonte de alimento mais estável e segura.

Dois monges contorceram as mãos para fazer a forma de iaques, que pareciam grandes vacas peludas. Moveram-nos para fora do monastério de sombras, onde as silhuetas das bestas geladas os abocanharam. Fizeram sons lamuriosos e animalescos para passar a mensagem.

— Vocês dão iaques para eles comerem? — perguntou Eleanor. — Isso é horrível! Tadinhos dos animaizinhos!

— Infelizmente, não é o bastante — continuou Wangchuk. — A cada mês, somos forçados também a entregar dois integrantes da nossa ordem a eles. Como sacrifício.

— Ah, não! — exclamou a menina. Os homens agora criavam as sombras dos monges, que eram jogados para fora do monastério e arrebatados em pleno ar pelas bestas geladas.

— Sim — admitiu Wangchuk em voz baixa. — As bestas geladas amam carne humana acima de tudo. Mas são uma espécie primitiva, faltam-lhes algumas habilidades... Por exemplo, não sabem fazer fogo. Então levam as refeições humanas para suas cavernas — o que era antes o monastério transformou-se em uma caverna arqueada feita de braços entrelaçados —, onde as consomem lentamente. E cruas. Um membro por vez.

Os monges se aproximaram da lareira, o que tornou as criaturas muito maiores. A parede era uma combinação abstrata de silhuetas, bocas vorazes e dentes afiados como lâminas. Fizeram ruídos como se mastigassem e quebrassem ossos, seguidos de sons de sucção, como se fosse alguém tentando tirar cada restinho de carne presa a um ossinho de galinha.

— Esses monges ficam com as mãos livres por tempo demais — sussurrou Will.

— É a coisa mais horrível que eu já ouvi — disse Cordelia a Wangchuk. — Vocês simplesmente não fazem nada e deixam esses monstros comerem seus irmãos todos os meses? Como conseguem viver consigo mesmos?

— Não temos escolha — respondeu Wangchuk.

— Vocês podiam lutar — argumentou Felix.

— Não. Lutar é contra nosso código de conduta. Somos homens pacíficos.

— Vocês são covardes — rebateu Felix.

— Não esperava que entendessem — disse o anfitrião. — Mas têm que aceitar que é assim que vivemos na nossa ordem. Aceitar o que não podemos controlar e perseverar.

— Mas tem que haver alguém por aqui que *possa* lutar — disse Eleanor. — Tipo guerreiros ou soldados, que vivam fora do monastério...

— Estamos totalmente sós nesta montanha — afirmou Wangchuk. — Não há como chegar aqui, exceto pela Porta dos Caminhos.

— Porta dos Caminhos? O que é isso? — indagou Eleanor.

— Fica bem no fundo da caverna das bestas geladas — respondeu o homem. — No coração da montanha: um portal mágico para o mundo exterior.

— Uma saída? — perguntou Cordelia, intrigada.

— Uma entrada — corrigiu Wangchuk. — Todos os anos, iniciados que queiram entrar na nossa ordem passam por ela, vindos de terras distantes. Mas são poucos os que atravessam a caverna e chegam aos portões sem serem devorados.

— Por que alguém ia querer ser monge aqui? — perguntou a adolescente.

— Porque somos esclarecidos. Paz verdadeira por meio da meditação. Além do mais: *agora vocês estão aqui*. Nossos guerreiros viajantes. São *vocês* que nos livrarão das bestas geladas.

Cordelia, Eleanor, Will e Felix se entreolharam. Não sabiam ao certo quem falaria primeiro. Então Felix disse:

— Muito bem. Onde estão as tais bestas? Vou mostrar a todos vocês, covardes, como é que se luta.

— Espera um minutinho aí — disse a Walker mais velha. — Odiamos ter que dizer isso, Sr. Wangchuk... Mas não somos os guerreiros que o senhor está esperando.

— É — reforçou Eleanor —, somos apenas crianças tentando voltar para casa.

— Não pode ser verdade — disse o anfitrião. — Primeiro, vocês chegaram sem passar pela Porta dos Caminhos, um feito único. Segundo, vieram com uma máquina de guerra. Vi com meus próprios olhos. Está no fundo do abismo.

— Aquilo se chama tanque e não é nosso — explicou Cordelia. — Pertencia aos nazistas. E não queremos ver aquele negócio nunca mais.

Se bem que..., pensou.

— Mas, sem uma máquina de guerra, como vão cumprir a profecia? — perguntou Wangchuk.

— Por favor, parceiro — disse Will. — Para de falar besteira. Elas estão contando a verdade.

O homem parou, como se ponderasse, e suspirou.

— Então creio que temos apenas uma opção — declarou.

— E qual é?

— Dar-lhes comida, guarida e uma cama.

— Está me parecendo uma ideia espetacular — concordou Will, sorrindo com alívio. — Como você disse, estamos bem exaustos.

— Entretanto — disse Wangchuk —, está escrito que apenas os *guerreiros* que protegem o monastério devem receber guarida. Os demais precisam se juntar à ordem dos monges.

— Certo — concordou o piloto. — O que temos que fazer? Orações? Beber chá de vômito de bode?

— Raspar a cabeça — disse o homem, antes de se virar e gritar: — *Irmãos!*

Todos os monges puseram-se de pé em um segundo, pegando tesouras enferrujadas e navalhas afiadas. Seguraram Cordelia, Eleanor, Will e Felix a fim de cortar mechas enormes de cabelo. Um deles mergulhou a navalha em uma tigela de porcelana cheia de creme de barbear a base de iaque e levou à cabeça de Cordelia.

— *Espera!! Para!!* — gritou a garota.

Os homens obedeceram, olhando para as crianças.

— Ok, ok — disse Cordelia. — Talvez você *tenha* razão. Talvez tenhamos sido mandados aqui para ajudar vocês. Vamos suspender essa história de raspar a cabeça e começar a pensar em um jeito de derrotar essas bestas geladas!

Wangchuk estendeu a mão; os monges recuaram. Enquanto guardavam tesouras e navalhas, Eleanor sussurrou para a irmã:

— Você acha mesmo que vale a pena arriscar a nossa vida lutando contra monstros horríveis só para salvar nosso cabelo?

— Não sei — respondeu ela —, mas já passei muita vergonha na escola com o meu dente caindo. Não vou voltar careca e fazendo o estilo Joana D'Arc. Você consegue se imaginar andando pelos corredores assim? Não.
— Baixou a voz para um sussurro. — E quem sabe a gente não consegue entrar no tanque enquanto lutamos com aquelas bestas geladas?

— Você quer *entrar de novo* no tanque? — perguntou a menina. — Para quê?

— Para encontrar o mapa do tesouro.

Num mundo distante — literalmente —, Brendan Walker estava se divertindo como nunca. Desde que assistira à Mansão Kristoff ser arrastada para fora do Coliseu, fizera tudo o que podia para não pensar no que estava acontecendo com as irmãs, Will e Felix — e fora bem-sucedido. *Se eu for a muitos banquetes e bailes*, percebia agora, *não tenho que pensar em mais nada.*

Primeiro, após o ataque do tanque, Brendan saíra desesperado atrás do imperador. Quando alcançou Occipus e a amante (junto àquele arauto irritante, Rodicus), contou que os nazistas tinham uma feitiçaria poderosa e saíram de um livro mágico.

— Eles estão voltando, general Brendan? — indagou o tirano.

— Por sorte, imperador supremo — respondeu o menino —, eu li aquele livro. E, agora que passaram por Roma, os nazistas nunca mais retornarão.

Obviamente, Brendan não lera livro algum; sequer sabia que o *Assalto dos nazistas ciborgues* existia. Estava se aperfeiçoando em mentir. *Se me perguntassem agora se sou bom de inventar mentiras*, pensou, *diria que minha nota é sete. Mas, na verdade, estaria mentindo. É dez.*

— Não confio nesse daí — sussurrou Rodicus para o mestre. — Temos relatos de que esses "nazistas" estão bem do lado de fora da cidade. Talvez estejam reunindo reforços. As pessoas estão certas de que estão voltando com suas varetas de estampido — essa havia se tornado a palavra romana para *pistola* — e vão nos matar!

— Muito bem — disse Occipus, tirando um fiapo do umbigo —, logo veremos se o general Brendan fala a verdade.

O arauto franziu o cenho, visivelmente irritado.

O dia seguiu seu curso, e nazista algum voltou a Roma. Occipus ficou satisfeitíssimo — e bastante impressionado com a habilidade de predição de Brendan, mesmo que não passasse de adivinhação. Em sua homenagem, o governante ordenou que fizessem um banquete. Levaram o menino ao salão Joviano do imperador, do lado do Coliseu, e o sentaram à cabeceira da mesa com mais de 30 metros de comprimento.

O teto do cômodo era arqueado como o de uma catedral, com colunas que retratavam as antigas lendas gregas. A mesa era feita de mármore cheio de veios prateados; quando Brendan se sentou, já estava repleta de travessas com porco, figos, vitela, tortas de queijo, ganso, coelho e molheiras cheias de molho para as carnes. O menino não conseguia identificar muitos dos pratos, mas não seria grosseiro — serviu-se de grandes porções e comeu tanto quanto seu estômago pôde aguentar.

De repente, depois que todos os pratos, copos e talheres foram retirados, a mesa começou a afundar no chão, tremendo.

— O que está acontecendo? — perguntou o garoto. — Ei, estamos afundando?

Os dignitários romanos riram. O truque era seu velho conhecido. O pequeno Walker sentiu-se envergonhado por não saber o que estava acontecendo, mas Occipus deu tapinhas amigáveis no ombro.

— Relaxe, general Brendan. Apenas observe.

O tampo da mesa já estava bem abaixo do chão quando Brendan ouviu um som de gorgolejo. Água começou a inundar o espaço vazio, e, depois de um minuto, o retângulo onde estivera a mesa era agora uma piscina comprida e translúcida. Lagostins, lagostas e trutas foram soltas de onde estavam presas em pequenas jaulas de metal, enxameando a água. Escravos surgiram com lanças e redes e capturaram os frutos do mar frescos, levando-os antes que a piscina secasse e a mesa voltasse a seu lugar no cômodo. A água caía de cima da madeira.

— Como você fez isso? — perguntou Brendan.

— Um sistema complexo de mecanismos hidráulicos e polias — respondeu o imperador. — E agora estamos prontos para o segundo prato.

— Como? Tudo aquilo que comi... Era só um *prato*? Quantos faltam ainda?

— Doze.

— O quê? Está brincando comigo? — O menino estava genuinamente preocupado, pensando se conseguiria comer tanto. Além disso, sentia-se um pouco culpado. Não merecia isso. Onde estavam as irmãs? E Will? Será que os nazistas tinham capturado todos eles?... Não, não podia pensar nisso. Esperava que Felix os tivesse defendido. Parecia forte suficiente para fazer isso.

Quando o quarto prato foi servido, Brendan já sentia dificuldades em engolir. A cintura se expandira vários centímetros. Estava enjoado. Os luxos do banquete romano começavam a lhe parecer repugnantes. *Tenho que sair daqui*, pensou. *Preciso encontrar minhas irmãs. Não devia tê-las deixado.*

O menino se levantou para sair — mas Occipus gentilmente o sentou outra vez.

— Aonde você vai? Não quer ver o malabarista?

Um pantomimeiro carregando várias tochas acesas surgiu. Atrás dele, os escravos traziam o quinto prato — pombos recheados — e, quando o malabarista começou a jogar os malabares incandescentes e mostrar suas habilidades, Brendan notou os imensos soldados armados e postados em cada saída. *Como se aqueles guardas fossem me deixar sair. Estou preso!*

Algo estranho, porém, aconteceu enquanto o banquete prosseguia. Brendan voltou a se divertir. Tudo o que precisava fazer era se forçar a não pensar na família. Não era fácil, mas, enquanto conversava com as outras pessoas à mesa, que pareciam verdadeiramente empolgadas para conhecê-lo e o fitavam com olhos brilhantes porque ele era muito interessante, Brendan foi achando mais fácil. As reações que causava nos romanos eram o exato oposto das que causava em pessoas como Scott Calurio. Ele era respeitado ali. E não era por isso que ficara? Não argumentara com as irmãs que aquela era uma vida melhor para ele? Não podia voltar atrás.

No fim do banquete, o tema da conversa foi música. Vários convidados foram chamados a cantar uma música para o imperador. As apresentações eram desafinadas, pareciam gorjeios e imitações de óperas. Quando chegou a vez de Brendan, sabia que podia superá-los. Levantou-se e começou a cantar uma das músicas favoritas do pai, "Glory Days", do Bruce Springsteen. Sentiu-se um pouco melancólico no início; cantar aquela música trazia tantas lembranças do pai. Brendan e o Dr. Walker cantavam juntos quando estavam apenas os dois no carro, sem ninguém para julgá-los. Foi então que Brendan se recordou: *isso foi há muito tempo, num lugar e numa época diferentes. Por que eu deveria sentir falta do papai agora? Ele só pensa em si mesmo ultimamente. Com certeza continua lá em São Francisco jogando todo o nosso dinheiro fora com apostas. Enquanto isso, sou o rei de Roma.*

Os romanos adoraram a apresentação de Brendan. Aplaudiram com entusiasmo, pedindo que repetisse de novo e de novo. Depois da quinta vez, que se estendeu por 15 minutos, Occipus declarou que "Glory Days" seria seu novo hino nacional.

— Você entrará para a história! — disse a Brendan. — Um grande cantor *e* um grande guerreiro!

Foi aí que as coisas começaram a ficar estranhas.

O banquete terminou. Os convidados saíram tropeçando. Brendan tentou acompanhar Occipus, mas um escravo bizarramente musculoso, com tatuagens complexas que retratavam cenas sangrentas, o agarrou e puxou para o lado.

— O que você está fazendo? — perguntou Brendan. — Tira as mãos de cima de mim!

— Não, não, está tudo bem, general — disse o imperador Occipus. — Esse é Ungil. Ele vai escoltá-lo até seu quarto.

— Pensei que ia ficar nos aposentos reais...

— Brendan, Brendan — disse o tirano —, você será um grande guerreiro... E guerreiros não dormem nos aposentos reais.

— Por que não?

— Porque grandes guerreiros *não dormem*.

— Ahn?!

Ungil pegou o cotovelo do menino e puxou-o para fora do salão Joviano. A última coisa que viu foi o imperador acenando um adeus para ele. O escravo o levou até uma escada em caracol que fedia a ovos podres e queimados. Tirou as sandálias dele e as jogou longe.

— Ei! Para! Aonde está me levando? — Brendan quis saber, mas Ungil não respondeu. Em seguida, dois outros escravos ridiculamente musculosos se aproximaram e colocaram facas no pescoço do menino.

— Mantenha a boca fechada, garoto — ordenou um deles.

Brendan desceu os degraus malcheirosos. Notou a água escorrendo das paredes e gotejando sobre pedras afiadas. A água fedia. Devia estar próximo a alguma fonte sulfurosa subterrânea. E apenas se embrenhavam cada vez mais.

As escadas levaram a um corredor que dava para diferentes alcovas. Não pareciam em nada, porém, com os aposentos reais em que dormira na noite anterior. Eram espaços mínimos, apertados, sem cama alguma à vista, que continham grandes recipientes com excrementos humanos.

— Isso aqui é um calabouço! — protestou o menino. Ungil e os colegas riram enquanto o faziam seguir em frente.

Os quartinhos pareciam vazios a princípio, mas, quando Brendan passou, pessoas gritaram:

— *Carne nova!*

— *Onde encontraram você, nos banhos?*

Um dos ocupantes das celas, um homem forte de cabelos desgrenhados e barba preta, correu para as barras e provocou:

— *Um bebezinho magricela e molenga? Volta para o peito da sua mãe, filhinho!* — Outros continuaram onde estavam, presos por algemas de metal ou amarrados a tábuas de madeira. Brendan se apavorou com a visão de um homem que estava pendurado de cabeça para baixo, gemendo.

— Chegamos — declarou Ungil ao abrir a última cela no corredor. — Isso aqui vai transformar você em um gladiador em dois tempos.

Brendan se debateu, tentando se soltar do escravo, mas isso era impossível.

— Mudei de ideia! Não sou um guerreiro! Me deixa sair! Meu lugar não é aqui com essas pessoas! Não sou como o Felix...

O homem lhe deu um tapa. Brendan recuou.

— Felix, o Grego, foi treinado por mim. E agora Occipus quer que eu treine você. E o desejo do imperador é...

Deixou que a ação dos colegas terminasse a frase por ele. Puxaram o menino para dentro da cela e o viraram de ponta-cabeça, prendendo os calcanhares com grilhões fixos no teto.

— Não, não! — Esperneou o menino. — O que é isso? É "treinamento de cuca invertida"? Não podem fazer isso comigo! Vou desmaiar!

— Vai morrer, na verdade — corrigiu Ungil —, mas vamos entrar e rodar você periodicamente para impedir que o sangue inunde seu cérebro. E você não vai desmaiar. A dor não vai deixar.

— Que dor? — perguntou um Brendan aterrorizado.

Ungil estendeu o braço para um barril em miniatura no canto da cela. Tirou um punhado de queijo cremoso fedorento dali.

— O que... *Aaargh*! — exclamou.

Lambuzou o rosto do menino com o queijo. Pedaços enormes entraram em sua boca. Tinha gosto de lixo velho.

Ungil, porém, não tinha acabado ainda. Ele e os escravos mergulharam as mãos no barril e cobriram o corpo inteiro do menino com o queijo acre, repugnante.

O cheiro era insuportável; Brendan sentia que ia colocar para fora todos os 12 pratos da refeição recente. Mas seu suplício ainda não tinha terminado. Ungil pôs uma venda na cabeça virada e melecada de Brendan, e um dos outros escravos lhe entregou uma pequena espada.

— O que é isso? — perguntou o garoto, mas rapidamente entendeu e começou a girar com força, tentando acertar os homens, que riam. Eles estavam fora de alcance.

— Podem descer! — ordenou Ungil.

Um dos escravos puxou uma alavanca na parede. Brendan foi baixado até seus cabelos (cobertos de queijo como o restante de seu corpo) tocarem o chão. Continuou a mover a espada, mas desistiu ao ouvir as risadas. Não estava ali para divertir ninguém.

— Libertem os animais — disse Ungil. Um dos escravos acionou outra alavanca.

O menino sabia o que estava acontecendo mesmo sem poder ver. Lembrou-se da explicação de Occipus a respeito de um "sistema complexo de mecanismos hidráulicos e polias", e agora podia ouvir um sistema similar funcionando ao seu redor. Painéis nas paredes deslizaram. Ungil e os colegas saíram. A porta da cela foi trancada. E Brendan ouviu os chiados e o bater de dentes de ratos.

Um exército deles.

— *Por que estão fazendo isso?* — gritou o menino.

— Gladiadores dependem de velocidade e precisão — explicou Ungil pelas barras. — Esta é a primeira parte do treinamento. Acerte os ratos... Não a si mesmo.

— Mas isso é impossível...

— Não para um grande gladiador — retrucou o escravo. — Ah, não acontece da noite para o dia. Treinamentos assim costumam se estender por várias semanas...

— Várias *semanas?*

— Até você ser capaz de matar os ratos sem deixar nenhuma marca no seu corpo — explicou Ungil, enquanto ele e os demais saíam. — Vejo você de manhã! Boa sorte.

O primeiro roedor subiu pelos cabelos de Brendan. Ele golpeou com a espada e errou, acertando o chão e fazendo centelhas subirem. Os outros ratos pareceram rir dele: *qui qui qui*. Um deles, intrépido, pulou para seus cabelos, escalou o rosto e foi parar no peito do menino antes de começar a roer o queijo que se acumulara ao redor do umbigo. Isso piorou a situação, porque Brendan era extremamente suscetível a cócegas; à medida que o roedor comia, ele ria enquanto golpeava. Conseguiu cortar o animal em dois, mas também lacerou a pele acima da pélvis. Quando um rato gigante começou a comer o queijo na sua sobrancelha, ele gritou.

Enquanto isso, muito distante dali, Cordelia, Eleanor, Felix e Will faziam um tour pelo monastério. Tiveram uma boa noite de descanso em colchões de palha — ou, ao menos, passaram melhor do que na noite anterior, quando haviam dormido sobre um bando de manuscritos.

Batan Chekrat era uma fortaleza grandiosa, feita de pedras cor de ferrugem coladas com lama congelada. No verão, explicou Wangchuk, a neve derretia, e, durante duas semanas, o lugar era um paraíso de grama e borboletas. Ainda assim, mesmo nessa época, as bestas geladas não davam trégua. Continuavam a exigir os sacrifícios, e sua aparência era ainda mais sinistra no verão. Elas derretiam também e perdiam pedaços de pelo ao longo de todo o corpo, como cachorros sarnentos gigantes.

Wangchuk mostrou a cozinha do lugar às crianças. Lá elas ficaram sabendo que havia 432 monges na ordem, entre eles um chef de cuisine e dois sous chefs. Havia 75 iaques na propriedade também, mas eles eram mantidos do lado de fora, em um cercado que os monstros não conseguiam alcançar.

— *Todos* esses iaques vão ser sacrificados? — perguntou Eleanor, preocupada, ao passarem pelos animais, vestindo casacos grossos emprestados pelos monges.

— Nós também os comemos — disse Wangchuk, acariciando um iaque desgrenhado e com olhos úmidos. — Mas neste momento são nossos animaizinhos de estimação.

Eleanor ficou nauseada. Aprendera na escola que era necessário respeitar as outras culturas, mas era realmente difícil entender os costumes e hábitos alimentares dos monges. E embora Cordelia, Will e Felix já achassem a carne dos iaques bastante saborosa depois do café da manhã — e estivessem ansiosos para comer mais no almoço —, Eleanor não concordava com aquilo. *Não posso comer salsicha e almôndegas de iaque quando penso em todos esses pobrezinhos olhando para mim com seus olhos enormes e tristes! Preciso tirar todos daqui,* pensou, *mas primeiro tenho que descobrir mais sobre essa Porta dos Caminhos.*

Depois de almoçarem, Wangchuk os levou ao átrio do monastério, que também fazia as vezes de biblioteca. Era um salão arqueado com fileiras e fileiras de livros antigos e gavetas de vidro cheias de pergaminhos.

— Vocês têm algum livro falando sobre a Porta dos Caminhos? — perguntou Eleanor.

— Ora, é claro — respondeu Wangchuk. — Na prateleira de cima. Bem ali. Mas são documentos sagrados. Escritos apenas para os olhos da nossa fraternidade.

Eleanor fitou-os, obcecada em saber mais. Seu anfitrião, porém, já empurrava todos eles para fora do salão, dizendo aos "guerreiros viajantes" que era hora de visitar a sala de meditação.

Era um espaço amplo onde os monges ficavam sentados em posição de lótus todos os dias durante horas a fio, em imobilidade absoluta. Tinha chão de grama e vapor quente emergindo por canos de bambu. Era totalmente silencioso. Ali o zumbido de uma mosca era um evento avassalador. Cordelia, Eleanor, Will e Felix juntaram-se à meditação. Wangchuk liderou, instruindo todos a imaginar a dor da vida como um grande balão vermelho, pairando acima deles. A cada minuto, o balão subiria mais e mais... até desaparecer entre as nuvens.

Durante o exercício, um dos monges caminhava pela sala com uma vara de bambu, pronto para bater na cabeça de quem caísse no sono. Isso teria assustado Eleanor, mas ela não estava nem perto de adormecer — na verdade, adorou meditar!

Achou difícil no início; para ela, não fazia sentido ficar sentada e pensar em um balão vermelho. Entretanto, à medida que Wangchuk instruía que respirasse regularmente e *pensasse* em cada respiração, lentamente Eleanor entrou em um lugar claro onde podia ver o tal balão e imaginar que realmente continha todos os seus pensamentos malucos e dor.

— Nossa mente é a espada que não pode se cortar — explicou Wangchuk. — Peço que removam a barreira entre sua mente e aquilo de que têm consciência. Expulsem todos os pensamentos do passado e do futuro. Mergulhem seus seres no presente, no *aqui e agora*. Somente então terão dominado sua dor. Só então encontrarão a iluminação.

Eleanor não entendeu tudo o que havia sido mencionado, mas compreendeu que dedicava tempo demais pensando no passado e no futuro em vez de se concentrar no momento presente. Apenas quando sua respiração tornou-se lenta e regular e a menina pensou *respira* foi que percebeu como, naquele exato lugar e instante, ela estava *perfeita* — não sentia fome (encontrara uma pasta de tofu sem nenhum ingrediente de iaque no almoço); não sentia frio; não sentia cansaço; não sentia dor. Tinha saudade dos pais, mas voltar para eles era algo que faria no futuro, então não podia pensar nisso agora. Era apenas um corpo respirando em uma sala; estava viva, e isso era algo digno de celebração. O balão vermelho voou para o céu.

Cordelia, Will e Felix não tiveram tanta sorte. Imediatamente caíram no sono, e o monge com a vareta chegou atrás deles...

— Pare — sussurrou Wangchuk. — Eles precisam descansar se vão mesmo enfrentar as bestas geladas.

— Mas, mestre — disse o monge —, o senhor realmente crê que esses quatro têm capacidade de matar as criaturas?

— Claro que sim.

— Mas todas as outras vezes que o senhor contou aos visitantes a história dos guerreiros viajantes, as bestas geladas os devoraram...

— Silêncio! Eles vão ouvir você!

— Estão dormindo!

— Aquela ali, não — disse Wangchuk, apontando para Eleanor.

O monge com o bambu empurrou de leve as costas da menina, que caiu para a frente, fingindo dormir.

— Viu? Está desmaiada também.

— Bom, não é para bater neles — ordenou Wangchuk. — Esses quatro talvez sejam mesmo os escolhidos.

No chão, Eleanor já não via as imagens de um balão vermelho, apenas pensava: *Wangchuk é um mentiroso que está armando contra nós!*

Durante o jantar, Eleanor teve dificuldades em ficar de boca fechada. Queria desesperadamente ficar um momento a sós com os amigos e explicar que o monge não estava lhes contando toda a verdade, mas não conseguiu se afastar dos irmãos da ordem, que cercavam constantemente as crianças. Enquanto comiam, fizeram várias perguntas absolutamente simpáticas a respeito de como era ser um guerreiro viajante. Em seguida, Wangchuk se pôs de pé.

— Estimados hóspedes, é hora de ver o que vão enfrentar!

Todos se levantaram de seus lugares e começaram a sair do refeitório, que estava lotado de bancos cercando mesas gigantescas. As crianças nada podiam fazer senão acompanhá-los. Subiram uma longa escadaria de pedra para sair no frio congelante e severo. Estavam no topo das muralhas do monastério. E ouviram um rugido de fazer o sangue parar de correr.

O som era quase humano, como faria alguém se ficasse presa sob uma pilha de pedras caídas. Mas era mais grave e incrivelmente longo — fosse o que fosse que estivesse gritando, tinha pulmões enormes.

— Ai, meu Deus, pessoal — disse Cordelia —, lá embaixo...

Bem abaixo deles estavam duas bestas geladas. A primeira característica que Eleanor notou foram as mãos gigantes, ligadas a pulsos peludos, martelando as paredes. As bestas estavam cobertas por uma combinação quase psicodélica de pelo nas cores azul, branca, marrom, preto e cinza; o único lugar despelado era o topo da cabeça. Os escalpos nus soltavam vapor onde a neve derretia ao cair neles. Era de se imaginar que estivessem queimando muitas calorias fazendo o que estavam fazendo, isto é, bater nas muralhas, arranhá-las e rugir. Eleanor olhou para as bocas, que eram como letras *O* sangrentas, cheias de dentes gigantescos e brancos como pérolas.

— É óbvio que eles passam fio dental — comentou Cordelia.

— Com as entranhas humanas — complementou Will.

As criaturas continuaram a urrar e dar pancadas nas paredes do monastério.

— Olha só o topo da cabeça deles — disse Cordelia, fascinada. — Na parte onde não tem pelo? Parece até que eles têm fontanelas.

— Fontanelas? — perguntou Eleanor. — O que é isso?

— É a moleira nas cabeças dos bebês — explicou Cordelia. — Quando você era neném, a mamãe sempre enlouquecia quando eu chegava perto da sua cabeça. Porque dizia que se apertasse sem querer a sua moleira, podia machucar de verdade... *Ah!*

A menina caiu para a frente quando uma das bestas bateu na parede com tanta força que a construção inteira tremeu. Will a agarrou e puxou para trás antes que pudesse escorregar para o lado. A menina imediatamente verificou os bolsos e suspirou com alívio. Ainda estava com o diário.

— Não é seguro ficar aqui! — disse ela a Wangchuk.

— Continue olhando — disse o monge principal.

— Por quê? Você não vai... — Eleanor olhou para os irmãos da ordem reunidos. — Vocês não vão alimentar as bestas, vão?

— Talvez.

— Vão dar um dos seus irmãos para eles?

— Não.

— Vão jogar um de nós para eles?

— Claro que não! — negou Wangchuk. Alguns dos monges se viraram e caminharam até um elevador manual que era ligado a uma das cozinhas lá embaixo. Depois de puxarem uma corda por vários minutos, tiraram do elevador uma padiola de lona e madeira que continha algo enorme e inquieto, coberto por um lençol.

— Um iaque! — exclamou Eleanor.

— Claro.

— Mas... ele ainda está vivo.

— É claro. Chama-se Savir.

— *Ele tem nome?* Oooooh! Isso piora mais ainda as coisas!

Foram necessários dez monges trabalhando em conjunto para empurrar o irrequieto e teimoso Savir por cima da muralha.

As duas bestas o pegaram ainda no ar.

Eleanor desviou o olhar, ouvindo o ruído de algo sendo esmagado quando Savir foi partido em dois.

Em seguida, as bestas geladas partiram juntas, cada uma com meio-iaque no estômago.

— Já foram? — indagou Eleanor.

— Já — respondeu Wangchuk.

— Tem mais?

— Hoje, não. Mas amanhã, sim. E vão exigir um sacrifício humano.

— Quantos desses monstros existem? — perguntou Felix?

— Cinquenta.

— *Cinquenta?!* E como exatamente vamos conseguir matar essas coisas?

— Somos homens pacíficos — disse o monge. — Vocês são os guerreiros.

Eleanor lutou para ficar calada: *Não, não somos! Você só inventou isso!*

— O que acontece se recusarmos o desafio? — perguntou Will.

— Como dissemos antes, vocês serão forçados a entrar para a ordem. E, depois da cerimônia... vamos prepará-los para o sacrifício de amanhã.

— O quê? — exclamou Cordelia.

— Vocês... — começou Will.

Eleanor interrompeu:

— Então finalmente você abriu o jogo, Wangchuk — disse, dando um passo à frente. — Você *vai mesmo* sacrificar a gente.

— Apenas se vocês se recusarem a ajudar — disse ele.

— Você é um monstro! — gritou a menina. — Jogaria nós quatro para aquelas coisas?!

O homem assentiu.

— Achei que só sacrificassem dois monges por vez — observou Will.

— Tenho esperança de que se dermos quatro às bestas, eles nos abençoem com um mês extra de paz.

Todos os demais assentiram em concordância. Cordelia, Will e Felix entreolharam-se, em choque. Eleanor, porém, inspirou fundo. Seu plano tomava forma.

— Espera um pouco aí, todo mundo! Sei o que podemos fazer — declarou.

— E o que é? — indagou Felix.

— Ir embora.

— O quê? — indagou Wangchuk. — Não podem ir embora. Vão morrer lá fora!

— Melhor do que morrer aqui — rebateu a menina. — Não vamos lutar com essas bestas geladas. E não vamos ser sacrificados. Vamos nos arriscar nas montanhas. Sobrevivemos à coisa pior.

— Espera, Nell — disse Cordelia. — Lembra como a gente quase morreu de hipotermia?

— O que há de errado com vocês? — ralhou Felix. — Ouçam essa menina corajosa. Vamos agir segundo os nossos termos, em vez de sermos peões desses monges. Eleanor tem o coração de uma grande guerreira!

Cordelia olhou para a irmã como se dissesse: *que você está planejando?*

Eleanor piscou: *você vai ver.*

— Se insistirem em ir, deixarei que passem mais uma noite aqui para refletirem — disse Wangchuk. — Mas, depois que derem um passo para fora dos portões, não poderei mais ajudá-los.

— Perfeito — concordou Eleanor, pronta para colocar o plano em ação.

57

E m Roma, no dia seguinte, Brendan acordava...
— Hora de abrir os olhos! Dormiu bem? — perguntou Ungil.

O menino levantou a cabeça (virada para baixo) e conseguiu balbuciar um xingamento. Passara a noite alternando entre um sono irrequieto, os golpes dolorosos que dava no próprio corpo e as visitas dos escravos que vinham para girá-lo e impedir que morresse. Fedia a queijo e estava cercado de roedores mortos. Segurava o cabo da espada como se fosse uma boia salva-vidas.

— Você matou alguns! — disse Ungil. — Tenho que admitir, estou surpreso. — Entrou no calabouço e soltou Brendan, que desmoronou no chão.

— Ah, olha só para ele — disse um dos escravos. — É só uma criança, chefe. Todo ossudo e magrelo. Vai ter força suficiente para isso?

— É claro — garantiu Ungil. — Treinei mais novos. Peguem o garoto!

Brendan foi arrastado pelo calabouço e escada acima. Todos os músculos do corpo pulsavam de dor. Sentaram-no em um banco e lhe deram um garfo. Olhou a mesa podre à frente e sentiu medo: estava apinhada de gladiadores em treinamento, malcheirosos e sem camisa.

Os garotos tinham a idade de Brendan, mas seus corpos eram robustos e poderosos. Faziam-no lembrar das pessoas na escola que ele chamava de "atletas assustadores", como Scott — os lutadores do time de luta livre que esperavam ansiosamente pelo término das aulas para poder ficar até mais tarde socando uns aos outros. Havia uma grande diferença, no entanto — ninguém jamais havia morrido na escola.

Ungil e os escravos se afastaram. Brendan pegou um pedaço de pão com timidez, deu uma mordida — e imediatamente se deu conta de como estava faminto. O medo desapareceu diante do desejo de comer. A refeição podia não ter a pompa do banquete da noite anterior, mas contava com bastante peru assado, galinha e carne, e o menino mergulhou com o entusiasmo de um prisioneiro no corredor da morte, mesmo que não fosse comida de café da manhã. Os demais aspirantes a gladiador fizeram o mesmo, se empanturrando de carne. Nenhum deles prestou muita atenção a Brendan, e ele percebeu que talvez não precisasse ter medo. Quem sabe, se apenas não os incomodasse, os outros também não o incomodariam... *E se um dia eu voltar para casa, essa política talvez funcione com o Scott também.*

Brendan riu dentro da própria mente: *ou talvez ninguém esteja mexendo comigo porque estou fedendo a queijo.*

Foi aí que ele ficou triste — queria que as irmãs estivessem lá para ouvir a piada.

Quando o café terminou, Ungil levou Brendan para os banhos, um conjunto de grandes piscinas subterrâneas. O menino entrou na água gelada e se esfregou para limpar o queijo da pele e dos cabelos. A água dava uma sensação boa, refrescando temporariamente a ardência dos incontáveis arranhões e cortes em seu corpo. Depois do banho, Brendan foi levado com os demais a um corredor estreito com largas fendas abertas no teto. A luz entrava por elas, e o menino compreendeu que estava debaixo do Coliseu, na rede de corredores que permitia aos gladiadores surgir do chão em lugares inesperados a fim de manter os jogos interessantes. Perguntou-se se haveria algum naquele dia, e se ele seria jogado aos leões. Não havia sons de aplausos, porém. *Que bom*, pensou. *Aposto que nos trouxeram aqui para treinar.*

Ungil empurrou Brendan escada acima e lhe entregou uma espada. O menino saiu para a luz ofuscante do dia. De olhos quase fechados, viu que as arquibancadas estavam vazias. A arena havia sido organizada em meia dúzia de ringues de luta. Dois gladiadores praticavam em cada um deles e treinavam com espadas e lanças.

— O imperador Occipus fica feliz em ver o general Brendan! — gritou uma voz lá de cima.

O menino ergueu os olhos e viu Rodicus. Ao lado dele estava o tirano, bocejando. Brendan o fitou. Até a véspera, ele ainda pensava que Occipus era uma figura poderosa e invejável; naquele momento, espreguiçando-se de peito e barriga de fora com um cacho de uva sobre ela e uma escrava abanando o corpo sem pelo e suado, parecia mais uma lesma gigante.

— *Occipus!* — gritou. — *Por que o senhor está fazendo isso comigo?*

— O gladiador se atreve a falar? — anunciou o arauto. Virou-se e ouviu o que o imperador tinha a dizer, e, em seguida, continuou: — "O imperador deseja lembrar ao general Brendan que lhe foi dada a maior honra de Roma: a oportunidade de lutar no Coliseu"!

— Não é uma honra tão grande agora — respondeu Brendan, apontando para o buraco gigante na estrutura, por onde o tanque nazista tinha invadido.

— *Ninguém deve olhar para aquele buraco!* — disse Rodicus. — Agora comecem!

Occipus bateu palmas como uma criança animada quando Brendan deu início a sua primeira luta.

Isso até que não parece tão ruim, pensou o menino. O adversário era um garoto extremamente magro, de aparência frágil, que lembrava um rei Tutancâmon doente. Não tinha armas e apenas encarava Brendan com olhos vazios e sem expressão. Brendan subitamente se sentiu mal por ele. Não queria enfrentar aquele garoto, que mais parecia um refugiado do Egito. Queria lhe dar um cheeseburguer.

Um guarda ao lado deles tocou uma sineta. Brendan deu alguns passos incertos na direção do adversário, mas se deu conta de que havia um grande problema: ele tinha uma espada, e seu oponente não trazia arma alguma.

— O que faço? — perguntou ao guarda. — Começo a atacar? Quero dizer... Vou machucar o garoto se começar a golpear. Isso aqui é treino, não é? Não é para ser...

— Lute como se a plateia estivesse assistindo — instruiu o guarda, e antes que Brendan pudesse compreender o que estava dizendo, seu rosto começou a queimar com dor lancinante.

Deixou a espada cair, levou a mão à face e olhou para o oponente. O egípcio sorria. E ele se deu conta...

O menino girara e lhe dera um chute.

Brendan não podia acreditar. O adversário estava com a guarda levantada, movimentando os punhos, esperando a aproximação de Brendan.

— Bom truque — disse ele, abaixando-se para recuperar a arma...

E o garoto repetiu o chute.

Era rápido como um raio: o garoto magricela apoiou-se no pé esquerdo e girou, descendo o calcanhar direito como um machado na têmpora de Brendan. Ele desabou, quase inconsciente.

— Qual é o seu problema? — perguntou. — Você podia pelo menos me deixar...

— "Lute como se a plateia estivesse assistindo" — repetiu o magrelo, girando com agilidade, dando um chute rápido nas costelas do oponente enquanto ainda estava caído. Brendan pensou ter ouvido uma delas se quebrar.

Estendeu a mão e gritou:

— Desisto! Só me deixa em paz!

— *O imperador deseja saber o que há de errado com o general Brendan!* — declarou Rodicus da bancada. — *Por que não está usando sua magia?*

O menino viu que o tirano já não estava mais recostado; estava de pé, a expressão furiosa. Brendan fez esforço para se levantar. Silêncio recaiu sobre os gladiadores quando Occipus deixou o camarote e entrou na arena a fim de falar com Brendan.

— O que há? — sussurrou. — Como é possível que essa criança de 43 quilos, de Tebas, seja capaz de derrotá-lo tão depressa? Pensei que fosse se tornar o maior gladiador que esta arena já viu!

Os demais guerreiros encararam o menino, pasmos por ter a honra de falar pessoalmente com o imperador. Gaius, imenso um lutador com algum desequilíbrio hormonal, estalou os dedos.

— Imperador, tenho que admitir uma coisa — disse Brendan. — O poder que tinha... a magia... vinha de um livro. E o livro... não existe mais.

O tirano deu-lhe um tapa no rosto.

— *Ai!* — Brendan acariciou o rosto. Os outros guerreiros riram.

— Não invente desculpas — sibilou Occipus. — E não me envergonhe. Eu lhe dei tratamento especial, lhe dei crédito... E agora você fica aí parado como uma criancinha tremebunda, me dizendo que *não pode fazer isso?* Realizou a sua magia especial há dois dias e vai repetir o feito hoje!

— Entendo — disse Brendan, decidindo que iria se valer da única coisa que funcionara até então para ele em Roma: mentir. — Eu me expressei mal, imperador. O que queria ter dito é que preciso poupar minha magia para os jogos. Se usá-la agora, não serei capaz de entreter a plateia mais tarde.

— Bem — ponderou Occipus —, claro que é razoável...

Slap!!

— *Aaai!* Por que isso?

— Por mentir! — gritou o imperador. — Acha que sou tolo? Chega de desculpas! Você vai lutar agora!

E se virou para os guerreiros reunidos:

— Quem é o meu aspirante a gladiador mais forte?

— Sou eu, imperador — disse Gaius, dando um passo à frente.

— Ótimo — respondeu Occipus. — Então comecem, os dois.

Um tremendo som metálico reverberou quando Gaius desceu a espada contra a cabeça de Brendan. Apenas o reflexo do menino, que o fez bloquear o golpe com a própria arma, garantiu a *existência* de sua cabeça. Lutadores e guardas fizeram um círculo ao redor dos dois oponentes para observar.

O menino cerrou os dentes e começou a andar ao redor do adversário, sobre o qual se lembrava de ler em *Gladius Rex*. O brutamontes tinha uma cicatriz enorme sobre o olho esquerdo, fazendo com que um naco grosso de pele cobrisse uma parte do globo ocular, obstruindo um pouco a visão. Brendan sabia que se triangulasse aquele lado, seria capaz de dar um golpe furtivo. O menino, porém, tinha dificuldade para se concentrar. *Como vim parar aqui?*, pensou subitamente. *Devia ter ficado com Délia e Nell — será que elas pensam em mim? Será que sentem a minha falta? Provavelmente não, porque fui um irmão muito ruim...*

Gaius investiu contra ele, quase abrindo sua barriga. *Alguns centímetros mais perto e minhas entranhas estariam todas expostas agora*, pensou — e foi então que teve uma certeza súbita e absoluta.

Isto aqui não é como na outra noite com a Bruxa do Vento. Desta vez, não vou voltar à vida. Vai estar tudo acabado mesmo.

O pensamento veio de um lugar anestesiado, raso. Um borrão parecia flutuar à frente dele.

— Desculpa — falou Brendan para ninguém. Ou para todos. Estava falando com as irmãs, com Will, Felix... com a mãe e o pai. As meras palavras não faziam jus aos pensamentos, que giravam: *me desculpa, mamãe, me desculpa, Délia, me tornei uma pessoa horrível. Comecei a pensar só em mim mesmo. E deixei vocês, deixei vocês e sinto tanto a sua falta...*

— *Brendan! Lute!* — gritou Occipus, mas o menino não tinha vontade de lutar. Gaius era mais forte, maior, mais rápido.

Brendan deixou-se cair de joelhos e soltou a arma. Fechou os olhos, prestes a desmaiar. O gladiador caminhou até ele...

E pressionou a espada contra seu pescoço.

No monastério de Batan Chekrat, Eleanor saiu da cama de palha no meio da noite. Dissera à irmã, a Will e a Felix, que dormiam perto, que não tinha intenção *alguma* de deixar os monges na mão no dia seguinte. Se iam mesmo lutar contra as bestas geladas, porém, ela precisava confirmar uma suspeita. E ia fazê-lo agora. Ia saindo nas pontas dos pés quando ouviu:

— *Psst! O que está fazendo?*

Cordelia também estava acordada, e se sentou com um livro no colo.

— Eu... bom... — começou a menina. — O que é *isso?*

A irmã mais velha hesitou — mas, em seguida, mostrou a Eleanor o diário de Eliza May Kristoff.

— Estou tentando abri-lo.

A irmã olhou mais de perto.

— É da *mãe* da Bruxa do Vento? Você *tem* que conseguir abrir!

— Eu sei, mas a chave deve estar lá na Mansão...

— Por que não contou para a gente? Délia! Isso é tipo uma superpista!

— Eu sei, mas pode ser falso. Não queria dizer nada até conseguir abrir e ler. Estou tentando usar isto. — A adolescente segurava um grampo de cabelo torto. — Mas parece que não sou especialista em arrombar fechadura. Mas o que importa mesmo é... o que você estava fazendo? Qual é o grande plano secreto?

— A biblioteca — revelou Eleanor. — Vou ver se consigo mais informações a respeito dessa Porta dos Caminhos.

— Você vai ficar se esgueirando por aí no meio da noite para procurar um livro? — perguntou Cordelia. — Você é *mesmo* minha irmã!

A menina sorriu. A expressão de Cordelia, entretanto, ficou séria.

— Vou com você.

— Não, Délia.

— Mas e se você for pega?

— Tem mais chance disso acontecer se nós duas formos. Além do mais, sou menor. Sou melhor em me esconder.

— Ok — suspirou Cordelia. — Só, por favor... Toma cuidado.

Eleanor bateu o punho no dela.

— Vou tomar.

Depois de ter saído, a menina foi andando sorrateiramente pelos corredores sinuosos e os amplos espaços do monastério. Pensou em como os ratos se moviam, sempre colados às paredes, e tentou imitá-los. Achou que se estivesse muito à vista, seria fácil ser flagrada— e lançada a uma das bestas prematuramente.

Quase gritou quando um monge com uma testa *gigante* se aproximou, mas percebeu que era apenas a sombra de uma estátua ao luar. Chegou a um corredor que se bifurcava e tentou lembrar em que direção a biblioteca ficava. Depois de alguns momentos de deliberação, decidiu virar à esquerda. Passou por duas portas gigantescas atrás das quais supôs que ficasse algum tipo de jaula interna de iaque, pois sentiu um odor terroso — mas foi então que ouviu:

— *Aaarf! Rrraf! Rraaf!*

Eram cães. Mais barulhentos e raivosos do que Eleanor jamais escutara. E ouviu um baque quando algo grande se jogou contra as portas.

Eleanor correu. *Isso era maior do que qualquer cachorro! Talvez fosse um iaque! Vai ver eles latem. Mas não, dava quase para ouvir a baba na boca, que nem nos pit bulls. Eram cachorros! Cachorros enormes! Ah, para de ser um bebê chorão e de se preocupar tanto! Só continua correndo!*

Finalmente, Eleanor chegou ao átrio e entrou. Procurou a estante que Wangchuk lhe indicara — as que guardavam os livros sobre a Porta dos Caminhos —, mas não conseguia encontrá-la no escuro. Então começou a examinar todas as obras, verificando seus títulos: *Artes marciais para monges, Dança folclórica dos monges, Refeições de 30 minutos para monges...* Nada a respeito da Porta. Foi então que congelou onde estava.

Havia alguém lá, junto a uma das estantes.

— Eleanor?

Wangchuk. A menina estava aterrorizada, mas não podia demonstrar. Chegara muito longe para voltar atrás agora.

— É — disse. — Sou eu, sim. — Deu um passo à frente.

— O que está fazendo aqui? — perguntou. — Sabe que este é um lugar proibido para qualquer um depois do horário.

— Vim aprender mais sobre a Porta dos Caminhos.

— Desculpe — disse Wangchuk. — Mas é um assunto sagrado. Não são palavras para os seus ouvidos.

— Ah, é mesmo? — perguntou ela. — Tipo as palavras que ouvi hoje?

— Que palavras?

— As que o seu "irmão" disse. O da vareta de bambu. Sei que essa história de guerreiros viajantes é tudo invenção. Você estava mentindo.

— Não é verdade — defendeu-se Wangchuk. — Há mesmo uma profecia que diz que, um dia, alguém capaz de derrotar as bestas chegará...

— E eles sempre acabam mortos — cortou-o Eleanor.

— Bom, sim. Isso sempre foi um problema. Mas só prova uma coisa... que os que vieram até agora não eram fortes o bastante. Creio que vocês podem ser.

— Você é tão cheio de...

De súbito, o monge levantou a mão e juntou os quatro dedos e o polegar com firmeza.

A voz da menina morreu na garganta.

Não conseguia falar!

O que está fazendo comigo?, ela tentou dizer.

— Os irmãos de Batan Chekrat possuem mais do que percepção — explicou ele. — Não queria usar minha magia em você, mas também não gosto de ser insultado. Agora espere aqui.

Wangchuk se virou e caminhou até um canto distante da biblioteca. Subiu uma escada e retirou um livro da prateleira: um exemplar grande de capa de iaque. Abriu, segurando-o na frente da menina.

— Nosso texto sagrado de profecias antigas — disse. — Nele estão as palavras que preveem a chegada dos guerreiros viajantes.

Enquanto falava, as palavras começaram a se desprender magicamente das páginas e formaram frases no ar na frente de Eleanor.

— Vá em frente, Eleanor — encorajou o monge. — Leia. Talvez isso faça você acreditar que digo a verdade.

Durante todo tempo, Wangchuk havia mantido dedos e polegar apertados, e agora os abrira.

Eleanor podia falar outra vez.

Maravilhada, pousou o dedo nas letras flutuantes em frente ao seu rosto.

— "Guerreiros viajantes virão". — Eleanor leu devagar para ter certeza de que não se enrolaria com as palavras. — "E mostrarão notável bravura".

À medida que lia, as palavras desciam e retornavam às páginas do livro, para serem substituídas por novas frases. Eleanor olhou para o monge, a expressão curiosa.

— Continue — disse ele.

— "Tais guerreiros" — leu — "serão regiamente recompensados".

— É verdade — disse Wangchuk. — E a maior recompensa é a Porta dos Caminhos. Admito que *omiti* informações de vocês. A Porta não é somente o portal por onde os monges aspirantes chegam. Passar por ela é a mais alta realização para qualquer guerreiro. E, se derrotarem as bestas geladas, você e seus amigos poderão fazer isso.

— Mas como a Porta vai poder ajudar a gente?

— Ela pode levá-los para casa.

— Você tem certeza? — perguntou a menina

— É perigoso demais ter certeza de qualquer coisa — respondeu Wangchuk. — A Porta dos Caminhos não revela seus segredos facilmente. Haverá um desafio final para cada um de vocês. Um teste

— Que tipo de teste?

— Infelizmente, nada sei sobre isso — declarou Wangchuk, fechando o livro. — Agora volte ao quarto e descanse. Vai precisar de energia para a batalha. A menos, é claro, que ainda planeje nos deixar?

— Não — disse Eleanor. — A gente vai ficar, vai lutar. Estava errada sobre você, Wangchuk. Acho que é uma boa pessoa, mesmo sendo um pouco rígido e meio estranho.

— O que você esperava? Sou um monge!

— Tem mais uma coisa: se as bestas geladas forem derrotadas, depois que a gente partir, todos vocês terão que se tornar vegetarianos. Sinto tanta pena desses iaques pobrezinhos. Sempre achei que os monges nem comessem carne de qualquer forma!

— Vamos considerar a ideia — prometeu o homem.

— Ah, e tem *mais* uma coisa — disse a menina. — Não vamos enfrentar as criaturas sozinhos. Você vai ajudar.

— Eu? Não será possível — recusou ele. — Eu não luto. *Vocês* é que são os guerreiros viajantes.

— Chega disso! — exclamou Eleanor. — E não é só de você que a gente vai precisar. Os seus irmãos também vão ter que ajudar.

— Mas...

— Não discuta — cortou ela, a voz surpreendentemente forte e incisiva. — Vocês têm magia poderosa. Primeiro, você fez aquela coisa com cheiro de canela na montanha, quando reviveu a gente à beira da morte. E agora você acabou de me fazer calar a boca e não ser capaz de dar um pio, coisa que *ninguém* nunca conseguiu. Não vai dar para a gente derrotar aquelas bestas geladas sem a sua magia.

— Mas rezam as lendas antigas que os guerreiros viajantes vão...

— Não me importam as lendas antigas! — disse a menina. — Somos nós quem fazemos as lendas agora. E uma das coisas que os guerreiros fazem é liderar. Então vamos ajudar vocês, mas só se a ajuda for mútua. Está claro?

Wangchuk hesitou, mas logo abriu um grande sorriso.

— Muito bem.

— Qual é a graça? Por que está sorrindo?

— A lenda dos guerreiros viajantes diz que haverá um que será o maior de todos — revelou o monge. — Um que se mostrará notavelmente valente. E agora sei quem é.

Eleanor ficou radiante de tanto orgulho.

— Ei, tem mais uma coisa! — falou a menina. — Vocês têm alguma magia para destrancar fechadura?

Cordelia estava acordada quando a irmã voltou ao quarto com Wangchuk. Não conseguira dormir, preocupada com Eleanor, e ficou felicíssima quando a menina contou todos os detalhes do que acontecera. Com a magia dos monges do seu lado, Cordelia sentia-se confiante como Eleanor: podiam, de fato, vencer as bestas.

A adolescente deu o diário de Eliza May Kristoff a Wangchuk. Ele examinou a fechadura de metal e abriu os dedos sobre ele. Murmurou algumas palavras em uma língua que as duas não entendiam, e a peça explodiu em vários pedacinhos. A capa se abriu.

— Acho que você é tele... telci... — começou Eleanor.

— Telecinético — ajudou a irmã.

O monge fez uma mesura e partiu.

— Vou investigar o diário, só um pouco, e depois vamos descansar — disse Cordelia. — Nem acredito que o Will e o Felix continuam desmaiados.

— São quase animais — disse Eleanor, cutucando o Grego, que roncava.

Cordelia começou a folhear o livrinho.

Seus olhos se arregalaram ao ler. Uma expressão de choque e surpresa invadiu seu rosto. Eleanor a observava.

— O quê? — inquiriu. — Tem alguma coisa importante?

— Nada, não — mentiu a irmã. — Só coisa chata. Até agora está um tédio de ler. — Ela se contorcia por dentro. Detestava mentir para a menina, mas não sabia o que fazer.

Eleanor conhecia Cordelia. Se o diário de Eliza May Kristoff fosse realmente entediante, ela não o leria. Tampouco fitaria suas páginas daquela maneira horrorizada.

A menina estava magoada. Se fosse capaz de ler os pensamentos da irmã, entretanto, saberia a razão real pela qual ela não estava falando.

Era porque pensava: *não, não! Não pode ser verdade!*

Como irmã mais velha, Cordelia havia feito uma promessa a si mesma de que jamais contaria a ninguém o segredo horrível que estava descobrindo. Sua família já tinha passado por situações difíceis demais. *Daquilo...* Daquilo eles não precisam ficar sabendo.

Na manhã seguinte, à mesa do café da manhã (bacon de iaque), Will estava tendo dificuldades em aceitar a decisão de Eleanor de enfrentar as bestas geladas.

— É loucura — argumentou. — Seremos devorados antes de você dizer "pudim de Yorkshire".

— Se a gente sobreviver, vamos atravessar a Porta dos Caminhos — explicou Eleanor —, que é a nossa passagem para casa. Contanto que a gente vença um teste.

— Não — negou Will. — Essa porta não existe. É conto de fadas, um monte de besteira. Essa gente diz o que for para nos obrigar a fazer o trabalho sujo. Não sei por que você confia neles. Tem algo de muito estranho em um grupo de homens que vive sozinho no topo de uma montanha...

— São personagens de um livro — lembrou Eleanor —, que nem você. Dá um tempo!

Aquilo magoou o piloto. Passava uma boa parcela de cada dia forçando-se a esquecer que não era uma pessoa real. Eleanor viu sua expressão de derrota.

— Desculpa... isso foi cruel — disse ela. — Você é muito mais do que um personagem de livro para a gente. É uma pessoa de verdade. E a gente ama você. Mas devia ter dó desses monges. Estão presos aqui. E tudo o que eles querem é ser livres.

— Eu entendo — respondeu Will.

— Eu também — concordou Felix. — Tudo o que sempre quis era a liberdade.

— Você tem razão — admitiu o piloto. — Acho que uma das coisas que compartilhamos... nós que viemos dos livros... é este sentimento de não termos saída. Não importa se é porque lutamos em uma guerra que não parece ter fim, ou se guerreamos em uma arena por dias e dias... parece que continua para sempre, sem um final à vista. É um pouco como uma maldição... todos ansiamos por mais do que Kristoff escreveu para nós.

— Olha, Will — disse Eleanor. — Você e a Délia não vão nem ter que lutar com as bestas.

— Do que está falando? — perguntou Cordelia.

— Eu estava pensando — continuou a menina. — Posso enfrentar as criaturas. Com o Felix.

— O quê?! — exclamou o Grego. — Só nós dois?!

— Alguém tem que voltar para Roma e buscar o Brendan — disse Eleanor. — Então vamos nos dividir. Duas duplas. Felix fica comigo porque está acostumado a lutar com várias criaturas ao mesmo tempo...

— Nell, você está louca! — exclamou Cordelia. — Você e o Felix não podem atacar aquelas coisas sozinhos...

— Eu gostaria de salientar — disse Felix — que nunca enfrentei 50 animais de grande porte ao mesmo tempo. Quero dizer, até *sou capaz* disso. Mas será um desafio.

— Não brinca — disse Cordelia.

— Vai ficar tudo bem. Sou rápida — garantiu a menina mais nova. — Superrápida. E vamos ter a ajuda dos monges.

— Você está bem mesmo, Nell? — perguntou Will. — Do nada você se transformou em um míni Winston Churchill.

— Pela primeira vez em muito tempo, eu consigo ver um jeito de voltar para casa! — comemorou a menina. — Sei que podemos fazer isso.

— Mas será que consegue fazer a sua irmã concordar? — indagou o inglês.

252

— Tudo bem — cedeu Cordelia. Era difícil para ela se concentrar. A mente não parava de voltar ao que lera no diário na noite anterior. Todas as vezes que achava não estar pensando a respeito... estava.

Depois do café e de ouvir o plano de Eleanor, Wangchuk guiou as crianças até as portas duplas gigantescas por onde a menina passara na noite anterior. Eleanor ficou mais e mais assustada ao se aproximarem e ouvirem os latidos raivosos.

— Não se assuste, brava guerreira — disse o monge. — Vou ajudar a sua irmã a voltar a Roma.

Wangchuk levantou uma barra de madeira a fim de abrir as portas. Entraram — e prenderam a respiração. À frente estavam oito enormes cães de trenó, levantando-se de camas de feno. Lembravam huskies siberianos, mas tinham o dobro do tamanho. Tigelas fundas cheias de ossos de iaques descansavam a seus pés. As bocas eram grandes bastante para engolir o rosto de cada uma das crianças com uma só mordida rápida. Rosnaram e bateram os dentes quando Wangchuk entrou no celeiro. Eram mantidos presos por coleiras, fixas em postes fincados no chão.

— Conheçam os cães de trenó de Batan — apresentou o monge.

— O que é um cão de trenó? — perguntou Felix. — Na verdade... o que é um trenó?

— É tipo uma carruagem que tem esquis em vez de rodas — explicou Cordelia. — Mas não é tão grande quanto uma carruagem...

— Este aqui é — interrompeu o monge, puxando a lona para descobrir uma máquina monumental.

O trenó era quase tão alto quanto o celeiro, feito de madeira vermelha polida e coberto de símbolos antigos. Duas cadeiras antigas, com almofadas de couro escuro, estavam anexadas ao topo. Lembrava o veículo no qual Cinderela foi ao baile antes de voltar a ser abóbora, só que sem as partes do fruto.

— O Grande Trenó do Buda — anunciou o monge. — Vai levá-los aonde precisam ir.

Eleanor abraçou a irmã enquanto Felix se mantinha afastado. Temia despedir-se de Cordelia e Will, sem saber ao certo se seria permanente.

— Boa sorte, Délia — desejou a irmã, apertando-a com força, não apenas com os braços, mas com todos os dedos. — Traz o Brendan de volta para perto da gente.

— Vou trazer — prometeu a adolescente. — Eu amo você.

— Eu amo mais — rebateu a outra.

O Grego se aproximou para abraçar Cordelia também. Para sua surpresa — e satisfação que quase lhe causou uma parada cardíaca —, a jovem beijou-lhe o rosto.

— Achei que não gostasse de mim assim — falou.

— Só porque não quero ser a sua esposa, Felix, não quer dizer que não posso te dar um beijo de despedida.

Will revirou os olhos, mas também deu um abraço sincero no guerreiro antes de se acomodar em uma das cadeiras gigantes do trenó. Cordelia sentou-se ao seu lado, e ambos apertaram uma corda grossa (uma versão antiga do cinto de segurança) ao redor das cinturas.

Wangchuk, que mantinha as mãos perto a fim de impedir que os cães latissem, prendeu-os à corrente do veículo com um cabo tão grosso quanto seu braço. Todos os oito cachorros se levantaram, formando duas fileiras bem distantes uma da outra. À frente, os monges haviam aberto duas grandes portas que davam para fora do monastério. Havia um caminho reto saindo do canil direto para as montanhas.

— Lembrem-se! — avisou Wangchuk. — Se o terreno ficar perigoso demais, esses cães têm poderes especiais.

— Que tipo de poderes? — perguntou Cordelia.

O monge não respondeu. Em vez disso, jogou dois casacos de pele multicoloridos aos jovens. Cordelia pegou o dela e segurou-o na beirada do trenó com dois dedos.

— Eu não uso pele — falou a garota.

— São de bestas geladas mortas!

— Desculpa — retrucou ela —, mas sou totalmente contra.

— Se não vestir, vai morrer congelada! E, desta vez, não estarei por perto para salvá-la!

A menina vestiu o casaco, e Will sorriu; podia ver como a esquentava. O piloto estava de pé no comando do trenó, majestoso.

— Anda! — comandou Will.

Os cães não se moveram. Um deles virou o focinho para olhar para Will:

— *Rrrr?*

— Por que meu comando não funcionou? — perguntou a Wangchuk.

— Você tem que dizer a eles aonde quer ir!

— Roma! — gritou Will.

Os cães avançaram, jogando-o de volta ao assento

Will jamais tivera uma experiência parecida com a de deslizar sobre montanhas nevadas em alta velocidade. A neve era ofuscante de tão branca, obrigando-o a franzir o cenho, e ele pensou: *estou provavelmente igual ao Wangchuk*. O ar era tão frio que chegava a ser cortante nos pulmões, mas também era implausivelmente fresco. E a vista era tão espetacular — as montanhas azuis nevadas, os vales profundos com arbustos raquíticos como se fossem nuvens de tinta verde — que parecia que tinha sido alçado ao paraíso.

— Isso não é maravilhoso? — perguntou a Cordelia.

Ela sorriu; o piloto não acreditava que pudesse ouvi-lo. O vento fazia barulho demais. Ela estava gloriosa de casaco multicolorido, com os cabelos voando para trás. Will pensou que jamais vira algo tão lindo.

O Grande Trenó do Buda fez uma curva, jogando Will e Cordelia para os lados. O veículo derrapou perto de uma beirada de abismo, e, quando pensaram que iam cair, o trenó se endireitou. Os cães não se deixaram desanimar ou desacelerar. Eram profissionais.

A neve batia e esvoaçava debaixo do veículo, o passo frenético dos cães parecia desacelerar o tempo, e o sol deixou Will e Cordelia tão aturdidos que nenhum dos dois sabia ao certo quanto do caminho já tinham percorrido ou há quanto tempo viajavam.

Foi então que aconteceu.

Tudo começou com os cabelos da adolescente. Quando o Grande Trenó fez uma curva fechada, uma grande mecha bateu no rosto de Will e causou-lhe um espirro. Soltou um grande *aaatchiim* no ar (as mãos seguravam as rédeas), e algo estranho aconteceu...

O espirro não cessou.

Foi quicando pela montanha à frente dele: *aaatchiim!*

Atrás dele: *aaatchiiim!*

Ao lado dele: *aaaaa-tchiim!*

Continuou a ecoar ao redor do trenó, como alguma versão de som surround saída de um pesadelo, um espirrinho inócuo que se transforma em algo muito mais perigoso, mais terrível...

E ele viu, em cima, à esquerda.

Um pedaço da montanha se movia. Uma pequenina lacuna escura no branco total. Uma massa de neve monumental rolava em direção ao trenó.

Will gritou:

— *Ava...*

Cordelia concluiu:

— *...lanche!*

Descia a montanha como uma nuvem, a não ser pelo fato de que aquela nuvem tinha peso que podia matar. Era difícil de entender, pois era apenas neve; desafiava a perspectiva — parecendo lenta e rápida ao mesmo tempo. Era a coisa mais aterrorizante que Will já vira.

Bateu com as rédeas, tentando fazer os cães se moverem mais depressa do que a avalanche. Talvez, e apenas talvez, pudessem ganhar aquela corrida. A neve, porém, se aproximava. Em poucos minutos, seriam engolfados. Os cães viraram — agora eles se afastavam da avalanche...

Na direção do abismo.

— *Para o outro lado!* — gritou Cordelia.

— *Estou tentando!* — berrou Will. — *Mas os cachorros... estão no controle!*

Os dois pegaram as rédeas juntos, puxando com toda a força. Mas os animais estavam determinados a pular. A parede de 100 metros de neve estava prestes a esmagá-los...

E o Grande Trenó do Buda voou da montanha.

A lembrança da cena só viria mais tarde para Will em forma de vislumbres: Cordelia fechando os olhos e o abraçando; a neve caindo como uma cachoeira pela lateral da montanha; o sol brilhando com claridade inclemente.

No entanto, o que lembraria melhor eram os cães de trenó de Batan. Estavam diferentes.

Foi uma bela transformação, ao contrário dos métodos quebra-ossos da Bruxa do Vento. Era como se fosse algo que devesse acontecer naturalmente em algum momento. O pelo que cobria seus troncos dobrou-se para baixo dos ombros...

E formou gloriosas asas peludas.

Em seguida, todos começaram a bater as asas

— *Mentira!* — exclamou a garota Walker.

Agora Will entendia por que havia tanto espaço entre cada cão à frente do trenó: para que pudessem abrir as asas e voar. As pernas deles continuavam seus movimentos, correndo no ar, batendo e arranhando ao sobrevoarem uma fenda no gelo lá embaixo.

Quando a avalanche terminou de cair sobre o penhasco atrás deles, eles voaram pelas montanhas como se fossem o Papai Noel.

— São *mesmo* poderes especiais — comentou Will, maravilhado, e estava silencioso o bastante para que Cordelia o ouvisse. Ela apertou a mão dele.

Em poucas horas, o cenário sob o trenó mudou, de picos brancos para montanhas marrons e depois, colinas verdes. Will avistou algo lá embaixo, no solo.

— É a...? — perguntou à Cordelia.

— É — afirmou a jovem. — Talvez a avalanche representasse algum tipo de fissura entre os dois mundos, pela qual o tanque também passou quando chegamos voando naquela montanha.

— *Mansão Kristoff* — cumprimentou Will. — Que bom vê-la outra vez

Em Roma, em algum canto de um quartinho escuro, Brendan acordou e imediatamente chamou:

— Délia? Nell? — Tinha certeza de que tudo de ruim por que passara havia sido apenas um pesadelo. — Will? — continuou... E em seguida o mundo despencou sobre ele, sufocando-o, e ele se lembrou do que acontecera na arena.

— Desculpe decepcioná-lo — disse o imperador Occipus. — Sou apenas eu.

Brendan ouviu um clique e viu uma chama acima dele. O isqueiro de Will! Estava na mão do tirano, apontando para seu rosto e dando-lhe um brilho sinistro.

— Onde estou? — perguntou o menino. — O que aconteceu?

— Sob a arena, na enfermaria — respondeu o homem. — Muitos gladiadores são trazidos para cá quando sofrem ferimentos de lança ou são espancados em batalha. Mas você não sofreu nenhum ferimento honroso. Desmaiou quando seu oponente bateu em você. Foi uma das maiores demonstrações de covardia que já vi.

O imperador Occipus apagou o fogo. Brendan foi deixado de volta na escuridão. Sentiu algo cair na testa e percebeu que era o suor do tirano. Tentou se levantar, mas descobriu que estava amarrado à cama, que não era cama coisa alguma, mas uma mesa de pedra.

— Há quanto tempo estou aqui? — perguntou.

— Nem um dia — respondeu Occipus —, mas foi um dia dos mais humilhantes. A notícia do seu fracasso na luta se espalhou por todos os cantos. Afinal, você não é um jovem qualquer; é o general Brendan, o domador de leão. Sua fama foi avassaladoramente rápida. Seu nome estava na boca de todo o povo até aqueles nazistas aparecerem. Até depois, houve muitos que disseram que você é quem os derrotaria.

Brendan começou a dizer:

— Mas os nazistas não voltaram, que nem eu disse, imperador supremo.

— Mas pensou: *chega de mentiras*. Pois, não importava o que acontecesse dali para a frente, outra chance lhe fora dada. Tinha um coração batendo; podia respirar. *Tem que haver uma razão para eu continuar aqui, vivo. E, quando há vida, há esperança. Quem foi que me disse isso? Não foi o Will?... É*, decidiu o menino. *E, de agora em diante, eu vou viver de maneira diferente. Vou dar o fora daqui e encontrar a Nell e a Délia, e uma forma de voltar para casa. Aí vou dizer à mamãe e ao papai que eu os amo, não importa a situação.*

O imperador Occipus acendeu o isqueiro e ameaçou Brendan:

— Então se coloque no meu lugar. É algo que sei que você gosta de fazer... Vejo a maneira como me olha. Criei um gladiador superstar que acabou se revelando um mentiroso e charlatão. Meu povo agora cochicha pelas minhas costas, duvidando de mim, perdendo a fé em mim. Começaram a me questionar. Há rumores até de que procuram um substituto!

— Se estivesse em seu lugar — disse o menino —, eu pararia com os jogos.

— Por quê?

— Porque é errado. Pessoas morrem todos os dias. Sem falar nos animais indefesos.

— Não posso acabar com os jogos. Na verdade, eles são a única forma de conseguir reconquistar a confiança e amor do meu povo.

— Como?

— Fazendo de você a atração principal de hoje!

Brendan engoliu em seco: "atração principal" não lhe causava a mesma impressão de anteriormente. Pensou no episódio de *Além da Imaginação* que assistira com Eleanor no ano anterior, chamado "Para servir ao homem".

— A tarde de hoje — declarou Occipus — será a primeira e única em que permitirei que todos os romanos entrem de graça no Coliseu. E não apenas os cidadãos: escravos também. Vão todos lotar as arquibancadas. Servirei comida e bebida gratuitas à vontade. E, quando seus estômagos estiverem satisfeitos, quando tiverem bebido vinho o bastante para ficarem tontos de alegria, você entrará na arena.

— E... — disse Brendan, tremendo.

— Farei um discurso — continuou Occipus —, como é de praxe. Um discurso muito humilde no qual suplicarei por perdão. Vou admitir que cometi um grande erro, julguei mal seu caráter. Na mão esquerda, vou segurar uma cebola cortada. E ao levar a mão ao rosto, a cebola me trará lágrimas aos olhos. Chorar sempre cria empatia. Então, concluirei com as promessas vazias de sempre, que jamais serão cumpridas. Mas serei tão apaixonado e envolvente que o povo vai acreditar em cada palavra. E as pessoas vão acreditar em mim outra vez. E depois, para silenciar quaisquer dúvidas que possam ainda pairar a meu respeito, farei algo que vai restaurar a fé romana em meu poder, "general" Brendan.

— O que é?

— Dá-lo de comer aos leões.

Will tinha um plano. Arquitetou-o momentos depois de avistar a Mansão Kristoff na zona rural italiana. Era um conforto ver a casa, saber que estavam no caminho certo, voando de volta para Roma. Mas algo ao lado dela era ainda mais importante: um caça norte-americano P-51 Mustang.

— Precisamos pegar aquele avião — disse à Cordelia.

— Não, precisamos voltar a Roma e salvar Brendan.

— Concordo — disse Will —, mas não temos ideia de com que armas os romanos vão lutar conosco. Pessoalmente, ia me sentir mais à vontade chegando com um avião carregado de munição do que com um trenó velho puxado por cachorros voadores.

Um dos cães rangeu os dentes para Will.

O inglês sussurrou para Cordelia:

— Esqueci que eles entendem a gente. De qualquer forma, ia me sentir mais seguro em um avião.

— Você até tem razão — concordou a adolescente —, mas peça desculpa para os cachorros.

— Mil perdões. Juro... — começou ele, mas parou subitamente no meio da frase, sentindo-se estúpido. — *Ah, diabos*, isso é totalmente idiota! Falar com um bando de vira-latas!

Todos os cães se viraram e mostraram os dentes para o piloto, rosnando ferozmente.

— Está bem, está bem, não se preocupem... — disse ele. — Me desculpem mesmo. Não vai acontecer outra vez.

Os cães aterrissaram no gramado atrás de uma colina algumas centenas de metros da Mansão Kristoff. As asas se dobraram nas costas dos animais, e eles se deitaram para o muito merecido descanso. Will ajudou Cordelia a descer, e os dois subiram a colina para olhar para baixo. Lá estava a casa. Ao lado, um piloto de expressão entediada recostado no caça.

— Americanos de guarda — comentou Will. — Sabem que tem alguma coisa estranha na casa.

— Bom, também não vamos deixar esses caras ocupá-la! — disse Cordelia.

— Relaxa. Tenho um plano.

— Qual é?

— Vamos dar uma tapeada neles, garota

Cordelia estreitou os olhos.

— Por que está imitando o sotaque americano?

— Você vai descobrir logo, logo, boneca — respondeu ele.

— Não está tão mal — admitiu ela.

— Valeu. Todos nós, ingleses, conseguimos imitar os ianques. Aprendemos com os filmes de faroeste e de gângster, parceira.

— Isso foi meio forçado — disse a menina. — Ficou parecendo demais que você saiu de um filme de caubói.

— Era exatamente o que eu tinha em mente, maninha — respondeu o piloto, soando agora como um gângster dos Loucos Anos Vinte.

— Você tem que escolher entre gângster... e caubói.

— Vou ficar no meio do caminho — disse Will. — Agora, vamos prender esses cabelos, mocinha.

Cordelia riu quando Will enrolou seus cabelos e os prendeu em um coque alto. Não ficou no lugar até ele encontrar um galho e o usar para mantê-los presos. Em seguida, puxou o capuz do casaco de pele multicolorida sobre seus olhos de forma a quase escondê-los

— Hmmm — fez ele. — Quase.

Sujou o dedo de lama e passou no rosto dela.

— Que droga que você está fazendo? — perguntou a adolescente.

— Não é óbvio? Tentando fazer você parecer um menino.

— Me deixando *suja*? Para a sua informação, garotas se sujam também. A gente faz esporte e...

— Apenas confie em mim — pediu. Pressionou a mão contra os lábios dela. — O que é isso? Você está usando batom?

— É a cor natural da minha boca! Deixa os meus lábios em paz!

— Ah — exclamou ele. — Ah. Uau. Mesmo? — Olhou o rosto dela outra vez. *Raios*, pensou. *Ainda está totalmente linda!*

— Ei! Vocês dois!

O piloto da força aérea ao lado do avião gritava para eles:

— O que estão fazendo?! Aqui não é lugar para ficar de namorico!

Will usou o sotaque norte-americano:

— Você entendeu errado, amigão! Isso aqui não é a minha praia, não; é o meu assistente.

O desconhecido apontou uma pistola para Will.

— Quem é você?

— Meu nome é Marcus Maravilha, mestre da Artes Místicas — respondeu o inglês disfarçado de americano —, e este é Jimmy Hobbs.

— Jimmy? — repetiu o piloto desconfiado. — Jimmy coisa nenhuma, está mais para Judy.

— Pode crer, colega — insistiu Will. — O Jimmy aqui é homem. É meu assistente há cinco anos.

— Olha, amigo — disse o piloto —, não tenho tempo para essa palhaçada. A área toda é propriedade dos Estados Unidos, e você tem meio segundo para explicar o que faz aqui antes que eu atire no seu "assistente".

— Sou um mágico mundialmente famoso — disse o inglês. — Fui mandado para cá pelos bons e velhos Estados Unidos para fazer a alegria das tropas americanas com truques incríveis de mágica e ilusão!

— Ah, é? — desafio o piloto. — Bom, estou aqui há dois anos e nunca vi apresentação, nem diversão nenhuma. Betty Grable deveria ter vindo e nunca deu as caras. Muito menos o Bob Hope. E, com toda certeza, nunca ouvi falar de nenhum Marcus Maravilha. Então, para o chão agora com as mãos na cabeça. Os dois...

— Deixa a gente mostrar uma coisa! — propôs Will. — Uma coisa *tão mágica, tão fantástica...* Que você vai ter que acreditar!

O piloto parou, intrigado. Em sua terra natal, adorava ir aos shows de mágica com o pai.

— Você vai gostar — disse Will. — Prometo.

— Você tem 30 segundos — disse o piloto.

Will se virou e gritou:

— *Cães de trenó de Batan! Voem!*

Um momento se passou. Cordelia olhou para Will. *Ops. Isso vai dar certo? Talvez estejam dormindo, ou continuem com raiva do Will por tê-los insultado.*

Em seguida, os cães apareceram de repente, voando por cima da colina. As asas estendidas. Planando alto no céu. Como Rudolph e o restante de suas amigas renas, mas muito mais legal.

O norte-americano estava boquiaberto. Seus olhos quase saltaram das órbitas. Will virou-se para ele.

— Convencido?

O piloto conseguiu apenas fazer um pequeno aceno de cabeça chocado.

— Quer ver mais?

O homem sorriu, como uma criancinha assistindo ao primeiro espetáculo de circo. Will se virou para os cães e falou:

— Façam mais alguns truques mais para o camarada aqui!

— Espera aí — disse o piloto —, por que do nada, você começou a falar como inglês?

Will trocou um olhar pasmo com Cordelia. Sem perder um segundo, a adolescente começou a falar com sotaque britânico perfeito:

— É tudo parte do show, amigo. No palco, fingimos que somos ingleses.

O desconhecido estava pronto para perguntar por que Jimmy Hobbs tinha voz de menina. Will, porém, interrompeu:

— *Voem, garotos!*

Os cães flutuaram ainda mais alto. O norte-americano assistia, maravilhado, enquanto realizavam um espetáculo aéreo embasbacante. Viravam, fazendo acrobacias, e mergulhavam a uma velocidade incrível. Momentos antes do impacto, davam uma guinada para cima outra vez, e o homem chegou a deixar a arma cair para aplaudir.

Will cutucou Cordelia. Eles se afastaram do homem e entraram na cabine do P-51 Mustang. Will ligou o motor, fazendo o norte-americano se virar para olhar.

— Ei! O que pensam que estão fazendo...?

Will acelerou, e o avião saiu, movendo-se na direção do homem. Ele pulou para fora do caminho enquanto o caça seguia para o ar. O piloto enganado pegou a arma, se levantou e atirou na aeronave, mas era tarde. Ela já desaparecia em meio às nuvens, voando para Roma, com os cães pouco atrás.

No Himalaia, Eleanor passava por um momento de tensão com Wangchuk.
— Como assim, "é isso"? — perguntou.
O monge deu de ombros. Os dois, junto a Felix, estavam no refeitório de Batan Chekrat, fitando uma pilha de facas sem fio e colheres.
A menina disse:
— Você espera mesmo que a gente enfrente aquelas bestas geladas com esse monte de *facas e colheres?*
— Não são quaisquer facas — disse Wangchuk — São facas para iaque.
— Não quero ouvir essa palavra nunca mais! — Eleanor passou o dedo por um dos talheres. — Olha só para isso! Nem é afiada! A gente devia estar se preparando para a batalha, não para um desafio de culinária.
— Perdão — pediu o homem. — Mas a carne de iaque é extremamente macia. Não precisamos de nada mais afiado.
— A gente. Precisa. De armas!
Felix podia ver que a menina tornava-se tensa, aproximando-se do nível de um ataque de raiva. Como Cordelia não estava por perto para colocar a mão em seu ombro, ele mesmo o fez.
— Somos homens de paz — explicou Wangchuk outra vez.
— A gente *já sabe* — rosnou a criança.

— Você já nos convenceu a tomar parte na batalha. Tem de ser razoável. São *vocês*, os guerreiros, quem devem ser os responsáveis por trazer o armamento.

— E onde vamos arranjar isso? — perguntou Eleanor, levemente menos raivosa. A mão de Felix era firme e a ajudava a ser firme também.

— Vocês chegaram com uma máquina de guerra — lembrou Wangchuk. — Não há armas lá dentro?

Eleanor poderia ter batido na própria testa; era tão óbvio. Esquecera-se totalmente! E não eram apenas armas que o tanque continha. Havia também aquele detalhe muito especial sobre o qual Volnheim lhes contara...

— Você está certo — admitiu. — Wangchuk, nós *temos* armas. Reúna alguns irmãos, casacos quentes, Uggs...

— Uggs?

— Botas de neve?

— Temos sapatos de neve.

— Serve — disse ela. — Venha comigo.

Uma hora depois, um grupo de monges reunia-se a eles do lado de fora das enormes portas do monastério, todos calçando sapatos que lembravam raquetes de tênis de tamanho exagerado, feitas com as vísceras secas e entrelaçadas de iaques. Eleanor, Felix e Wangchuk usavam casacos de bestas geladas, mas não havia o suficiente para todos, por isso, os demais vestiam casacos de pelo de iaque. Eleanor deu um pulo quando as portas se fecharam com um estrondo ruidoso. Qualquer coisa para tirá-la dali. *Pelo menos não estou sozinha*, pensou, olhando para Felix.

— Vou ficar colada em você — avisou a ele.

— Vamos ficar juntinhos um do outro — disse ele. — Você cuida da minha retaguarda, e eu, da sua.

— Lidere o caminho, pequena guerreira! — disse Wangchuk.

Eleanor começou a andar, depois parou.

— Espera aí... e se as bestas geladas vierem?

— Elas só saem à noite — explicou o monge. — Temos que nos preocupar apenas com o frio.

— Ah. Só isso. Sem problema — disse Eleanor. O vento passou uivando pelo seu rosto, e ela mal podia ver com os reflexos vertiginosos da neve que a cercava. O nariz corria, formando pequenos cristais de gelo de muco acima do lábio superior. O frio a obrigava a se mover lentamente, quase como se estivesse em um sonho, e mais de uma vez quis se jogar no chão e fazer um anjo de neve; mas todas as vezes que tropeçava, Felix a ajudava a levantar e um monge lhe dava chá revigorante de um cantil feito de barriga de iaque.

— Estamos chegando perto — disse a menina ao alcançarem a beira de um enorme barranco. Debaixo deles havia um caminho que levava para baixo, parecido com a trilha estreita que serpenteava junto à lateral do Grand Canyon, que visitara com a família havia dois anos.

— Olhem. — Wangchuk apontou para uma montanha ao lado do abismo, onde se via uma enorme caverna abobadada na pedra. — É para lá que eles levam as vítimas.

Um caminho feito pelas bestas geladas seguia até a caverna. Eleanor se virou de costas; não queria pensar nelas ainda. Era mais fácil contemplar a longa jornada até o fundo do abismo, onde podia ver uma leve descoloração.

O tanque.

Ou o que restara dele.

Levaram metade de um dia para chegar. O Tiger I estava epicamente aniquilado. O que um dia fora um trunfo da engenharia era agora um pedaço de metal torcido que poderia ser confundido com uma escultura de um museu de arte moderna. O tanque estava queimado e enegrecido; a cobertura se projetava em várias direções. Neve se acumulara no topo, transformando-o em uma combinação impressionante do artificial e do natural.

— Uau — exclamou Eleanor. — Parece até que o Gordo Jagger esmagou o tanque o jogou na lixeira.

— Você fala tanto nesse Gordo Jagger — comentou Felix. — Quando vou conhecê-lo?

— Não acho que vai ser possível — disse Eleanor. — Ele está em um livro diferente. Mas acredito que você ia gostar muito dele.

A menina se virou para os monges:

— Ok! Então a máquina de guerra é essa aí. E o que estamos fazendo é procurar armas. Acho que os nazistas provavelmente guardavam facas, pistolas e granadas... Vamos ficar de olho em qualquer coisa que possa ajudar contra as bestas geladas. Ah, essas coisas contam como arma também.

Ela desenterrou um pedaço afiado de metal da neve, que fora arrancado quando o tanque atingiu o solo. Era retorcido e pontiagudo, como uma ponta de lança.

— Pedaços do tanque são superafiados. Se voltarmos com uma mochila cheia disso, podemos prender em varas e fazer armas ótimas. Então, mãos na massa! Felix e eu vamos entrar primeiro...

— Espera — gritou um dos monges para Wangchuk. — Isso não é contra nosso código de conduta?

Wangchuk respirou fundo.

— As regras mudaram — falou. — Vivemos segundo nosso próprio código agora.

— E criamos nossas próprias lendas — complementou a menina, e caminhou até a entrada do carro, que já não parecia mais com uma, apenas um buraco aberto, dando um passo para dentro.

O interior do tanque era como um mundo alienígena, com arcos de metal, espirais de fios e estênceis de letras em alemão saindo de pilhas de neve. Era silencioso como um cemitério; o único som que Eleanor ouvia eram os passos suaves que dava com seus sapatos de neve. Viu o periscópio que Will usara para guiar o veículo e o canhão enorme que lançara Volnheim longe e que agora estava fincado no chão, na vertical. Viu até o que parecia ser *um dos olhos do ciborgue* — um globo mecânico com engrenagens e um fio na parte de trás. Estava conectado a uma bateria chamuscada. Eleanor notou um pequeno símbolo acima do olho. A mesma suástica dourada que vira no uniforme do *Generalleutnant. Será o olho dele?*

— Que estranho... — Ela o pegou. A íris parecia ser feita de madressilva, a pupila, de uma pedra preciosa límpida. Engrenagens do tamanho das de um relógio ficavam escondidas na parte detrás. O olho *se movia na mão dela*, olhando para a direita. Eleanor o deixou cair.

— Ai, meu Deus!

— O que foi? — perguntou Felix. Estava do outro lado, investigando uma pilha de dossiês molhados à procura do mapa do tesouro nazista que Eleanor o instruíra a buscar.

— Esse olho do Volnheim... Continua vivo!

— Joga fora — disse Felix. — Eu esmagaria com o sapato de neve, se fosse você.

Eleanor, porém, notou algo. Se segurasse o globo na esquerda, ele continuava olhando para a direita. Se o mantivesse no alto, a pupila ainda se movia para a direita. Não importava para onde o apontasse, continuava com o olhar cravado em algo.

Seguiu-o. Ele a guiou até uma caixa trancada na neve.

Era preta, sem inscrições ou decoração. Quase lembrava um cadeado eletrônico. Estava fechada com uma tranca, então Eleanor a levou até Wangchuk e pediu que usasse magia para abrir. Quando o monge a virou e falou algumas palavras, ela se abriu. Eleanor colocou a mão no interior da caixa.

Havia apenas uma coisa lá: um velho mapa da Europa amarelado e dobrado, com um *X* muito claro marcando um determinado lugar.

— Encontramos! — disse a Felix, entregando o olho para ele. — *Agora* pode esmagar.

— O que vai fazer com o mapa? — perguntou ele.

— Minha irmã quer ficar com ele, para tentar encontrar o tesouro, receber o dinheiro da recompensa e ajudar a nossa família... — explicou a menina. — Mas não quero mais que a nossa família seja rica. E, se deixar isso aqui, ela pode achar. Então, depois da batalha... Vou levar de volta para o monastério.

— Para fazer o quê?

— Queimar.

Will estava em uma cabine de piloto outra vez; nunca se sentira melhor. Pairava e mergulhava no ar, exibindo-se para Cordelia no caça P-51 Mustang, executando todos os tipos de manobras aéreas à exceção de um tunô, um giro de 360 graus, para fazê-la rir e gritar. Os cães atrás dele copiavam seus movimentos.

— Você consegue entender como sou sortudo? — perguntou, enquanto sobrevoavam um aqueduto onde fazendeiros olhavam para eles, boquiabertos.

— Não, por quê? — perguntou a adolescente.

— Porque sei o que amo!

Cordelia achou difícil apreciar o entusiasmo de Will. Sua mente estava sobrecarregada com o grande segredo que descobrira no diário de Eliza May Kristoff. Queria contar a ele, mas prometera a si mesma que não diria a ninguém. Ao menos não até o momento certo. E não tinha ideia de quando seria.

O piloto mergulhou e voltou a subir, arrastando a barriga do avião pela copa de alguns carvalhos.

— Cuidado...

— Eu nasci para voar! Não sei se vou querer aterrissar!

— Will — chamou Cordelia. — Não podemos nos esquecer do Brendan...

— Claro que não me esqueci dele! A última manobra!

Will virou... e beijou Cordelia. Manteve o rosto colado nos lábios de Cordelia por um segundo inteiro antes de a menina o afastar.

— Will! O que está fazendo?

— Cordelia, preciso contar uma coisa — disse. — Vamos chegar a Roma daqui a pouco, e não sei se terei outra chance. Então lá vai. Sei que é loucura..

— Will.

— Eu amo você.

— Ai, Will — disse ela. — Você devia mesmo estar fazendo isso agora?

— Por que não? A vida passa voando! Com certeza vimos muitos exemplos disso nos últimos dias. Sei que te amo, e sei como faremos para ficar juntos. Podemos ficar aqui, nos mundos do Kristoff. Não temos que voltar para São Francisco. Seu mundo moderno é um lugar horrível, de qualquer forma.

— Do que está falando? — perguntou a jovem, com a súbita sensação de que teria que defender todo o seu modo de vida. — São Francisco é ótima!

— É mesmo? Com as pessoas olhando o tempo inteiro para os celulares, digitando com a cara enfiada neles? Vejo pelas vitrines das cafeterias... Todos mexendo neles como se tivessem uma doença.

— Você está sendo crítico demais...

— E o que significa aquele lugar que vocês chamam de academia? Toda aquela gente agarrada a *máquinas*, correndo sem sair do lugar como se fossem hamsters? Qual é o sentido?

— Ficar em forma.

— Então por que não se reunem com um grupo de amigos para uma partida de futebol? O que estou querendo dizer é que as pessoas no seu mundo preferem ficar sós a estar com outra pessoa. Mas aqui... — Will fez o avião descer e depois subir outra vez, fazendo Cordelia gritar —, aqui nós temos aventura!

— Will, para com isso! — pediu.

— E mais uma coisa! — disse ele, sem se dar conta do efeito aterrorizante de sua atitude sobre Cordelia. — Comecei a ter vislumbres da minha mãe. Acho que o Kristoff pode ter escrito a respeito dela. Em algum lugar desses livros. E gostaria de encontrá-la, com você..

— *Está bem; agora chega!* — gritou ela.

Will segurou os controles com firmeza e se calou.

— Não estou pronta para ficar com ninguém — explicou a adolescente com gentileza. — Não estou interessada em ser a namorada de ninguém. Tenho muita coisa ocupando a minha mente e ainda estou tentando descobrir quem sou e o que quero da vida. E não sei ainda o que é, mas não é *passar o resto dela vivendo em um mundo de fantasia.* — Suspirou. — Mesmo que fosse com você.

— Ah — fez Will. Ele tinha a sensação de que seu coração tinha sido congelado e jogado dentro dos sapatos. — Entendo.

— Gosto de você como amigo — continuou ela. — Mas não estou pronta para mais do que isso, e com certeza não estou pronta para ficar aqui com você. Tudo bem?

— Parece que não tenho muita escolha — disse o piloto. Estava procurando algo que o ajudasse a pegar seu coração e o colocar de volta no lugar.

— Acho que podemos dar certo como amigos.

— É um conceito muito moderno e atual — comentou Cordelia. — Um cara e uma garota, ótimos amigos, que se amam.

Will soltou um suspiro.

— Dá para me conformar.

A menina o abraçou quando Roma surgia no horizonte.

Os tornozelos de Brendan estavam presos firmemente com grandes grilhões escuros, e o menino era puxado para a frente por uma corrente pesada. Ungil — o escravo cujo rosto odioso nem a mãe poderia amar — estava diante dele, no corredor sob o Coliseu. Raios de luz entravam sorrateiros pelas fendas no teto e faziam o menino lembrar a sessão de treino pela qual passara no dia anterior — só que agora o anfiteatro retumbava com urros ensurdecedores. Aquilo não era treinamento. Eram jogos de verdade. E, com a política de entrada gratuita para todos, aquele poderia vir a ser o maior espetáculo que Roma já vira.

— Por favor — suplicou Brendan. — Por favor, para. Tenho que falar com Occipus.

— Ah, ele vai falar com você — prometeu Ungil. — Você vai ficar na arena, e ele, no camarote. Você o verá muito bem.

— Sério, quem sabe a gente não consegue fazer um acordo se a gente conversar...

— A hora de ficar de conversinha acabou! — bradou o escravo. — Agora é hora de divertir a plateia.

Brendan ficou quieto, mas, enquanto o homem continuava a puxá-lo, seu cérebro corria a quilômetros por hora. Tinha que haver um meio de escapar. Chegaram à escadaria de ferro que dava para um alçapão. O escravo se desfez dos grilhões. O menino massageou os tornozelos. Ungil pegou um cassetete de couro e bateu de leve na própria mão: *slap, slap.*

— Suba a escada! A plateia está esperando!

— Mas... e o meu treinamento? Você falou que levava *anos* para treinar um gladiador. Não tenho que continuar lutando com mais alguns ratos ou ficar de cabeça para baixo um pouco mais?

— Não. Os *gladiadores* eu treino durante anos. As pessoas que são jogadas aos leões não precisam de treino algum.

Enrola, disse Brendan a si mesmo.

— Ungil, sei que é um cara esperto. E, como você mesmo disse, é hora de divertir a plateia. Mas tenho que perguntar: onde está a diversão em me jogar aos leões? Quero dizer... Isso vai levar provavelmente dez, quinze segundos no máximo. Ninguém paga bem por uma luta que não dura nem um minuto.

— Não com você, garoto. Você traiu a confiança deles. Querem ver seus braços — Ungil moveu os próprios braços — caídos em dois lugares diferentes.

Pronto. Brendan viu a oportunidade. Ele correu do escravo... que lhe deu uma pancada com o cassetete.

— Aaaai!

— Sem truques, garoto! Suba lá agora!

Brendan massageou a parte de trás do pescoço, tentando ver algo além de estrelas.

— Por favor... me dá uma arma... Uma enxada, o seu cassetete, qualquer coisa... vai deixar o evento mais empolgante!

— Tenho ordens.

— Então o que me diz de umas roupas?

— Você já está de roupa.

— Isto aqui? — Brendan puxou o tecido enrolado na cintura com a ponta dos dedos. Era um pedaço de pano de juta do tamanho de um lenço. A única outra peça em seu corpo era uma coroa de ouro soberba que haviam colocado sobre sua cabeça e que parecia pesar 9 quilos. — É tipo a menor tanguinha que já vi na vida! Dá para ver a minha...

— Não importa o que dá para ver — cortou Ungil —, contanto que a plateia possa enxergar cada pedacinho do seu corpo que for comido.

— Mas...

Ungil se inclinou e falou:

— Sei que provavelmente você passou toda a sua vida usando a lábia para sair de situações desfavoráveis. Mas isso é porque estava usando a sua lábia com pessoas cultas. Não sou uma pessoa culta.

Sem arma, vestido com uma tanguinha diminuta que lembrava algo que uma dançarina vestiria num videoclipe de hip-hop, Brendan galgou os degraus e seguiu para a arena. Ele abaixou a cabeça; não tinha mais alternativas.

Viu a multidão, que aplaudia. Ouviu um grunhido e notou dois leões — mas não eram quaisquer leões. Eram as criaturas que transformara em bichos gordos antes... E agora estavam bombados! Obviamente haviam sido mandados para um centro de treinamento leonino, ou talvez o desejo de Brendan viesse com um revés cruel. A área do estômago dos animais, que havia sido inflada para atingir proporções colossais, estava agora magra e musculosa. As pernas eram grossas e poderosas. E o brilho que tinham nos olhos não era apenas de fome. *Eles me reconhecem! Querem vingança!*

Estavam presos dentro de uma jaula de metal com Brendan, no centro da arena. Um dos leões estava sentado com as patas dobradas sob o peito; o outro caminhava. Uma grade de metal os separava do menino. Dois guardas estavam postados do lado de fora, prontos para baixar a divisória, de forma que não houvesse mais barreiras entre predador e presa.

Era bastante óbvio quem sairia dali vivo.

Brendan viu Occipus, a amante e Rodicus descansando, ansiosos, no camarote. Em seus rostos, a mesma expressão que tinham seus amigos quando passavam seus celulares uns para os outros, assistindo a algum novo vídeo legal no YouTube. Brendan nunca pensara em como seria a sensação de *ser* o próprio vídeo.

Ele se sentou.

A multidão vaiou.

Rodicus disse:

— Vamos dar as boas-vindas a Brendan, o Bravo! Ou será que devemos chamá-lo de Brendan, o Traidor? O garoto que...

De súbito, houve uma comoção no camarote imperial. Occipus tirou Rodicus do caminho e se colocou diante do megafone antigo. A multidão prendeu a respiração. O tirano raramente falava diretamente ao povo.

— Meus conterrâneos romanos! — gritou. A voz que soava naturalmente como guinchos e coaxos alcançou força inesperada quando falou alto o bastante. Na opinião de Brendan, lembrava Richard Nixon falando no Clube Boêmio. — É apenas dor e pesar que sinto ao ver esse pobre menino machucado, pois não passa de uma criança! E ainda assim... — O imperador se virou como se fosse tossir, mas Brendan o viu esfregar os olhos com a metade cortada de uma cebola e depois voltar ao megafone com grandes lágrimas correndo pelas faces — ...ele t-traiu minha confiança! Me fez de t-t-tolo! Que tipo de mensagem isso passará aos inimigos de Roma? — As lágrimas do governante transformaram-se em raiva: — Eles tomarão isso como um sinal de fraqueza! Tentarão nos invadir! E vão se aproveitar dos dissidentes entre vocês que já vêm questionando minha autoridade. Tudo por causa desse garoto impertinente! E, por isso, por mais que me doa dizê-lo... — usou a cebola outra vez — ...o garoto tem que morrer!

O imperador se afastou do cone, e aplausos ensurdecedores irromperam do Coliseu. Quando Rodicus, porém, sussurrou algo no ouvido do tirano, ele emendou:

— E não se esqueçam de permanecer para os *ludi* de mais tarde. Receberemos os famosos mímicos de Creta!

A plateia deu vivas. *Tenho que dar crédito ao cara,* admitiu Brendan. *Foi um bom desempenho.* O menino não se movia; apenas remexia na terra ao redor dele.

Os guardas abriram a grade de metal.

O leão sentado começou a rosnar. Primeiro, baixo, mas depois cada vez mais alto e forte, como um motor esquentado, até o animal soltar um rugido que enlouqueceu o anfiteatro. Os dois oponentes aproximaram-se de Brendan.

O menino não se moveu.

— Luta! — berrava a multidão, e quando não houve reação, apelaram à vaidade do menino Walker.

— *Luta, general Brendan!*

— *Brendan, o Bravo!*

— *Você pode derrotar os leões!*

Ele deu de ombros: *Foi mal, pessoal!* Não daria a eles a satisfação de vê-lo lutar. Era o único trunfo que ainda tinha.

A plateia assoviou e provocou. Os leões estavam tão confusos pela ação de Brendan quanto o público. Eles o cercaram, cheirando os cabelos e o corpo do menino. Pareciam supor que estava doente, que não valia o esforço. Mas a multidão jogou ovos nos animais, além de comida e até sandálias.

— *Matem!*

— *Devorem o garoto!*

Um dos leões se inclinou e abriu a boca quente e malcheirosa.

Brendan olhou para cima, querendo ver dentro dos olhos do animal que tiraria sua vida.

E foi então que algo estranho aconteceu.

Quando ergueu a cabeça, a coroa de ouro refletiu a luz do quente sol romano direto nos olhos do leão. Ele piscou, distraído, ficou assustado e recuou. Assim que Brendan mudou de posição, porém, o reflexo desapareceu. O bicho rugiu, movendo-se outra vez para Brendan.

O menino subitamente vislumbrou como poderia se salvar. Pôs-se de pé, tirou a peça dourada da cabeça e a segurou à frente do corpo, movendo a mão a fim de ficar na posição perfeita para captar os raios solares e refleti-los na direção exata dos olhos do adversário. Momentaneamente cego, o animal afastou-se outra vez — mas o segundo leão investiu contra Brendan. Ele girou e mandou o raio direto para seu focinho. O animal estreitou os olhos, recuando também.

— Isso aí — comemorou Brendan consigo mesmo. — Não é o fim ainda, gatinho!

A plateia torcia enquanto o menino continuava a manter as feras distantes. Passava de um para o outro, o braço estendido, segurando a coroa como se fosse uma pistola, cegando um leão por alguns segundos, depois o outro. *Maravilha*, pensou Brendan. *Posso continuar com isso o dia inteiro, e, desde que o sol continue forte, os leões não vão chegar perto de mim!*

De repente, Brendan escutou um *whzzz* — algo estava vindo na sua direção. Virou-se e viu uma flecha fazendo espirais no ar enquanto se aproximava dele. Movia-se rápido demais para Brendan sair do caminho. Entretanto, não era ele o alvo. Era a coroa em sua mão. A flecha acertou-a e jogou-a longe, para o outro lado da jaula. Antes que o menino pudesse pegá-la de volta, um escravo destrancou uma das portas e a arrebatou. Brendan se virou para ver quem havia disparado. Ungil segurava um arco.

— Agora, *isso* é o que chamo de diversão! — falou ele, sorrindo.

Pela primeira vez, Brendan não tinha resposta. O treinador se virou para a multidão e acenou. As pessoas se colocaram de pé e deram vivas, aplaudindo empolgadas. Com a coroa perdida, não havia com o que impedir os leões de atacá-lo.

As feras inclinaram as cabeças, rosnaram e andaram na direção de Brendan.

O menino teve uma última ideia. Assistira a muitos programas sobre a África e sua vida selvagem no National Geographic... E uma das coisas de que se lembrava era de que leões tinham medo de barulho alto e de palmas. E ele achava que havia um jeito de fazê-los ouvir mais desses sons, e muito mais alto do que eles jamais presenciaram na vida. Então, com os animais a apenas centímetros, Brendan pulou, juntou as mãos e começou a bater palmas e cantar a plenos pulmões...

— *I had a friend was big baseball player, back in high school...* — cantou.

Era "Glory Days", de Springsteen.

A música tema oficial do império romano.

A plateia inteira tentou juntar-se a ele. Os romanos ouviram falar da habilidade musical de Brendan e queriam acompanhá-lo — mas infelizmente não conheciam a letra nem a melodia, então o que saiu foi apenas um barulho verdadeiramente horrendo. Dentro da jaula, os leões olharam em volta, irrequietos e assustados pela cacofonia. Recuaram, se acovardando no canto. Brendan aproveitou a oportunidade para se tornar o centro das atenções e começar a dançar e cantar. Fora assistir ao show de Springsteen ao menos cinco vezes com o pai, então conhecia os passos e movimentos do "Boss", o apelido de Springsteen, e sabia como fazer a multidão entrar em frenesi.

— *I'm just a prisoner of rock and roll!* — gritou, em uma perfeita voz de astro de rock. Infelizmente, ninguém podia escutá-lo, pois não tinha microfone. A multidão, porém, começou a gritar e exigir ouvir o que estava cantando. Occipus, ciente de que tinha que manter o povo satisfeito, cutucou o arauto, que foi ao megafone primitivo e começou a declamar uma versão das palavras de "Glory of Days" como a tinha ouvido no banquete oferecido a Brendan. Rodicus tinha voz melhor que a do menino, e isso fez crescer ainda mais o furor da plateia e deixou-a mais animada. Enfim, furioso como estava, Occipus teve que se levantar, balançando o traseiro e erguendo os punhos. Ao se dar conta de que Brendan começava a se cansar, porém, percebeu que aquilo não poderia seguir para sempre. Logo terminaria, e aí...

Morte por leões.

O menino continuou a cantar, repetindo o refrão várias e várias vezes... Até ouvir um ronco alto, o mais alto de todos.

Não era um dos animais.

Mas foi alto o suficiente para fazer a arena ficar muda.

Antes mesmo de ver, Brendan tinha uma esperança em seu coração do que seria... Depois olhou para cima e viu o P-51 Mustang, e seu peito se encheu com uma onda de alegria.

Sua família. As únicas pessoas que poderiam salvá-lo agora.

— Lá! — gritou Will para Cordelia. Os cães de trenó continuavam atrás deles. Brendan estava quase sem pernas dançando na arena, infundindo em "Glory Days" toda a energia que vinha da esperança.

— O que está acontecendo? — perguntou Cordelia. — O... o Brendan está fingindo ser um astro de rock?

— Não por muito tempo — disse Will, e puxou um gatilho.

Acka-acka-acka-acka!

Balas atingiram o chão do anfiteatro, mandando explosões de terra para cima. A plateia romana se sobressaltou quando o avião da Segunda Guerra Mundial, seguido de um grupo de cachorros alados e um trenó, mergulhou para o Coliseu e cercou Brendan. Todos estavam em choque — parecia que os próprios deuses haviam descido para dar um espetáculo.

Occipus, que não era homem de perder oportunidades, cutucou Rodicus.

— Senhoras e senhores, admirem a demonstração de assombro aéreo do imperador!

Will girou, passando tão perto das arquibancadas que os cabelos dos espectadores foram jogados para trás. Queria aterrissar no meio da arena, mas era exatamente onde Brendan estava. Então o piloto dirigiu o caça para o fim do anfiteatro.

Desceu, a centímetros do chão — e bateu.

Primeiro, o trem de pouso quebrou. Depois, a barriga inteira do avião começou a arranhar o solo, lançando centelhas para os lados enquanto deslizava para a frente. As hélices bateram no chão, se curvaram e foram arremessadas longe, girando no ar, na direção de Brendan, e fazendo a porta da jaula se abrir.

O menino correu para a liberdade.

O avião ia ficando mais e mais destruído enquanto desacelerava, perdendo a asa com a bela estrela no topo antes de parar. Era uma bagunça amassada e enfumaçada.

A porta da cabine do piloto se abriu. Will e Cordelia saíram tropeçando e tossindo. Tiraram os capacetes e observaram o caos completo à volta deles.

Os romanos já haviam entendido que aquilo não fazia parte do evento. Temendo por sua segurança, saíam do anfiteatro pelo buraco que o tanque nazista abrira. Occipus, do camarote, gritava para os guardas, apontando para a aeronave. Na arena, os soldados desembainharam as armas e se dirigiram a ela, mas Will pulou de volta para a cabine e puxou o gatilho...

Acka-acka-acka-acka!! As balas acertaram o chão à frente dos guardas. Eles se dispersaram e correram para se salvar.

— Parem! — gritou o imperador. — *Covardes! Voltem! Lutem!*

Os guardas, porém, seguiam os espectadores para fora do Coliseu.

Occipus olhou em volta e viu que até a amante e Rodicus fugiam. Pegou uma espada e localizou Brendan no campo de batalha.

O menino corria para a cabine.

— *Délia! Will!*

Alcançou a irmã e a abraçou. Estava mais agradecido do que jamais estivera na vida. Cordelia o abraçou de volta:

— *Irmãozinho.* — Mas a jaula aberta havia criado um meio para os leões escaparem. E atacarem...

— Bren! — gritou a adolescente, virando-o. — O que vamos fazer agora?

Os animais corriam direto para eles quando Will gritou:

— *Cães de Batan! Ataquem!*

Os cães e seu trenó estavam circulando no céu. Quando um dos leões alcançou Brendan e encobriu seu rosto, os dentes afiados e hálito podre enchendo o mundo...

— *Aaaaauuuuuuuuu!*

O leão subitamente se encolheu e recuou. Os cães de trenó de Batan haviam chegado.

Na luta eterna entre cães e gatos, naquele dia, os cães de Batan venceram uma batalha para a categoria dos caninos. Eram quase tão grandes quanto os leões, e havia oito deles. Pularam sobre as feras e os derrubaram no chão. Foi uma batalha brutal e sangrenta. No meio dela — com os cachorros reduzindo os leões a nada —, Brendan encostou a cabeça no ombro da irmã e quase chorou.

— Vocês voltaram por mim! Mesmo depois de eu ter me comportado como um completo...

— *Shh* — fez ela. — Está tudo bem. O que aconteceu com você?

— Eles me transformaram em um gladiador em treinamento... com *ele!* — explicou o menino, apontando para Ungil.

O escravo gritava com seus guardas, freneticamente tentando reuni-los outra vez, mas os soldados não o obedeciam, correndo com a multidão em direção à abertura na parede do anfiteatro. Enquanto isso, os cães já haviam dado conta dos leões, e Will viu que era hora de fazer uma retirada apressada.

— Vamos lá! — chamou. — Para o trenó!

Seguiram para o Grande Trenó do Buda, mas não antes do imperador Occipus aparecer, correndo pela arena com sua espada, fitando as arquibancadas desertas com lágrimas — desta vez verdadeiras — correndo dos olhos.

— Meu povo me abandonou — gritava. — Estão todos me deixando! Acabou tudo para mim! Meu império está em ruínas!

E se virou para Brendan. O rosto estava vermelho de raiva, a boca, retorcida em uma carranca cruel.

— Você é o responsável por isso. — Ergueu a espada. — *Vai morrer e pagar por tudo!*

Occipus correu na direção de Brendan. Will se colocou entre os dois e, com um rápido soco no nariz do tirano e depois outro no estômago, fez com que desabasse no chão. Quase inconsciente e sem ar, grunhindo e gemendo, segurando a barriga de Buda, o tirano já não tinha lá uma aparência tão imperial assim. Era apenas um homem triste, machucado e fraco.

— Bem feito para você — espezinhou Cordelia.

— Vamos dar o fora daqui — disse Brendan.

Will chamou os cães de volta, e eles chegaram com o trenó. Occipus arquejava no chão. Will e Cordelia subiram no veículo, e Brendan começava a entrar...

Quando Occipus segurou o tornozelo dele.

O menino gritou; os cães se assustaram; de repente, o Grande Trenó decolou, e, enquanto subia, o imperador continuava agarrado ao pé de Brendan, tentando puxá-lo para a morte!

— Me solta, seu gordo falso! — gritou o menino, tentando chutá-lo para longe.

Occipus, porém, continuou a segurar firme enquanto o trenó seguia seu curso cada vez mais alto:

— Nunca! Vou levá-lo comigo!

A centenas de metros acima do anfiteatro, o peso que o imperador acrescentava era demais. Brendan usava os braços para se segurar no trenó — mas começava a esmorecer, a sentir até que se partiria em dois.

Occipus soltou um som de gorgolejo e fez força para subir, tentando se segurar no tronco de Brendan, mas foi se agarrar justamente na tanga do menino...

Que acabou escorregando e saindo!

Occipus se viu em um momento dos mais estranhos — quase cômico, não fosse pelo fato de que não estava mais se segurando em coisa alguma. Olhou o pano na mão...

E gritou enquanto caía para longe do trenó.

Brendan entrou no veículo. Completamente exausto. Seguro. E nu.

— Pega a minha jaqueta — ordenou Will. Brendan estava feliz demais por poder usar uma jaqueta vintage irada, mesmo se ela fizesse as vezes de calça.

Na arena, Ungil sinceramente não tinha certeza do que fazer. Estava cercado pelo caos, por espectadores aos berros e por guardas desertores. Ninguém o ouvia. Foi aí que escutou o som de algo se movendo em grande velocidade, seguido do grito crescente do imperador Occipus. Olhou para cima.

E viu o governante tarde demais.

Antes que pudesse sair do caminho, o escravo foi esmagado com um som adequado.

Cordelia abraçou o irmão.

— Sentimos tanto a sua falta! Nunca mais deixa a gente assim. Por favor.

— Não vou — prometeu ele, finalmente liberando todo o medo e pânico dos últimos dias, chorando sem a ajuda de qualquer cebola. — Não vou não vou não vou. Amo tanto vocês... Ei... cadê a Nell? E o Felix?

— Estão bem — tranquilizou-o a irmã. — Vamos encontrar com eles agora.

Antes de deixarem a arena, o menino olhou para baixo. Seria a última espiada que daria no Coliseu — *a menos que eu vá visitar, coisa que não consigo me imaginar querendo fazer.*

O imperador estava morto no meio do campo. A cabeça de Ungil espiava de trás do ombro do governante, e o restante de seu corpo não podia ser visto. Os olhos estavam totalmente abertos; mesmo lá de cima, Brendan podia ver que eram grandes e brancos, como se tivessem literalmente saltado das órbitas com o peso de Occipus — e se moviam. Ungil continuava vivo.

Brendan gritou para ele:

— *Isso é o que eu chamo de diversão!*

Quem vai primeiro? — perguntou Wangchuk.
— Eu vou — ofereceu-se Eleanor, com um passo à frente.
— Não — disse Felix, empurrando-a para o lado. — Sou eu quem deve ir.

Mesmo de peito estufado, todo orgulhoso e forte, por dentro o Grego estava inseguro de se deveria assumir a liderança. Não queria estar ali, no Himalaia, com Eleanor e os monges, vestido com um casaco volumoso de pelo de besta gelada. Estava acostumado a lutar sob o sol inclemente de Roma. O frio fazia seus músculos parecerem densos e lentos. Entretanto, estavam prestes a entrar na caverna das criaturas. E não deixaria que a pequena Eleanor fosse a líder daquela vez.

— A gente não pode ir entrando assim, de qualquer forma — disse a menina. — Alguém vai ter que fazer um discurso. Os monges estão aterrorizados.

Eleanor, Felix e Wangchuk viraram-se para a multidão. Eram bem menos do que os 432 que viviam no monastério. Depois que vários deles haviam argumentado que eram velhos demais ou tinham ferimentos que os impediam de lutar, ou ainda que tinham fobia das bestas geladas, menos de 40 monges se apresentaram. E se recusaram a trazer quaisquer armas, facas ou granadas que tinham encontrado no tanque! Apenas ficaram parados lá com os pedaços afiados do tanque precariamente amarrados a varas de madeira.

— Quem fará o discurso? — perguntou.

— Você — declarou Eleanor.

Felix abriu a boca... mas não conseguiu. Virou-se para a menina e sussurrou:

— Não sei se é uma boa ideia.

— *Não* é uma boa ideia, é a *única* ideia. — Estava assustada também, mas não podia deixar transparecer. — Você só precisa colocar o moral deles lá em cima. Você consegue, não é?

— Nunca fiz discurso nenhum — explicou ele. — Não sou muito bom com... Com palavras...

— Você precisa fazer isso — insistiu Eleanor, pousando a mão no braço do gladiador. — As nossas vidas dependem disso.

Felix fez uma pausa e respirou fundo.

— Olhem só para vocês, guerreiros temíveis! Se eu fosse uma besta gelada, estaria deixando a neve amarela agora!

Os monges riram. Eleanor achou um começo um tanto repulsivo, mas funcionou. Felix seguiu em frente.

— Vocês podem não ser os combatentes mais experientes que já vi. Mas têm algo que ninguém pode tirar: raiva. Pode não ser óbvio na superfície, mas sei que está aí, em algum lugar dentro de vocês. Durante anos foram oprimidos por essas criaturas. Sacrificaram seus irmãos para elas! Assistiram à morte dos amigos mais próximos!

Felix parou um momento, perguntando-se por que as palavras lhe pareciam tão familiares. Então percebeu: eu *vi muitos dos meus irmãos morrendo na arena, todos pelas mãos daquele escravo horrível... Ungil. E nunca tive a oportunidade de fazer nada a respeito.*

— Quando transformam essa raiva em energia, não há nada que não possam alcançar! Precisam atacar essas bestas como se, a cada golpe das lâminas, estivessem recuperando um irmão caído!

Os monges aplaudiram em uníssono, erguendo as armas improvisadas no ar.

— Façam isso pelas memória e glória e pelo espírito dos seus irmãos! — gritou Felix.

Os monges bradaram outra vez, mais alto, mais ferozmente, com grande paixão.

Eleanor puxou a manga de Felix e sussurrou no ouvido do amigo:

— Mais uma coisinha: eles têm que usar a magia deles.

— Ah, sim — complementou o grego. — Vocês têm que se lembrar... não vamos ganhar a batalha apenas com força física! Vocês terão que contribuir com as artes místicas que aprenderam. Do contrário, não haverá esperança para nós.

Um dos homens ergueu a mão.

— Sim? — disse Felix.

— Nunca aprendemos a usar magia para ajudar a lutar. Somente a usamos na meditação e cura.

Todos os demais assentiram e concordaram. Wangchuk, porém, falou:

— Tenham fé em si, irmãos. Quando chegar o momento, a magia virá.

— É o que espero — murmurou Eleanor.

Felix continuou o discurso. Eleanor olhou a caverna atrás dele. A ampla e alta entrada era grande bastante para que a Mansão Kristoff passasse por ela. Parecia perfeita demais para ser uma caverna. *Quem sabe as bestas geladas a aumentaram. Vai ver foram tirando pedacinho por pedacinho a cada ano para fazer dela a sua casa. Ou são criaturas inteligentes,* pensou a menina. *E se são inteligentes...*

Felix ainda estava falando:

— Não abandonem as armas. Serão as grandes aliadas na batalha. Nunca desistam. E, o mais importante, nunca recuem. Lembrem-se: vocês já não são mais os monges de Batan Chekrat. São os *guerreiros de Batan Chekrat!*

Os monges ergueram os paus de estilhaços acima das cabeças e gritaram mais alto do que nunca. Felix enrubesceu de orgulho; a única forma que conhecia de agradar a audiência era pela luta, mas ali ele fizera isso com palavras. Sorriu para Eleanor, que ajudara a lhe mostrar o que as palavras podiam fazer.

Os dois partilharam um olhar sincero...

E as bestas geladas atacaram.

Não saíram da caverna conforme todos esperavam. Com rugidos de fazer gelar o sangue, três pularam de *cima* da entrada. *Elas* são mesmo *inteligentes!*, pensou a menina. *Estavam escondidas!*

A primeira, a líder, era 1,80 metro mais alta e larga do que as outras duas. Prolongou o urro humano meio sufocado ao aterrissar no solo em frente aos monges. Bateu com os punhos no peitoral antes de jogar o focinho para cima. A boca da fera se escancarou, mostrando todos os dentes afiados e brancos.

— *Braaaaoaar!*

Era uma ameaça clara, e funcionou. Eleanor se encolheu atrás de Felix, o coração martelando. Se o Grego não estivesse lá, ela teria corrido, possivelmente tropeçando montanha abaixo, para nunca mais voltar. Dez dos monges correram *de fato*, fazendo uma linha reta em direção ao monastério, tão rápido quanto podiam, pelo caminho que as bestas geladas abriram na neve.

A segunda e a terceira feras, ao lado do líder (a quem Eleanor apelidou de "Broar" em seus pensamentos, por conta do som que fizera), imitaram-no, batendo no peito e rugindo. Enquanto se esforçava para continuar a ser valente, lembrando-se de que tinha sido tudo ideia sua, a menina notou o que Cordelia apontara mais cedo: o topo da cabeça das criaturas, onde não havia cabelo. Realmente *parecia* que tinham moleiras de bebê, muito rosinhas e finas. Pensou: *o que ia acontecer se batesse em uma delas, bem ali na fontanela?*

— Atacar! — gritou Felix.

Broar, porém, fez o primeiro movimento, descendo a pata em um monge e fazendo-o voar para trás, rolando montanha abaixo. A besta atrás dele se virou para Felix, que girou com a espada, cortando a pata da criatura. O terceiro animal golpeou a lateral do Grego; ele girou mais uma vez e deu investidas como se fosse um pequeno furacão enquanto os monstros o cercavam.

— Salvem ele! — gritou Eleanor, brandindo a arma, e os monges investiram.

Wangchuk foi quem mais surpreendeu Eleanor. Tinha mais coragem nele do que a pele enrugada revelava. Agora sua boca estava congelada em um grito de batalha enquanto corria, seguido por uma dúzia de seus irmãos. Todos se lançaram contra as duas bestas menores, enterrando as armas improvisadas nas costas delas. Eleanor, que ficara com uma faca do tanque, pulou em uma das pernas de uma fera e começou a escalar.

As bestas desviaram sua atenção do Grego e começaram a atacar os monges. Usavam os braços enormes como se fossem seres humanos se livrando de formigas em cima do tampo de uma mesa, fazendo os adversários rolarem no chão, vários deles montanha abaixo, socando outros...

Eleanor, porém, não desistiu.

Continuou a escalar as costas da criatura, determinada a chegar a seus ombros. Grunhia, arfava e cerrava os dentes com o esforço. A criatura rugiu e tentou pegá-la — mas, como uma coceira incômoda, Eleanor permaneceu bem no centro das costas, onde não era possível alcançá-la.

— Eleanor! — gritou Felix. Ele estava enfrentando as próprias dificuldades, agachando e desviando, tentando evitar os braços de Broar, que não paravam de se mover. — O que você está fazendo?

— A cabeça é o ponto fraco deles! — gritou a menina. — Mira na moleira!

A besta de Eleanor levantou os braços e a agarrou, apertando sua cintura. Ela ergueu a faca mesmo quando a criatura começou a fazer força com as mãos ao redor de seu corpo, tentando quebrar-lhe os ossos...

E enterrou a lâmina na cabeça da criatura.

Os olhos da besta rolaram para trás da órbita. Ela perdeu o vigor nas pernas. Afrouxou o aperto em Eleanor e caiu para a frente.

A menina estava montada nos ombros da criatura o tempo inteiro da descida... E quando esta atingiu o solo com um *CAPOOOOU!* alto, a menina voou longe e rolou para um monte de neve.

Ela se sentou, momentaneamente aturdida. Diretamente à sua frente, a besta gelada estava caída, estatelada no chão.

Completamente imóvel.

Completamente morta.

Felix virou-se outra vez e continuou a batalhar com Broar.

— *Rrrragh!* — gritou a besta gigantesca, mergulhando para o Grego como um jogador de beisebol profissional. Felix pulou e apontou a faca para baixo...

Perfurando a cabeça da criatura.

Broar respirou com dificuldade, tentou levar a mão à cabeça e arrancar a faca... Mas era tarde.

Ele amoleceu e desmoronou ao lado do corpo de seu subalterno.

Eleanor e Felix observaram as duas bestas geladas caídas diante deles. O pelo das duas brilhava e ondeava ao vento, parecendo momentaneamente uma mancha de petróleo flutuando n'água, e depois ficou inerte. A terceira criatura girou nos grandes calcanhares de macaco e correu para a caverna.

— Tudo bem? — perguntou o Grego a Eleanor. — Você se machucou?

Demorou um minuto para a menina recuperar o fôlego

— Não, não está tudo bem. É horrível ter que fazer isso... Não quero machucar um ser vivo nunca mais. Meu coração não para de bater que nem maluco... Eu... eu...

— Vai ver estão com medo de nós agora — arriscou Felix, abraçando a amiga. — Você viu que um correu da gente... Talvez a batalha tenha acabado. O seu plano deu certo! E você é muito corajosa.

— *Está mesmo* acabado? — perguntou Wangchuk. — Rezo para que seja verdade. Perdemos dez irmãos.

— Sempre há baixas em batalha — disse Felix, solene. — Temos apenas que estar preparados para o que vier a seguir.

— Estou tentando... — disse Wangchuk, mas perdeu a voz ao vislumbrar algo atrás do gladiador

— O que foi?

— Não tenho certeza de que *podemos* nos preparar para o que virá.

— Por que não?

— Porque é aquilo

E apontou

Uma dúzia de bestas geladas saía da caverna

Estavam sonolentas, bocejando, até verem as pessoas à frente. Então suas expressões se transformaram em máscaras de predadores. Elas bufavam no ar congelante. Bruma saía de suas narinas. Era uma visão horripilante, mas Wangchuk se recusava a recuar.

— Venham, irmãos! — convocou. — Precisamos lutar pelo nosso lar!

Todos eles atacaram.

Vinte monges e uma dúzia de bestas geladas se confrontaram em frente à entrada da caverna. Era como gasolina entrando em contato com fogo. Os homens lutavam contra as bestas, fazendo cortes nos tornozelos e joelhos das criaturas com as lanças, tentando derrubá-las a fim de ter acesso mais fácil às moleiras sensíveis.

As criaturas, porém, eram maiores, mais fortes, mais rápidas... E mantinham as garras e dentes ferozes em constante movimento, socando, girando. Mataram vários monges enquanto arrebatavam outros e os devoravam em poucas mordidas terríveis.

Eleanor inspirou fundo, pensando: *eu consigo fazer isso! Pela mamãe e pelo papai, pela Cordelia e pelo Brendan!*

Ela subiu nas costas de uma das criaturas, evitando as garras dilacerantes, mas, quando alcançou a cabeça, foi jogada na neve por outra criatura. No chão, com a mente girando, conseguiu sair do caminho dos pés esmagadores das feras. Quando olhou para cima, teve a certeza do que estava acontecendo.

As bestas geladas estavam vencendo.

Os corpos de vários monges jaziam no chão. Outros estavam sendo empurrados para dentro da boca das criaturas. Felix estava aguentando firme, mantendo-as afastadas, mas Wangchuk estava cercado e golpeava cegamente. Tinha um corte enorme na testa, e sangue escorria para seus olhos. *Ele passou a maior parte da vida meditando, fazendo espetáculos de teatro de sombras e bebendo chá,* pensou Eleanor. *O que estávamos pensando, forçando monges a lutar? Lutar deve ser o recurso final!*

De repente, Wangchuk caiu de joelhos e largou a arma.

— Wangchuk! Não! Usa a magia! — gritou a menina.

A besta gelada, porém, foi mais rápida. Levantou o monge, mordeu a parte superior de seu corpo e a engoliu.

— *Nããããão!* — gritou Eleanor.

A besta gelada furiosa largou a parte inferior do corpo de Wangchuk na neve.

Naquele ritmo, todos os monges estariam mortos em minutos.

Entretanto, algo muito estranho aconteceu.

Eleanor observou quando a criatura parou de se mover. Fez uma careta, soltou um uivo e agarrou o estômago sentindo uma dor tremenda. Fumaça vermelha rodopiante começou a sair das orelhas, narinas e do umbigo particularmente grande do animal. Tinha um cheiro conhecido. Canela e baunilha.

— O quê...? — Foi tudo o que Eleanor conseguiu proferir, mal podia ouvir. A besta gritava em agonia, o corpo começava a expandir. Braços, pernas e barriga inchavam como se estivessem sendo inflados por uma bomba de ar de posto de gasolina. Logo depois seguiu-se um grande...

Baaannng!

E ela explodiu em milhões de pedacinhos. Nacos voaram para todos os cantos. E tudo o que sobrou, de pé na neve, foi...

A cabeça e o tronco de Wangchuk.

Bem vivo.

E sorrindo.

A fumaça saía em espirais de sua boca, movendo-se em direção ao chão, para a parte inferior de seu corpo. Eleanor observou a névoa vermelha rodopiar ao redor das pernas e pés destacados do monge. Segundos depois, o corpo de Wangchuk, da cintura para baixo, se levantou. Em seguida, o restante do monge se ergueu da neve e flutuou, descendo até suas pernas...

E *se recolocou no lugar.*

Logo a fumaça tinha se dissipado, e o homem estava inteiro outra vez. Não havia nem sinal de que fora mordido e transformado em dois.

— Wangchuk! — gritou Eleanor. — Você está... completo de novo!

— Graças a você! — disse ele. — No calor da batalha, encontrei a magia!

Foi então que Eleanor ouviu outro *baaanngg!*

Ela se virou e viu os últimos pedaços de uma besta explodirem. Dentro dela, flutuando no ar, estavam algumas partes de um monge devorado. Passados alguns segundos, a névoa vermelha começou a envolvê-las, e o corpo foi reconstruído.

Baaang! Baang! Baang! Bestas geladas explodiam sem parar ao redor deles, e os irmãos voltavam à vida! Mesmo os que estavam mortos no chão tiveram seus corpos restaurados à antiga forma no nevoeiro de canela, levantando-se e juntando-se aos companheiros reanimados. Apenas aqueles que haviam sido jogados montanha abaixo pareciam estar perdidos para sempre.

Duas criaturas que Felix vinha combatendo explodiram diante de seus olhos, trazendo dois monges de volta à vida. Isso deixou o Grego com apenas uma besta com a qual lidar. Ele lançou a espada alto no ar quando a fera estava prestes a atacar. A arma girou, caiu com a lâmina apontada para baixo, perfurou a moleira da besta e a fez desabar no chão gelado.

Felix correu de volta para Eleanor e os monges. Observaram a situação. As poucas bestas remanescentes olhavam em volta horrorizadas para o que restava de sua espécie estourada.

De repente, ouviram um alto ruído vindo de cima de suas cabeças. Eleanor olhou para o céu.

Algo mergulhava com rapidez, como um avião.

Mas, em vez dos ruídos das hélices barulhentas, a aeronave em questão... *Latia?*

— Os cães de trenó! — exclamou a menina. E depois: — Délia! — Então viu a irmã no veículo, com... — Bren?!

O irmão também estava lá. E Nell viu que Will segurava as rédeas.

— Mira no topo da cabeça deles, Will! Acerta as moleiras!

O piloto, porém, não tinha necessidade de atacar. As bestas geladas tinham visto os cães de Batan e já corriam montanha abaixo, sem olhar para trás.

A batalha das bestas estava acabada.

Eleanor se sentou, soltando um grande suspiro. O trenó aterrissou, e todos olharam em volta para a carnificina resultante. O chão estava coberto de monstros mortos.

— Conseguimos! — comemorou Wangchuk, e todos os irmãos da ordem responderam com gritos triunfantes... Eleanor, no entanto, sentia-se magoada vendo toda aquela mortandade. As bestas geladas eram criaturas majestosas, como búfalos. *Mas eram assassinos horríveis,* pensou ela. *Não posso ficar mal por causa delas. Salvamos a vida dos monges.*

Ela ouviu a voz do irmão atrás dela.

— Nell? Está tudo bem?

E voltou para a realidade, levantando-se e o abraçando.

— Bren! Nunca mais deixa a gente! *Nunca mais deixa a gente!*

— Você me perdoa? — perguntou ele.

— Claro que sim — garantiu ela. — Somos uma família. A regra é fazer besteira, irritar uns aos outros e depois perdoar.

Eleanor colocou os braços do irmão ao redor de seu corpo e abraçou Will e Cordelia, mais alegre do que poderia expressar por estar com eles outra vez. Brendan, que rapidamente pegara para si um dos casacos de pelo de iaque descartados por um monge, abraçou Felix, que cumprimentou Cordelia, e até Will deu abraços de urso em todos, traindo sua reserva britânica de praxe. Eleanor não sentia coisa alguma além de felicidade, e isso a aquecia.

— Então, o que aconteceu lá em Roma? — perguntou a menina.

— Longa história — respondeu Brendan.

— Agora que vocês derrotaram as bestas — disse Wangchuk —, é hora de reclamarem sua recompensa. Devem entrar na caverna.

Todos olharam para a entrada. Era um portal de escuridão.

— Vou primeiro — disse Brendan à irmãzinha.

Era o mínimo que podia fazer. Depois de ter abandonado egoisticamente a família por fama e glória, Brendan estava oprimido por um profundo sentimento de culpa. Precisava provar-se digno deles novamente. Deu um passo em direção à caverna e ficou parado alguns instantes, espiando a escuridão. Enquanto os monges faziam guarda para o caso de as bestas retornarem, Cordelia e Eleanor se afastaram para conversar em particular.

— Você achou o mapa do tesouro? — perguntou a adolescente.

Eleanor levou a mão ao bolso, sentiu o papel lá dentro, olhou para a irmã e disse:

— Não.

— Você está mentindo, Nell.

— Não estou, não.

— Está, sim — insistiu. — Acabou de fechar os olhos, e você sempre fecha os olhos quando conta uma mentira.

A menina suspirou e tirou o mapa de onde o havia escondido.

— Pronto. Fica com ele. Fui até o tanque, que nem você tinha dito, e encontrei o mapa, mas queria queimar.

— Por quê?

— Para a nossa família nunca mais poder ser rica de novo — explicou. — Mas não me importa mais... Só quero voltar *para casa*.

— Nós vamos voltar — prometeu a mais velha. — Você acha que *eu* não quero?... As coisas ficaram um pouco intensas demais por aqui... Quero dizer... o Will até tentou me beijar!

— Ai, meu Deus — exclamou Eleanor. — Mas você gosta dele, não é?

— Nem pensar — negou Cordelia. — Meu primeiro namorado vai ser alguém que existe no mundo real. Alguém que me respeite pelas coisas que faço como uma pessoa normal, não um piloto de caça fictício.

— Então acho que o Felix está fora da jogada.

— Completamente!

Eleanor sorriu.

— Então por que quer ficar com o mapa?

— Por segurança. Uma questão de sobrevivência, caso a gente perca tudo. Para proteger a mamãe, o papai, o Bren e você.

— Do que você está falando?

Cordelia, porém, negou-se a dizer mais do que aquilo. Pegou o mapa e o guardou no bolso. Eleanor viu algo mais ali: o diário de Eliza May Kristoff.

— E esse diário? — questionou a menina. — Vai me contar o que foi que leu nele, afinal?

Cordelia balançou a cabeça em negativa.

— Espero que ninguém tenha que ficar sabendo.

— O que está acontecendo? — perguntou Brendan. — A gente vai entrar ou não vai?

— Vamos nessa — disse Cordelia.

Antes que pudessem entrar na caverna, entretanto, tiveram que encarar Wangchuk e uma fila de monges.

Wangchuk falou:

— Somos mais do que gratos a vocês. Serão sempre lembrados como os primeiros e únicos... *guerreiros viajantes!* Aqueles que nos ajudaram a realizar nossa verdadeira magia.

Os irmãos fizeram uma mesura aos Walker, Will e Felix. Em vez de levantarem as cabeças em sintonia, fizeram isso desconfiados, em momentos distintos, pois ouviram o zumbido de hélices.

Brendan olhou para o céu.

Era o caça norte-americano P-51 Mustang.

— O que *eles* querem? — indagou. A aeronave passou e deixou alguém, que descia de paraquedas, pairando no ar de um lado para o outro. Os monges fitaram a cena, aturdidos, enquanto o paraquedista aterrissava. Desfez-se do equipamento e retirou o capacete.

Era o tenente Laramer, da Força Aérea dos Estados Unidos.

— Tenente! — disse Will, batendo continência. — Meus cumprimentos, senhor!

— O que diabos aconteceu com *vocês?* — bramiu ele. — Eu tinha colocado um radar naquele tanque. Depois de partir para Roma, ele desapareceu; acabei sendo pego por algum tipo de ventania bizarra que me trouxe a essas montanhas... E o *que significa toda essa macacada gigante morta aqui?*

Eleanor começou a falar, mas Will sabia como lidar com relatórios militares.

— Tenente, senhor! O tanque passou pelo mesmo fenômeno que o senhor! Fizemos uma aterrissagem forçada aqui! E Volnheim atacou Jerry...

— Hargrove? — perguntou Laramer. — Onde *está* o Hargrove?

Foi Felix quem deu um passo à frente. Vira a maneira clara e concisa como Will falara a Laramer e absorveu a informação.

— Jerry morreu, senhor — revelou o Grego.

Laramer não demonstrou emoção. Apenas assentiu rapidamente.

— Era um bom soldado.

— Morreu nos protegendo do Volnheim. Era o melhor, senhor — continuou Felix.

— Obrigado a vocês dois — agradeceu o norte-americano. — Daremos a Jerry as honras devidas.

Laramer começou a juntar o equipamento.

— Aonde está indo agora, senhor? — indagou Will.

— A dez quilômetros daqui, para a pista de pouso que meu copiloto identificou. Ele vai me buscar. De lá, voltamos para lutar na guerra. Como sempre fizemos. Todos os dias.

Will olhou para os Walker, em seguida para Laramer. Tudo o que dissera a Cordelia era absolutamente verdadeiro; odiava a cidade de São Francisco dos dias modernos. Sabia que seria difícil, mas disse ao piloto:

— O senhor precisa de outro soldado?

— O quê, Draper?

— Gostaria de me voluntariar, senhor.

O queixo de Cordelia caiu.

— O quê? Will? Você não vem com a gente?

O inglês se virou para ela.

— Não posso. Este lugar, por mais estranho que seja, é mais próximo da minha casa do que o seu mundo. Não há celulares nem máquinas de ficar em forma para hamster. E você e eu, se somos mesmo amigos, poderíamos visitar um ao outro de vez em quando.

A jovem desviou o olhar, culpada. Talvez se não tivesse sido tão dura... Talvez se tivesse negado seus avanços com um pouco mais de delicadeza... Will estivesse retornando a São Francisco com eles.

— Mas, Will — começou Eleanor —, você tem que voltar com a gente! A gente vai sentir a sua falta!

— E eu, a de vocês todos — garantiu ele, os olhos começando a ficar marejados. — Mas meu lugar é no exército. No céu.

— Espera um minutinho aí — disse Laramer. — Eu nunca disse que aceitava! Um John Bull de piloto na Força Aérea dos Estados Unidos da América? Cuja experiência de voo vem de aviões que não são usados há 25 anos? Admiro a sua coragem, Draper, mas você não está apto a fazer o trabalho.

— Consigo pilotar seus aviões, senhor.

— É mesmo? E como você tem certeza disso?

— Porque roubamos um — intrometeu-se Cordelia. Queria que Will realizasse o sonho de voar outra vez. Mesmo que significasse perder o amigo.

— Como é?

— Lá perto da Mansão Kristoff, eu e o Will roubamos um avião e fomos até Roma com ele...

— Vocês roubaram um avião? Eu devia levar vocês dois daqui algemados!

— Ele pousou no Coliseu para salvar o meu irmão — argumentou Cordelia.

— Verdade — disse Brendan.

— Não dá para pousar um caça P-51 em uma arena! — exclamou Laramer. — Dá para *bater* com um caça em uma arena. Vai ver você *bateu* com o avião, Draper.

— O que importa é que ainda estou aqui, senhor — disse Will, colocando a mão sobre o coração — e quero me juntar à sua causa. Vejamos: "Juro lealdade à bandeira dos Estados Unidos da América"...

— Chega, isso não é necessário! — disse o piloto. — Se você bateu mesmo com um dos meus caças, então voar para mim é uma punição adequada. Porque não vou tratar você com luva de pelica, Draper. Vou tirar o seu coro, todas as horas de todos os dias. Você vai comer ração do exército e passar pano nos aviões, mesmo que o resto dos meus homens esteja comendo filé-mignon em Chartres. Estamos entendidos?

— Sim, senhor!

— Então aceito você no meu esquadrão.

O inglês virou-se para os Walker.

— Me perdoem... — começou a dizer, mas antes de poder terminar, todos o abraçaram. Enfrentaram tantas coisas com Will. Ele salvara suas vidas, e os meninos salvaram a dele tantas vezes que era difícil fazer a conta. Era assim que essa família funcionava.

— Vou sentir saudades — disse Brendan. — Você é tipo o irmão mais velho que eu nunca tive.

— E você é tipo o corajoso irmão caçula que nunca escreveram para mim.

E deram um sorriso caloroso.

Eleanor abraçou Will uma última vez e disse, agarrada ao peito dele:

— Toma cuidado.

Cordelia foi a última dos irmãos a olhar o piloto nos olhos, e se perguntou se tinha cometido um equívoco terrível dispensando-o naquele avião. Ele era muito mais valente e maduro do que qualquer outro garoto da escola.

— Espero que encontre o que procura — disse ela, os olhos se enchendo d'água.

— Sei que não vou encontrar uma amiga melhor do que você, minha doce Cordelia.

Então a jovem beijou Will no rosto com tanta força que temeu fazer um buraco nele. Will fungou, secou os olhos e se virou abruptamente. Correu para alcançar Laramer, que já seguia caminho pela neve. Havia alguém mais com ele, no entanto; uma figura grande e forte andando a seu lado.

— Felix? — chamou Eleanor. — Você *também* vai?

O Grego se virou para ela.

— Tenho que ir — disse. — Sou um guerreiro, uma pessoa simples, não sou adequado para a vida que vocês três levam.

— Você é mais do que um guerreiro — insistiu Eleanor, correndo para ele. Tinha se tornado um de seus melhores amigos. — Você é inteligente. Aprende rápido. Pode fazer o que quiser. Podia se tornar um grande líder, muito melhor do que aquele imperador Occipus.

— Então não deveria tentar fazer isso no exército? — perguntou ele.

— Posso aprender com os americanos e depois retornar ao meu povo. — Inclinou-se. Sei que as coisas que fazemos em Roma um dia serão parte da sua história. E prefiro fazer parte dela a estudá-la.

— Sem querer ser rude — intrometeu-se Will, ao lado de Laramer —, mas o que exatamente você vai fazer na força aérea, Felix? Obviamente não sabe pilotar aviões.

— Não, mas você sabe que aprendo depressa. Não dá para me ensinar?

— É um argumento forte — respondeu Laramer. — Sempre fui louco por história também... E uma coisa que aprendi é que nunca houve guerreiros mais fortes do que os gladiadores romanos. Um piloto gladiador seria a arma secreta para fritar aqueles ciborgues nazistas. O que você me diz, Draper? Se você é mesmo o caracomo anuncia, não consegue ensinar o homem a pilotar?

Will respondeu:

— Sim, senhor.

Os Walker tiveram de fazer outra rodada de abraços e despedidas. Eleanor chorou no ombro de Felix. Não era fácil para ninguém ver o gentil gladiador partir... mas também não era fácil para ele. Quando chegou a vez de dizer adeus a Cordelia, o gladiador a beijou, tecnicamente na bochecha, mas perto o bastante dos lábios para fazê-la recuar e corar.

— Felix!

— Considere um presente de despedida do seu quase marido.

Em seguida, Felix partiu com o tenente Laramer e com Will. Os Walker esperaram que algum deles se virasse enquanto se transformavam em pontinhos na neve, mas apenas Will o fez, acenando e dando um sorriso de galã, mesmo a distância.

— Bem — disse Wangchuk —, está anoitecendo, é quase hora de dormir para nós, monges. Não podemos entrar na caverna com vocês. Mas desejamos sorte na jornada para encontrar a Porta dos Caminhos, passar pela provação que ela impõe e retornar em segurança para casa. Jamais esqueceremos de vocês, guerreiros viajantes. Ou devemos dizer viajantes Walker?

— Assim parece que somos uma banda dos anos 80 — comentou Brendan.

Wangchuk fez uma mesura, e o restante dos monges seguiu o exemplo. Os irmãos retribuíram e, quando o sol começou a se pôr atrás de uma montanha distante, sentindo-se muito sozinhos como um trio, deram-se as mãos e entraram na caverna das bestas geladas.

Os Walker não sabiam o que esperar, então esperaram o pior. A estratégia se provara eficaz no passado. A caverna era monumental e fazia eco; quando entraram, sentiram um cheiro ao mesmo tempo podre, doce e picante.

— Ah, não, é aqui que as bestas geladas comem — observou Eleanor.
— Vai estar tudo cheio de osso de iaque e restos apodrecidos de gente! Uuuughhh... Acho que vou passar mal.
— Não fica pensando nisso, Nell — aconselhou Brendan. — Fecha os olhos. E fica de mãos dadas.

Eleanor seguiu as instruções, deixando que Brendan e Cordelia a guiassem pela primeira grande câmara dentro da caverna até uma pequena passagem do outro lado. Em seu interior, a menina começou a reparar em um som de algo se quebrando cada vez que seus pés tocavam o chão.

— Ai, não — disse a menina.
— O quê?
— Ossos.

Brendan disse:
— Tenta pensar neles como...
— Cereal matinal — sugeriu Cordelia.
— Eles não parecem cereal!

— Então pensa neles como Lego.

— *Mas são ossos!*

Eleanor abriu os olhos — e viu os ossos que a cercavam por toda a parte, chegando a subir um pouco as paredes, como se fosse uma artéria entupida. Era claramente um espaço usado pelas bestas geladas para jogar fora séculos de partes não comestíveis. Os ossos estavam em camadas, como se fossem rochas sedimentadas, e os mais superficiais ainda tinham pedaços de carne agarrados neles...

Eleanor fechou os olhos outra vez.

— Estamos quase chegando — garantiu Brendan. — Aguenta firme.

Brendan, porém, notava agora algo horrível a respeito dos ossos. Não estavam apenas jogados ali. Moviam-se levemente, pois havia uma colônia de insetos vivendo entre eles. Grandes besouros negros que rastejavam e se esgueiravam por todos os cantos. Percebeu que pisava neles, esmagando-os com as solas, e preparou-se para gritar — quando Cordelia tapou sua boca e olhos com as mãos.

— *Vocês dois precisam se controlar* — disse ela. — É só um monte de osso e de inseto. Não vão machucar ninguém. *Continuem andando!*

Seguiram pela passagem até chegarem a uma segunda caverna enorme. Cordelia era a única de olhos abertos àquela altura, e chegar àquele lugar foi a resposta para uma grande pergunta que a incomodara desde que entraram na caverna: *como a gente consegue enxergar?*

Afinal, ela parecia ser absolutamente escura do lado de fora. No entanto, caminhando por ela, tudo estava iluminado por um brilho prateado que parecia vir de lugar nenhum, como se houvesse uma luzinha muito fraca dentro das próprias pedras. Agora Cordelia via de onde vinha, e sugeriu aos irmãos que abrissem os olhos.

A caverna tinha mais de 18 metros de altura e o dobro de largura.

E uma de suas paredes estava totalmente tomada por uma cachoeira de luz.

Cordelia não sabia de que outra forma descrevê-lo. Era como se luz, em vez de água, cascateasse de uma ampla abertura no topo da caverna, cintilando e dançando como se estivesse viva, mas mantendo uma forma distinta, com beiradas e cantos afiados. A luz mágica iluminava o espaço inteiro e vazava para as outras partes da cavidade.

Cordelia estava completamente hipnotizada.

— A Porta dos Caminhos — disse Eleanor, olhando.

— É uma porta? — indagou Brendan.

— São duas portas, não está vendo?

Brendan notou um pequeno veio escuro no centro da cascata de luz. E de cada lado do veio, a meio caminho do teto, dois círculos negros, como se fossem maçanetas.

— É linda... — murmurou Eleanor.

— E não tem osso nenhum aqui — observou o menino.

— Aposto que era algum tipo de lugar sagrado para as bestas geladas — arriscou Cordelia. — Provavelmente não traziam nada de comer ou beber aqui para o interior.

— Como se fosse uma igreja? — perguntou Brendan.

— Talvez.

— Então o que a gente faz agora? — perguntou o irmão.

— Passamos por ela — disse a irmã mais nova — e enfrentamos o teste.

— Vocês querem que eu passe por *isso aí*? — perguntou ele.

Cordelia e Eleanor assentiram.

— Até parece que vocês nunca assistiram a nenhum filme de Star Trek! — gritou. — Quero dizer... A primeira coisa que você sabe sobre uma luz forte como está é... provavelmente é algum tipo de raio laser ou coisa assim... Se a gente passar por ela, vai acabar frito.

— Não de acordo com a história dos monges — garantiu Eleanor. — Pelo que o Wangchuk falou, se a gente atravessar a Porta dos Caminhos... ela vai testar a gente com uma provação, e aí, com sorte... Vai nos levar para casa.

— De que tipo de provação estamos falando?

— Disso eu não sei, mas aposto que não vai ser nada fácil.

— Você já viu qualquer coisa ser *fácil* dentro desses livros? — inquiriu Brendan. — Vocês têm mesmo certeza disso?

— E temos outra opção? — perguntou Cordelia. — Ou passamos pela porta ou ficamos aqui o resto da vida.

O menino suspirou.

— Ok — disse. — Vamos nessa.

Os Walker seguiram em frente sobre as pedras lisas. A luz parecia separar-se e depois juntar-se em padrões diminutos e infinitos enquanto se aproximavam, fazendo um zumbido agradável. Tinha um aspecto elétrico, pois, quando as crianças se aproximaram, seus cabelos se arrepiaram e apontaram para a frente.

— Você está engraçado — disse Eleanor para Brendan. Os cabelos dele pareciam o de uma personagem de desenho animado, cortados no estilo militar e indo direto para a luz.

— Você também — retrucou ele. Os de Eleanor faziam-na parecer o Primo Itt da Família Addams, jogados para a frente na horizontal em vez de cair pelos ombros.

— Me sinto tão calma — disse Cordelia, olhando através da própria cabeleira. — Alguém mais está se sentindo assim?

— Eu estou — disse Eleanor. — Me sinto quentinha e segura aqui dentro, como se todas as preocupações estivessem indo embora.

— A não ser por ela — disse Brendan.

Parada na frente da Porta dos Caminhos, 6 metros adiante, estava a Bruxa do Vento.

Com as costas iluminadas pelo brilho irrequieto, ela vestia uma túnica que se estendia e crepitava onde encostava na luz.

— Minhas criancinhas — disse.

— *Você*, não! — exclamou Eleanor. — Será que não sabe quando basta? Não pode deixar a gente em paz? E não vem com essa de chamar a gente de "minhas criancinhas"! Já é assustador bastante quando me chama de "pequena"!

A Bruxa do Vento balançou a cabeça e sorriu. Tinha a expressão calma, como se tivesse conhecimento de um segredo que ninguém pudesse tirar dela.

— Ela sabe do que estou falando — disse, apontando para Cordelia. — Pergunte a ela.

Eleanor e Brendan voltaram-se para a irmã, os perfis ficando pálidos.

— Do que ela está falando, Délia? — perguntou o menino.

— Do diário — concluiu Eleanor.

Cordelia assentiu, depois balançou a cabeça.

— Gente. A Bruxa do Vento é... — Parou. Não conseguia dizer.

— Ah, Cordelia — disse Dahlia. — Pensei que você era tão mais forte do que isso. Se não tem coragem de falar, eu mesma conto.

— Contar o quê? — gritou Brendan.

A mulher sorriu, olhou dentro dos olhos dos irmãos Walker e revelou:

— Sou a sua tataravó.

71

— Isso é impossível! — disse Brendan, sentindo o estômago se revirar ao pensar que poderia ser parente daquele monstro. — Não tem nem semelhança familiar! Você está mentindo!

— Não estou — garantiu ela. Começou a caminhar na frente da Porta dos Caminhos, o que a fez parecer a silhueta de um fantasma diante de uma estrela flamejante. — Sempre me perguntei por que conseguia me lembrar de quase tudo da minha vida... À exceção de um ano. Meu décimo oitavo ano. Sempre foi uma lacuna total. Foi apenas quando saí do corpo da Cordelia que comecei a suspeitar da verdade.

— E qual é? — perguntou Brendan. — Que você é uma louca delirante?

A Bruxa do Vento ignorou o menino.

— Aldrich Hayes e os Guardiões do Conhecimento ensinaram magia ao meu pai. E um dos princípios mais importantes dos Guardiões é que *ninguém pode usá-la para matar os próprios filhos*. Pode *machucá-los* com a magia: quebrar ossos, esmigalhar os olhos... Mas seus descendentes jamais morrerão assim; vão voltar sempre.

— Como eu voltei — disse Cordelia, chegando à conclusão naquele instante.

— Isso mesmo. Quando saí do seu corpo, não sabia como você havia voltado à vida. Não era minha filha. Mas seria possível que a regra protegesse todos os descendentes da mesma linhagem? Comecei a testar minha teoria. Tentei matar você, Eleanor... E falhei. Tentei matar você, Brendan...

— E falhou miseravelmente.

A Bruxa do Vento rosnou:

— Por mais horrível que fosse imaginar essa possibilidade, percebi que *só podíamos* ser parentes. Então segui e protegi os três dos nazistas. Não podia deixar que os matassem. Precisava de mais informações. Mas aquele tanque fez um estrago terrível no meu corpo.

Ergueu os braços. Tinha um enorme buraco enegrecido na barriga. Estava cercado por linhas de energia roxas — um feitiço de cura reparando o dano. Mesmo assim, ainda era uma grande fenda aberta até a pélvis.

— Quando a bala do canhão me atingiu, quase fui destruída. Consegui usar minha magia para reconstruir meu corpo lentamente, mas foi só agora que voltei a ser capaz de andar e falar...

— Então como foi exatamente que você descobriu que somos parentes? — inquiriu Brendan.

— Ela teve um filho com o Rutherford Walker — explicou Cordelia.

— O quê? — exclamou Brendan. — Eca! Alguém teve um relacionamento com a Bruxa do Vento? Isso é a mesma coisa que beijar um lagarto.

Cordelia suspirou e estendeu o diário.

— Está tudo escrito aqui.

— É isso mesmo — disse Dahlia. — Vocês me conhecem como uma velhota careca, mas eu não tinha essa aparência quando era mais jovem. Era até bem bonitinha. E odiava meu pai; odiava com uma intensidade que só se acabou agora que acabei *com ele*. Então quando ele mandou *O livro da perdição e do desejo* para dentro das outras obras que escreveu, onde eu jamais poderia usá-lo, fiz o que sabia que o magoaria mais.

— Teve um filho com o ex-melhor amigo dele — concluiu Cordelia.

— Não é uma coisa muito legal para uma dama fazer — disse Eleanor.

— Não se a dama é uma vagabunda — comentou Brendan.

— Sério? — ralhou Cordelia, erguendo uma sobrancelha para Brendan.

— Não deu pra resistir — defendeu-se ele sorrindo. — Vocês não sentiram a minha falta?

— De qualquer forma, paguei caro — continuou a Bruxa do Vento. — Ao nascer, tiraram o bebê de mim, e Rutherford Walker e a esposa o registraram como se fosse deles. Meu pai lançou um feitiço que apagou minhas memórias do ano inteiro, de forma que eu jamais saberia da criança. Mas a minha mãe, Eliza May... Ela sabia. E escreveu a respeito.

— Como você descobriu tudo isso sem o diário? — indagou Cordelia.

— Porque eu e você estaremos sempre ligadas, minha querida. Agora que estive dentro do seu corpo, tenho vislumbres da sua mente. Conheço seus pensamentos e sentimentos. Vi você lendo aquele diário tão claramente quanto se eu estivesse lá. As palavras saltaram da página e me deram as respostas que eu procurava. E agora que a verdade foi revelada... todos nós podemos nos aproximar.

— Do que está falando?

— Juntem-se a mim — propos, e abriu as asas, criando uma sombra de anjo gigantesca na frente da Porta dos Caminhos. — Podemos subjugar o mundo inteiro juntos! Sem falar nos mundos que meu pai criou. Vocês podem ser *rei e rainhas* comigo. Não precisamos do livro. Posso ensiná-los tudo o que sei. Podemos ser conquistadores. Juntos, tomaremos cidade por cidade, país por país, fazendo com que as pessoas nos *adorem,* governando a humanidade da forma que a humanidade governa a Terra!

— Sabe de uma coisa, vovó — disse Brendan. — Estou começando a achar que somos *mesmo* parentes. Quero dizer, você está aí delirando com poder e tudo mais. E eu consigo entender. Quero dizer... alguns dias atrás, eu estava igualzinho. E sabe do que mais?! Quase terminei morto por causa disso! Mas estou com a minha família de novo. E não tem como dar as costas para ela mais uma vez. Então pode esquecer essa história de nós quatro viajando pelo mundo. Vou ficar com as minhas irmãs. E espero que elas pensem igual a mim.

— Eu penso — disse Cordelia de pronto.

— Eu também — reiterou Eleanor, colocando o queixo para a frente em desafio.

— Muito bem — falou a Bruxa do Vento, guardando as asas. — Vocês podem passar pela Porta dos Caminhos. Mas ela testa mesmo vocês, e sabem como? Mostra *que tipo de vida vão levar quando chegarem em casa.*

— Ela mostra o futuro? — indagou Cordelia.

Dahlia assentiu.

— Então deem uma olhada — convidou. — E, se não gostarem do que virem, talvez reconsiderem a minha proposta.

— Que nada! — garantiu Brendan. — Eu vou voltar para casa agora!

Ele passou pela Bruxa, deu um passo para entrar na fina cascata de luz... e desapareceu.

Brendan sentiu a claridade da Porta dos Caminhos crescer em seus olhos até que tudo o que pôde ver foi uma agitação branca — e, em seguida, estava em um quarto de dormitório de universidade.

Ouvia música eletrônica baixinho. Viu dois beliches a cada lado do cômodo, cujo chão estava coberto de sobras de pretzels, latas de refrigerante, canetas e fios que levavam a um laptop sobre uma escrivaninha. Digitando no computador estava Brendan, trabalhando em um documento. Não era, porém, o Brendan dos dias atuais. Era o Brendan Universitário.

Embora o Brendan Universitário fosse mais velho do que o Brendan Real — talvez tivesse uns 20 anos —, a aparência era quase exatamente idêntica, com cabelos espetados, vestindo uma camiseta esportiva e tênis. Ele não via o Brendan Real, que se colocou na frente dele a fim de olhar seu rosto, e percebeu que suava. *Ai, cara, o que tem de errado comigo?*, pensou o Brendan dos dias atuais. Sua versão do futuro tinha olheiras, linhas de expressão e abatimento que o faziam parecer um zumbi. A pele era muito pálida, como se tivesse passado um mês inteiro no quarto, e sequer mantivera os músculos que o menino tinha atualmente por jogar *lacrosse*. Ele comia um pacote jumbo de Cheetos e bebia o que aparentava ser a quinta lata de Pepsi. Tinha cara de ser...

— Um perdedor! — gritou para si mesmo. — Sou um perdedor completo! O que é isso? — gritou para o rosto do clone mais velho. — Para de comer essa porcaria! Olha para mim! Qual é o seu problema?

O Brendan Universitário, porém, apenas continuou digitando no laptop, trabalhando furiosamente, alheio à presença do Brendan Real. Apertou a tecla "imprimir", se levantou e pegou dez páginas da bandeja da impressora a laser.

— O que está acontecendo? — gritou o menino. — Por que não me ouve?

Foi então que o universitário escutou a porta se abrir com força. Alguém irrompera quarto adentro.

Era Scott Calurio.

Estava diferente também. Melhor. Ele estava maior, mas isso era ainda mais visível na área dos ombros. Vestia uma camisa polo sob a jaqueta da universidade, com calças jeans ajustadas na medida certa.

— E aí, coleguinha — falou para o Brendan Universitário.

— Scott Calurio é o meu *colega de quarto*? — perguntou o menino para si mesmo, em choque total.

— Terminou meu trabalho de biologia? — Quis saber Scott.

— Terminei — respondeu o universitário, entregando as dez páginas ainda quentes da impressora a Scott, que enfiou tudo no bolso da calça e agarrou Brendan pela gola da camiseta.

— É melhor que esse aqui esteja bom — ameaçou.

— Está — garantiu o outro. — Você com certeza vai tirar nota boa.

— Melhor que seja um 10 — disse Scott, apertando ainda mais a camisa do colega. — Diferentemente da última vez.

— Da última vez você tirou 9 — respondeu Brendan.

— Os meus pais só querem 10! — gritou Scott. — Se virem menos do que isso no meu boletim, cortam a minha mesada!! E sabe o que acontece se cortarem a minha mesada?!

— Não...

— *Eu corto a sua onda com um soco na cara!*

— Bom, não precisa se preocupar — garantiu Brendan, tremendo visivelmente. — V-v-você vai definitivamente tirar 10 no trabalho!

Em seguida, Scott empurrou o peito de Brendan, jogando o rapaz no chão.

O Verdadeiro Brendan correu para seu clone universitário, ficou de pé ao lado dele e gritou:

— Qual é o seu problema?! Por que você é tão covarde? Um bebê chorão? Levanta e se defenda!

No entanto, o jovem não se levantou. Apenas continuou no chão, olhando para Scott, amedrontado.

— Está na hora de dar o fora, Walker — disse o brutamontes.

— O...O q-quê? — perguntou Brendan. — Mas já passam das duas da manhã... Estou fazendo o seu trabalho há mais de seis horas e tenho aula cedo. Só quero dormir...

— E eu só quero me divertir — cortou Scott. — Alguns amigos estão vindo para cá, e a última coisa que quero ver é sua cara feia!

— Será que não dá para eu ir para a cama e esconder a cabeça debaixo das cobertas? — perguntou o Brendan Universitário. — Vou colocar os fones de ouvido... Vocês nem vão saber que estou aqui...

— Todo mundo vai saber que você está aqui, porque você fede a suor de perdedor e hálito de Cheetos — rebateu Scott. — Ok. Tudo bem. A gente podia ter resolvido isso da maneira fácil. Mas acho que você vai me obrigar a fazer do modo difícil.

Scott se virou, abriu a porta e pulou para o corredor. Voltou segundos depois, segurando um grande extintor de incêndio.

Apontou-o para o jovem.

— *Espera, Scott!* — protestou o Verdadeiro Brendan. — *Não...*

Scott puxou o gatilho e disparou um poderoso jato de espuma branca no Brendan Universitário. Começou pelo rosto, depois continuou baixando, ensopando camiseta, calça e tênis. O universitário correu para a porta, tentando escapar. Scott, porém, o perseguiu.

O rapaz chegou ao corredor, mas a espuma espessa, que gotejava, tornou as solas dos sapatos escorregadias. Ele perdeu o equilíbrio e caiu no chão.

Dando um risinho sádico, Scott continuou soltando borrifos no colega de quarto, que estava preso no meio de uma poça crescente de espuma.

— Scott, por favor, para... *mmmmmppphhhhh* — suplicou o universitário, que tossia, se engasgando com a espuma.

Alunos saíam dos quartos, apontando e rindo enquanto o jovem se con torcia no chão, coberto com a espuma branca. Parecia um boneco de neve vivo em processo de derretimento.

O Brendan dos dias atuais correu, tentando socar e chutar Scott para fazê-lo parar, mas era como um fantasma; não podia ajudar sua outra versão. Subitamente, a cena congelou.

— Já viu o bastante? — indagou a Bruxa do Vento, entrando no corredor.

— É *isso* que acontece depois que eu volto para casa?! Vou estudar na mesma universidade que o *Scott?* E a gente é colega de quarto? E ele me humilha na frente de todo mundo do meu dormitório?

— É isso mesmo — afirma a Bruxa —, este é um dos possíveis futuros para você. Está pronto para ver outro?

Ela se virou, caminhou na direção da porta fechada onde se lia "Saída", que dava para as escadas, e passou por ela. Brendan, que queria desesperadamente sair de lá, não hesitou. Andou até a porta, atravessou-a — e chegou ao camarote do imperador Occipus no Coliseu Romano.

— O quê...? — indagou.

O urro da multidão o cercou. Estava no meio da manhã; o sol fazia tudo reluzir, e o cheiro de poeira, suor e comida incomodava o nariz do menino e trazia de volta suas melhores lembranças de Roma. Ficou maravilhado pela visão de tirar o fôlego, que lhe permitia ver não somente a arena do anfiteatro, mas também todas as pessoas trajadas com suas togas, falando, torcendo e rindo.

A Bruxa do Vento estava ao seu lado, servindo uma bebida ao imperador, deitado em uma rede enquanto assistia ao espetáculo. Ela piscou para Brendan, que deu a volta para ver.

O imperador era *ele.*

— Imperador Walker — disse a Bruxa para esta versão mais velha de Brendan —, gostaria de uvas com mel?

Ele assentiu enquanto o Brendan verdadeiro admirava seu corpo adulto por um instante. Enrolado na túnica real, ele parecia *fantástico,* em forma e musculoso, como se malhasse horas a fio todos os dias e dormisse bem todas as noites. Colares de ouro, cheios de gemas preciosas, pendiam-lhe do pescoço.

— Nunca quis usar joia nenhuma — disse o Brendan Real à Bruxa do Vento —, mas isso tudo aí parece irado.

— Você ainda não viu nada — disse Dahlia. — Se escolher governar ao meu lado, terá poder sobre *todos os mundos*. O que significa que pode fazer coisas como... Ah. Lá vamos nós.

Chifres soaram na arena. A plateia gritou. O menino ouviu o portão preto subindo embaixo do camarote. Depois viu dois leões caminhando à frente, rugindo e balançando as jubas.

— São os...? Ei, aqueles lá são os meus leões! — disse o Brendan do mundo real.

Dois ursos polares rapidamente juntaram-se aos animais africanos, e as quatro feras se encaminharam para o alvo no meio da arena.

Scott Calurio.

O rapaz ergueu o olhar, e parecia digno de pena, vestido em andrajos. Lágrimas lhe corriam pelas bochechas. Tremia de medo.

— Imperador Brendan — gritou. — Por favor, poupe-me! Serei seu servo leal... pelo resto da vida... se o senhor me salvar!

O governante, de lábios cerrados, mostrou o polegar para baixo. A multidão enlouqueceu. O Brendan Real podia ver, em seu par imperial, a imensa satisfação que sentiria ao presenciar cada membro de Scott sendo arrancado de seu corpo. O menino se odiou por isso, mas entendia o sentimento, e também a adulação que vinha da plateia. Era como se estivesse cantando a canção de Bruce Springsteen outra vez. Era amado. Infinitamente amado.

Os leões e ursos polares investiram contra Scott — que se virou e ficou de costas.

Subitamente ele se envergonhava da ideia de que poderia se divertir ao ver Scott Calurio ser machucado. O que havia desejado em Roma? Que aquele tipo de atrocidade acabasse. Não importava o que Scott faria a ele na escola ou na universidade, não merecia morrer para entretenimento alheio. Brendan se virou outra vez e foi até o balcão, onde repentinamente viu uma porta brilhante, ao mesmo tempo que a Bruxa do Vento gritava:

— *Não! Espera!!*

De volta à Porta dos Caminhos, Eleanor não podia suportar ver o irmão desaparecer. A menina correu e passou pela Bruxa do Vento — que estava curiosamente silenciosa e imóvel, como se sua mente tivesse sido transportada para outro lugar — e entrou na luz cintilante com os olhos fechados, chamando aos berros:

— Bren! Volta...

Então se viu em um funeral.

Estava em um cemitério, debaixo das árvores. A grama estava perfeitamente cortada. Uma estrutura semelhante a uma tenda com tecido de lona protegia o túmulo, onde um caixão coberto de flores de cores vivas estava pronto para ser baixado para dentro da cova. Ao lado dele havia um padre idoso, que dizia:

— Sabemos que o Dr. Walker amava a família acima de tudo...

— *Não!* — gritou a menina. — *Papai!*

Ela correu e viu as pessoas sentadas em cadeiras de metal dobráveis. Havia um tapete de grama falsa sobre o gramado real. Na fileira da frente estavam Brendan, Cordelia e ela mesma, uns poucos meses mais velhos do que eram atualmente, com a mãe, aos soluços.

— Ai, não... não... — falou a Verdadeira Eleanor. — Isso não está acontecendo!

A Sra. Walker, porém, agia como se realmente estivesse acontecendo. Seu rosto era um desastre vermelho, todo manchado. Os filhos estavam agarrados a ela, tentando passar alguma força, mas chorando também.

Eleanor — a verdadeira, não a do funeral — viu a Bruxa do Vento flutuar pelo cemitério sobre um mausoléu de anjo. Levantou e correu para ela com raiva, mas a mulher a segurou e a reconfortou.

— Shh, minha querida. Não é assim que tem que ser.

— Seu monstro! — gritou a menina, debatendo-se para se desvencilhar dos braços da tataravó. — Você matou o meu pai!

— Não fui eu quem o matou. Foi ele quem fez isso consigo mesmo.

— O quê?

— As apostas... só pioram. Daqui a alguns meses, ele se mete em encrenca com algumas pessoas ruins... E é assim que acaba.

— Não! A mamãe não vai conseguir lidar com isso!

A Bruxa do Vento soltou um suspiro.

— É verdade. Sua mãe perde o juízo e acaba em um hospital psiquiátrico. E você vai morar com ele.

Dahlia apontou para um homem trajado de forma diferente das demais pessoas de luto. Elas usavam preto e se sentavam com a postura ereta, mas aquele homem estava todo relapso na cadeira, quase como se estivesse entediado, com cabelos enrolados desgrenhados, casaco marrom, camisa florida e botas de caubói. Olhou para trás a fim de se certificar de que ninguém o observava, pôs a mão no bolso traseiro, tirou uma garrafa dali e deu uma longa golada.

— Tio Pete? Não! Não posso ir morar com o tio Pete! Ele é o pior!

— Com a morte do seu pai e a incapacidade da sua mãe de cuidar de você, ele se torna seu tutor legal.

— Mas ele passa o dia inteiro bebendo e assistindo a velhos programas de gincana na TV! Ele mora em um trailer... No *deserto!* Não posso ir morar com ele!

— Então me deixe mostrar outra alternativa.

A Bruxa do Vento fez um aceno de mão, e o chão se desfez sob seus pés. Dentro de alguns segundos, era um buraco negro, e ela e Eleanor caíam por ele, abaixo da terra marrom, ultrapassando paredes lamacentas... até chegarem a um céu azul.

Era uma queda livre.

Eleanor estreitou os olhos. O azul era tão claro que parecia feri-la. Estava em algum lugar onde havia ar puro e luz do sol e um maravilhoso cheiro fresquinho, mas estava caindo depressa.

— O quê?... Você está...? O que está acontecendo...?

Aterrissou em algo macio.

Era uma plataforma bege com superfície irregular e elástica. Se a menina encostasse nela, a mão voltava. *Quase igual ao...* Olhou para baixo.

— Gordo Jagger!

O colosso de mais de 180 metros de altura, estava sentado no topo de uma colina cercada por um belo festival medieval. Mantinha a palma estendida, e Eleanor estava de pé sobre ela com a Bruxa do Vento. Lá embaixo havia bandeiras, cavalos e cavaleiros disputando justas, comerciantes vendendo salsichões e um lago resplandecente. Ao lado de Eleanor, na palma do colosso, estava outra versão da menina.

Princesa Eleanor.

Gordo Jagger moveu o dedo imenso na direção da princesa e acariciou sua bochecha.

— *Walk-er.*

Olhou para ela com os olhos gigantescos. Era evidente que ele a amava — e a Verdadeira Eleanor também achava que ela estava bem bonita.

A princesa usava uma coroa dourada com três fileiras de pedras preciosas cravejadas: rubis, diamantes e safiras. Segurava um cetro de prata com um cavalo de cristal incrustado no topo. A Verdadeira Eleanor não podia falar com a Princesa Eleanor — da mesma forma que Brendan não podia falar com o Brendan Universitário —, mas podia ver sua beleza e porte. Era a jovem mulher que a menina sempre quisera ser: graciosa, inteligente e gentil. E, como bônus, estava acima de todos os demais, na mão do Gordo Jagger.

— É isso que acontece se você ficar comigo — disse a Bruxa do Vento.

— E é apenas uma pequena parte do que posso lhe dar. Você é meu sangue, pequena. E quero que seja feliz.

— Como... como vou escolher? — perguntou ela. Embora soubesse que a Bruxa era maligna, não era uma decisão fácil: voltar ao mundo real com todas as suas tragédias ou ficar lá com seu amigo colosso? *Quem é que em sã consciência escolheria o mundo real?*

— É só dizer "sim" — respondeu Dahlia —, e eu darei a você tudo isso. E muito mais. Ou você pode passar por aquela porta... e cair na dor.

Eleanor olhou para cima e viu o portal pelo qual despencara.

Era um quadrado recortado no céu, levando de volta ao funeral. A menina podia ver o verde das árvores lá em cima. E teve uma ideia.

— Gordo Jagger! Não confio na Bruxa do Vento. Confio em você. Pode me deixar onde devo ficar?

— O que está fazendo? — indagou a mulher. — Esse brutamontes feio não pode ouvi-la!

— Jagger! Por favor! — suplicou. — Se ficar sentado aqui, vou me juntar à Bruxa do Vento, mas se não for para isso acontecer, só usa a sua mão como um elevador... E me faz passar por aquela porta!

— Você está perdendo o seu tempo — argumentou a Bruxa. — Ele é um completo tolo.

De repente, o colosso se virou, estreitou os olhos e soltou um rugido. Dahlia Kristoff fitou-o, surpresa:

— Como conseguiu me ouvir?

O gigante começou a se levantar.

— Ele *me* ouviu! — exclamou Eleanor. — Está me escutando!

— Impossível — retrucou a Bruxa.

Jagger já estava totalmente de pé. Ergueu a mão para o buraco no céu. E Eleanor — a verdadeira — foi capaz de pular e segurar na beirada, escalando com a ajuda da terra e se agarrando a raízes e pedras a fim de voltar para o funeral. Gordo Jagger olhou para cima, com uma expressão que era uma mistura de fascinação... e extrema curiosidade.

C ordelia estava imóvel diante da Porta dos Caminhos, sem saber o que fazer após assistir aos dois irmãos desaparecerem. A Bruxa do Vento — que estivera em algum tipo de estado catatônico — recuperou os sentidos e a empurrou para o portal.

— Não acha que é hora de ficarmos juntas? — perguntou. — Não vou machucá-la, Cordelia. Você sempre foi a minha favorita.

A jovem caminhou à frente, mal controlando os pés, e passou para a claridade revoluteante.

Encontrou-se em uma cozinha.

Estava ao lado da mesa, que não era das melhores; lascada e bamba, com um pedaço de jornal dobrado debaixo de uma das pernas para dar um jeito no problema. A bem da verdade, o cômodo inteiro, assim como todo o pequeno apartamento no qual estava, eram mal conservados e sujos.

Cordelia viu a si mesma perto do fogão.

Era 15 ou 20 anos mais velha, com uma expressão cansada e derrotada no rosto. A Verdadeira Cordelia não tinha outro nome para dar àquela sua versão senão "Velha Cordelia".

A Velha Cordelia abriu o forno, liberando um cheiro químico forte. A adolescente reconheceu-o como o cheiro de iscas de peixe. Sempre as detestara. Uma vez disse à mãe:

— Nenhum animal deveria ser transformada em um palitinho com o nome de "isca".

Mas ali, naquela cozinha escura e bagunçada, a Velha Cordelia diligentemente pegava a comida com pinças de cozinha, tentando tirar os restos de massa frita grudados do tabuleiro, e a colocava no prato.

Um homem entrou.

Era Tim Bradley, da escola Bay Academy.

Estava diferente, claro — um homem, não mais um menino; ainda bonito, mas envelhecido e robusto, com a barba de alguns dias e vestindo uma antiga camiseta de um show do Metallica. Sem sombra de dúvida, porém, era a mesma pessoa.

Olhou para a Velha Cordelia e disse:

— *Hum*, que bom. Isca de peixe. Meu prato favorito.

— Eu me *casei* com ele? — perguntou a Verdadeira Cordelia.

— Casou — afirmou a Bruxa do Vento, materializando-se próximo à geladeira como se fosse névoa. — Este é o seu "felizes para sempre".

— De jeito nenhum que eu ia casar com *o primeiro cara que me convida para sair* — retrucou Cordelia. — Por que eu faria isso?

— Você não se casa com ele imediatamente, bobinha. Você namora o Bradley depois de se tornar representante de turma. Sua trajetória no ensino médio é mesmo maravilhosa.

— Você comprou os meus Red Bulls? — perguntou Tim à esposa.

— É aceita em uma boa universidade — continua a Bruxa. — Mas o Tim, não. Ele puxa você para baixo. Você acha que o ama, faz sacrifícios por ele, e sua carreira política escorre por entre seus dedos. Agora sua única chance é estudar Direito no período noturno.

— Ei, Cordelia — disse Tim, empolgado —, temos uma grande semana vindo por aí. Sexta é noite de bingo. E sábado a gente vai assistir a uma corrida da NASCAR.

— *Esse aí não é o meu futuro* — disse Cordelia. — Não pode ser.

— Não precisa ser — concordou a Bruxa do Vento. — Gostaria de ver outro?

Abriu a porta da geladeira. Dentro, a jovem viu viçosas colinas verdes, flechas cruzando o ar e belos cavaleiros sobre o dorso de cavalos.

— O que é isso? — indagou, e, como resposta, Dahlia Kristoff tomou sua mão (Cordelia sentiu uma pontada de desespero no toque) e puxou-a geladeira adentro para o campo de batalha.

Dois exércitos se atacavam sob o sol escaldante. Um de preto, o outro de azul, ambos berrando ordens, disparando flechas, golpeando, fazendo investidas e se reagrupando. Parecia a batalha que havia acontecido no castelo da Bruxa do Vento nas aventuras anteriores dos Walker, mas com mais pompa e circunstância. Havia bandeiras, tambores de guerra e corneteiros.

— É uma das nossas grandes vitórias — contou a Bruxa à Cordelia. As duas estavam exatamente no centro da batalha, mas os guerreiros se digladiavam ao redor sem sequer arranhá-las. — Suas forças estão de azul. Você luta pelo seu reino. Um dos muitos que governa. Nos mundos que criamos juntas, você está subordinada apenas a mim.

— Sou uma general? — perguntou a jovem.

— Pense mais nos termos... de uma Joana D'Arc — respondeu a mulher.

A Guerreira Cordelia apareceu e disparou para a batalha.

Não tinha nada em comum com a mulher perdida e encurralada que preparava iscas de peixe no forno. Estava montada em um cavalo majestoso cuja crina fora pintada de azul para combinar com a armadura. Era digna de ser a imagem estampada em um selo! Tinha o cabelo curto, cortado rente à cabeça, com faixas azuis. Ela galopou colina abaixo com um estandarte levantado nas mãos, gritando:

— Pela glória!

A Verdadeira Cordelia sentiu orgulho de ver a si mesma daquela forma, mas também um pouco de medo.

A Guerreira Cordelia — ou Cordelia D'Arc — jogou a bandeira de guerra no chão e desembainhou uma espada. Sobre o corcel, investiu contra um cavalheiro inimigo e perfurou seu ombro com a lâmina. Ele caiu do cavalo. Era a primeira baixa feita por ela no dia, mas não seria a última.

— Sou... sou uma pessoa horrível — disse.

— O quê? — perguntou a Bruxa do Vento. — Você não quer o poder?

— Não quero *lutar* — disse Cordelia. — Não quero matar pessoas. Quero ajudá-las!

— Mas, neste mundo, você é como Genghis Khan! As pessoas repetirão o seu nome por centenas de anos! E na Terra também, você não será ignorada. Posso fazer isso acontecer em todos os lugares.

— Isso é errado — disse a jovem. — É cruel.

— É seu destino — replicou Dahlia.

— Não — negou Cordelia. — Esse aqui não é.

— Então qual é o seu destino? — perguntou a mulher. — Uma vida melancólica de monotonia? Bingo e corridas da NASCAR?

— Não — corrigiu Cordelia. — Período noturno da faculdade. Onde vou estudar Direito e mudar o sistema da maneira que tiver que ser.

— Você não sabe o que está dizendo! Cordelia, pare! Não vá!

A jovem, porém, já tomara sua decisão. E a porta — a mesma que Brendan e Eleanor haviam visto, a verdadeira Porta dos Caminhos — surgiu diante dela no campo de batalha. Ela a abriu e fez a passagem. E quando a Bruxa do Vento a viu desaparecer, soltou um grito lancinante e caiu de joelhos. Perdera todas as três crianças Walker. Toda a comoção ao seu redor, a batalha entre exércitos azul e negro, seguia enfurecida. Entretanto, mal estava ciente dela. Pela primeira vez desde que conseguia se lembrar, lágrimas reais caíram de seus olhos. Fora verdadeiramente derrotada. Perdera sua família inteira.

Os Walker jamais acordavam no mesmo horário. Um de seus hábitos favoritos era levantar mais cedo e invadir os quartos uns dos outros, acertando travesseiros em quem ainda estivesse dormindo e gritando: "*Hora de acordar!*" Mas agora, no mesmo instante de uma manhã enevoada de São Francisco, todos abriram os olhos em suas camas na Mansão Kristoff, como se tivessem acabado de despertar de sonhos enlouquecidos.

E correram para o corredor do segundo andar.

Cordelia topou com Eleanor. Brendan desceu pela escada do sótão com tanta pressa que quase quebrou o quadril. Todos se entreolharam, atônitos, e começaram a falar ao mesmo tempo.

— Vocês...?

— Eu vi...

— O que foi que ela mostrou para vocês?

Estavam felicíssimos. Mais do que tudo, sentiam paz. As aventuras por que passaram tinham sido tão exaustivas, emocionais e intensas, especialmente no final, que sentiam que a saída mais fácil seria se jogar no chão e desistir. Não estavam, porém, no chão. Riam, se abraçavam e pulavam com tamanha empolgação que balançavam as luzes do primeiro andar.

— Então, Délia — perguntou a irmã mais nova. — De quem vai sentir mais falta? Do Will ou do Felix?

— Não vou responder a sua pergunta.

— A questão na verdade é — corrigiu Brendan —, quem beija melhor?

— Cedo demais, Bren!

A Sra. Walker subiu as escadas.

— Ei, vocês três, o que está acontecendo aqui? Por que estão assim tão alegres?

Os filhos quase a decapitaram com enormes abraços de urso.

— A gente... — começou Brendan. — ... a gente só está muito feliz de estar com a senhora, mamãe!

— A gente te ama! — completou Cordelia.

— Bom, isso é ótimo — disse a Sra. Walker —, mas vocês podem dar uma descidinha? Vou precisar da ajuda de todo mundo para empacotar as coisas.

— Empacotar? — indagou Eleanor.

Os irmãos se entreolharam — e foi então que perceberam que a mãe não sorria. Não parecia tão feliz por vê-los quanto eles estavam por vê-la. Qual era o problema? Seguiram-na para o primeiro andar e foram confrontados com uma visão alarmante.

Tudo o que antes havia na cozinha estava guardado em caixas de papelão.

— A gente vai se mudar? — indagou Brendan.

— É claro que a gente vai se mudar — respondeu a mãe. Sua aparência era de quem não dormia havia alguns dias. — Você já estava sabendo disso.

— Por quê? — inquiriu Cordelia.

— Por quê? Como assim, "por quê"? Vocês têm problema de memória?

— A gente só está confuso, mãe — explicou Eleanor. — *Por que* a gente está se mudando mesmo?

A Sra. Walker lançou um olhar muito curioso à filha mais nova.

— Porque acabou tudo — disse, com obviedade lenta.

— O quê? — insistiu Brendan.

— Onde vocês estavam? Nós perdemos tudo... O dinheiro todo. Temos que nos mudar.

— Quando? — indagou Eleanor.

— Os moços da mudança vêm pegar as caixas e coisas pessoais hoje — revelou a Sra. Walker. — Amanhã levam as camas e o resto da mobília.

— Onde vamos morar?! — perguntou Cordelia, chocada.

— Em um apartamento alugado em Fisherman's Wharf — disse a mãe, tentando conter a emoção. — Com sorte, venderemos rápido a mansão. E semana que vem rematriculo vocês na antiga escola.

— Pode não ser tão ruim assim — disse Eleanor a Brendan e Cordelia, quando a Sra. Walker se virou de costas e continuou a empacotar. Foi então que se deu conta de algo e agarrou os irmãos. — Ai, não — sussurrou. — Foi isso que a Bruxa do Vento me mostrou. Está tudo virando realidade! O Papai vai mesmo morrer... E a mamãe vai ficar louca... E a gente vai ter que ir morar com o tio Pete!

— Não foi isso que vi — disse Cordelia. — Eu me vi em um casamento totalmente sem perspectivas com o Tim Bradley.

— Não faz sentido que essas coisas *tenham* que virar realidade — ponderou Brendan. — São *possibilidades*. A Bruxa do Vento estava brincando com a gente. Nada disso está decidido ou não pode ser mudado.

— O que estão tagarelando aí? Venham me ajudar com esses pratos!

A campainha tocou, e Brendan foi atender. Ficou pasmo ao ver um homem com uniforme da Companhia de Mudanças Espartanas — o mesmo que quase fizera sua orelha cair de tanto falar quando se mudaram para a Mansão apenas algumas semanas antes.

— Ei! — exclamou o funcionário. — O jogador de *lacrosse*. Que pena ver que está se mudando, garoto. Chega fácil, vai fácil, né?

O menino assentiu, mudo, estupefato e totalmente sem ânimo. Seguiu o homem escada acima enquanto os demais funcionários de uniforme entravam na cozinha e levavam caixas para fora. *Uma coisa é correr e lutar em um mundo fantástico,* pensou Brendan com um sentimento de vazio. *Outra é ter que lidar com os problemas no mundo real.*

Enquanto o irmão subia, Cordelia virou-se para Eleanor:

— A gente vai perder a Mansão Kristoff — disse.

— Eu sei.

— Não, estou dizendo que vamos mesmo perdê-la. Amanhã de manhã, vamos dar as costas para ela e olhar a nossa casa pela última vez por entre as árvores, dando adeus. — Cordelia fechou os olhos com força, contendo uma lágrima que estava prestes a cair. — É uma boa notícia eu ter isso.

— O quê? — perguntou a irmãzinha.

Cordelia tateou pelo bolso de trás da calça e tirou um pedaço de papel.

— O mapa do tesouro nazista! — exclamou Eleanor.

— Um seguro — corrigiu a mais velha. — Se esse mapa realmente leva ao tesouro, podemos encontrar e devolvê-lo ao mundo para salvar a nossa família.

— Mas como vamos saber se ele leva ao tesouro de verdade? Não pode ser que o tesouro seja fictício e só exista nos livros do Kristoff?

— Estou começando a achar que o mundo real e o mundo dele têm mais conexões do que a gente pensava. E não importa... Isso aqui é uma prova. É um documento das nossas aventuras que não pode ser negado. Vamos achar um jeito de usar o que sabemos para salvar a nossa família.

Ela dobrou o mapa e o guardou de volta no bolso. Eleanor segurou sua mão.

— Salvar a nossa família — disse — é uma das coisas que a gente faz melhor.

Epílogo

B rendan estava sentado em seu quarto quase deserto, com apenas uma cômoda e uma mesa de cabeceira remanescentes. Encarava o teto, os espaços vazios nos quais os pôsteres costumavam ficar. Havia pequenos lugares sem tinta onde ficava a cola. *Como a gente veio parar aqui?*, pensou. *As coisas estavam ruins antes de a gente ser mandado para dentro dos livros, mas não tão ruins. E parece que só vão piorar daqui para a frente...*

A porta do sótão se abriu com violência.

Eleanor subiu, seguida de Cordelia.

— Ei, Bren — disse a menina.

— Como é a nossa última noite aqui, pensamos que ia ser legal todo mundo ficar no telhado — sugeriu Cordelia. — Provavelmente nunca mais vamos ter uma vista dessas de novo.

— Nem brinca — disse Brendan, abrindo a janela e saindo para o telhado. Cordelia e Eleanor o seguiram.

Sentaram-se na beirada, onde, não havia tanto tempo assim, em outra aventura, tinham se escondido de piratas sedentos por sangue. A vista era mesmo mágica: a Baía de São Francisco, iluminada pela lua cheia, e a gloriosa ponte Golden Gate. A espessa névoa girava em torno da construção. Ficaram lá, juntos e em silêncio, por um longo tempo, aproveitando a brisa, escutando a buzina que alertava os barcos sobre as condições de visibilidade. Finamente, Brendan expressou o que todos estavam pensando:

— Vai ver a gente devia ter mesmo ido com a Bruxa do Vento.

— É — disse Eleanor. — Pelo menos eu seria uma princesa.

— Eu seria Cordelia D'Arc.

— Mas a gente não estaria mais junto — ponderou o menino. — Nem aqui. Agora.

— É, e nós três juntos... — complementou Eleanor. — Não tem nada mais forte do que isso. Já derrotamos piratas, bestas geladas, nazistas...

Foi quando Eleanor notou a sombra.

De início, parecia mais um dos petroleiros ou veleiros que havia na baía. Mas a sombra estava *lentamente emergindo da água*, ficando cada vez maior...

Naquele instante, sua altura era equivalente à parte superior da ponte. E não era sombra alguma. Cercado e debilmente iluminado pelas brumas, aquilo era...

— *Gordo Jagger!*

Cordelia e Brendan fitavam-no, boquiabertos. Sem dúvida, era mesmo Gordo Jagger, de pé no meio da Baía de São Francisco.

— Isso não é... possível... — balbuciou Cordelia.

— Ele me seguiu! — exclamou Eleanor.

— Seguiu você?

— Quando a Bruxa do Vento mostrou meu futuro com ela, o Gordo Jagger estava lá — explicou a menina. — Foi ele quem me ajudou a passar pela Porta dos Caminhos... E observou enquanto eu atravessava...

Foi então que o colosso levantou a cabeça na direção do céu e uivou para a lua.

— *Waallllk-errrrr!!! Waallllk-errrrr!!!*

Quando as luzes de freio se acenderam nos poucos carros que passavam pela ponte, Gordo Jagger se agachou e desapareceu dentro da baía, deixando para trás uma ondulação surpreendentemente pequena no espelho d'água.

— Ai, cara — disse Eleanor. — Vocês acham que alguém viu?

— *Eu* definitivamente não vi — respondeu Brendan. — E mesmo se tivesse visto, o que, com certeza, não aconteceu... eu... *a gente* não pode lidar com isso agora.

— A gente tem que lidar — rebateu Eleanor. — *O Gordo Jagger é nosso amigo!* E está totalmente sozinho lá no meio de toda aquela água. Está perdido e com medo.

— Vocês dois... vão colocar um casaco — ordenou Cordelia, já saindo do telhado. — Precisamos ir até a ponte e achar o Gordo Jagger antes que alguém mais faça isso.

— E como exatamente se *ajuda* um gigante que mede o equivalente a um prédio de seis andares e está perdido no meio de São Francisco? — perguntou Brendan.

— A gente já enfrentou missões mais difíceis — disse a irmã mais nova.

Com isso, os Walker desceram as escadas, saíram da mansão de fininho e seguiram para o penhasco que dava para a praia. Enquanto desciam com todo o cuidado, aproximando-se da água, entreolharam-se — e ficaram surpresos ao ver sorrisos nos rostos. Apesar das reservas de Brendan, não tinham como resistir. Era aquele o lugar onde deviam estar. Era aquilo que estavam destinados a fazer.

Eram os Walker.

E viviam para aventuras.

Este livro foi composto na tipologia Adobe Caslon Pro,
em corpo 11/15,1, e impresso em papel off-white
no Sistema Cameron da Divisão Gráfica
da Distribuidora Record.